にがにが日記

岸 政彦

新潮社

カバー・本文写真　岸　政彦
イラスト　齋藤直子

にがにが日記

この日記の登場人物

きし（私、俺）　岸政彦。社会学者・作家。
「にがにが日記」連載当時は立命館大学大学院先端総合学術研究科教授。
現在は京都大学大学院文学研究科教授。打たれ弱い。

おさい　連れあいの齋藤直子。
連載当時は大阪市立大学人権問題研究センター特任准教授。
現在は大阪教育大学地域連携・教育推進センター特任准教授。よく寝る。

おはぎ　猫。２０００年8月生まれ。長毛。
もじゃもじゃで穏やかで優しくて人懐こくてよく喋る。
きなこの双子の姉妹。

きなこ　猫。短毛。デブでセクシーで美人で、神経質で怒りっぽくて甘えんぼう。
２０１７年11月に17歳で亡くなる。
おはぎときなこを合わせて「おはきな」という言い方をする。

にがにが日記

0章

二〇一七年 四月二日 - 四月八日

二〇一七年

四月二日（日）

四月一日から新しい大学で働くことになった（立命館大学大学院先端総合学術研究科）。立岩真也さん、千葉雅也さん、小川さやかさんなど、錚々たるスター研究者揃いのところで、そこに加えていただいたのはとても光栄なことなのだが、果たして俺につとまるのか。ここ二、三年、自分を取り巻く状況が目まぐるしく変わる。そろそろ落ち着きたい。本当は家にこもって猫を撫でていたい。贅沢は言わないから、猫を撫でて年収500万ぐらいになる仕事はないだろうか。だが、一日中猫を撫で続けることは猫にとっても大きな苦痛なので、一日にだいたい合計して30分ぐらいしか撫でられない。さすがにそんなに短い労働時間で月30万くれとは言いづらい。だいたいどれくらいの撫で時間で、どれくらいの給料が妥当だろうかと考えているうちに京都駅に着き、先端研の院生と待ち合わせして博士論文の指導をする。すぐに大阪に戻って猫を撫でたあと、前の大学の卒業生とその婚約者に焼肉を奢る。近々結婚するのだが、彼女のほうの父親から強く反対されていて、その話など。若いやつ頑張れ。みんな頑張れ。

四月三日（月）

風邪悪化。先週の東京出張（柴崎友香さんとのトークイベント満員御礼、上間陽子さんとのトークイベント満員御礼、その他東京新聞の取材、『現代思想』打ち合わせなど）の前から風邪ぎみだったのだが、がんばって出張の日程をこなして帰ってきたら、立派な一人前の風邪になっていた。そのあとずっと風邪。仕事もできないので仕方なくNetflixで『イングロリアス・バスターズ』をぼけーっと観る。タランティーノは、「バレたらマズい」状況を会話で構成するのが本当に上手い。嘘をついてるやつとそれを追い詰めるやつの緊迫感あふれる会話の格好良さがかなり中2っぽくて素晴らしい。

四月四日（火）

せめて花見でも行こうかとおさい先生と近所の公園に行くが、スーパーで買ったパックの寿司の醤油を地面に落としてしまい、それでもういろいろ気分的にダメになる。ゆっくり桜も見ずにすぐに帰って三時間ぐらい気絶するように寝た。Facebookで「今年の風邪は自力で治すのは無理らしいです」というコメントをもらう。確かにそんな感じ。終日何もせず。『イングロリアス・バスターズ』の続きを観る。とても面白かったが、気分は晴れない。しかしタランティーノの映画は本当に好きだ。最後にヒトラーが殺されてたので爆笑した。現実と辻褄を合わせる気がまったくなくて、痛快。

四月五日（水）

出勤のために午前中に阪急で西院駅へ。ところがまたしても満員でバスに乗れない。職場が変わって一週間ぐらいだが、いちどもまともにバスに乗れたことがない。前の大学も交通事情は酷かった。大学というのはどこも、学生のこういうリアルな不便さやしんどさには冷淡である。

夕方、ナカニシヤ出版の編集酒井さんが研究室に遊びに、もとい打ち合わせに来る。100万部売るには何を書いたらいいのかを二人で真剣に考えるが、やはりいくらなんでもそれは無理だろうということで、現実的な線として10万部売ることを考えようということに決定。酒井さんはメモ帳に律儀に「10万部」と書いていた。『生きづらさを解消し家族の絆を深める生活史調査で居場所づくり』というのはどうだろうか。ダメか。

新しい研究室に運び込んだ段ボール箱をようやく半分ほど開けて、本を本棚に並べながら、つくづく俺は勉強不足のバカだなと思う。本のジャンルがバラバラで、ゴミみたいな本も多い。全部捨てたい。

帰りの電車で新潮社の tbt さんから電話がかかってきて、駅で降りてからこちらからかけなおすと、はじめて書いた小説（「ビニール傘」）が三島賞の候補になったというお知らせだった。芥川賞も候補にはなったが受賞を逃したために、荻上チキさんから「芥川賞逃し作家」というあだ名をつけられた。三島賞も逃したらどんなあだ名がつくだろうか。「W《ダブル》逃し作家」か。

例によって文学界の知識がないので、帰宅してからいろいろ検索すると、受賞作は芥川賞より馴染み深い作品が並んでいる。大変光栄である。俺みたいなバカでも、世の中に小さな居場所をもらうことができたんだなと思って、ほろりとする。どうせまた逃すだろうけど。

四月六日（木）

出勤して箱開け。昼からリサーチオフィスで研究費の支出に関する事務手続きのレクチャー。あとはまた箱を開けて本を並べる作業など。帰りはＭＫタクシーを呼んだ。意外に早く来てくれて助かった。雨の日の通勤はどうしたらいいんだろう。

四月七日（金）

以前からの友人で、このたび同僚となった産業社会学部の筒井淳也先生と学内のレストランで食事。一時間ほど社会調査について熱く語る。筒井さんとは、あらためて対談して有斐閣から本が出ることになっている。研究室に戻ってまた箱開け。なんとか研究室っぽくなってきた。大半の本がゴミなので驚く。そう見えてるだけか。

夜はＭＫタクシーに配車を断られ、雨が小止みになったところでバス停まで歩く。平野神社でお花見してたのでぶらっと立ち寄る。流しのタクシーを拾って帰る。

昼間にファミマで買ったビニール傘の取っ手のシールを剝がした跡がベタベタで気持ち悪い。

四月八日（土）

おさいと自宅近くの駅前でまずい定食食って、京橋まで散歩。成城石井でお茶とコーヒーとチョコレート買った。風邪で疲れ果てていったん帰宅して3時間ほど寝た。そのあと無理して十三に行って、友人の家で大勢集まって飲み会。俺はお茶。とにかく風邪の1週間だった。

1章

二〇一八年 一月十五日 ― 八月二十四日

二〇一八年

一月十五日（月）

昼から会議、そのあとゼミ、終わって夕方から研究室の本の整理。立ったりしゃがんだりするので、わざわざそのためにジャージのズボンを持っていった。前任校からここに着任するときにすでに本は3分の1ぐらいに減らしてて、さらにそこから半分ぐらいにするつもりだが、ここまで絞り込んでくるとさすがに勢いで捨てられない。これは捨てる本か、保管しておくべきか、1冊ずつ悩んでしまう。時間がかかる。それにしても俺はほんとうに本を読んでない。記憶力がなくて何も覚えてないから、読んでないように思うだけなのだろうか。

ウェーバーやマートンなどの古典、沖縄の本、生活史やエスノグラフィなどの質的調査の本、さっぱり理解できないけど趣味で読んでいるプラグマティズムと分析哲学の本、大きくわけてこの4つのカテゴリー以外は全部捨てようと思っているのだが、たとえばエスニシティやナショナリズムの本をどうするかで小一時間悩む。本を捨てる、ということは、これまでの自分の人生を整理して、残り少ないこれからの人生をどうするかを決める、ということと同じだ。私はたぶんこの先、沖縄と生活史以外の本は読めないし、書けない。同じ社会学という領域の本でも、その大半は読めないまま年を取っていく。だからそのかわり、ひとりでも多くの方に聞き取りをしようと思う。せめてそれぐらいしかできない。

掃除は半分ぐらいでやめて、性風俗のエスノグラフィ（セックスワーカーの参与観察、沖縄の女の子の事例が面白かった）とアメリカのエスニシティ論の本をぱらぱらと読む。自分の頭が悪くてイライラしながら読む。

晩飯は中華料理屋で、おなかいっぱいになりたくないので、わざとミニ炒飯。そのため帰りに猛烈に腹が減ってしまい、西院駅のモスでモスチーズいっこ食べてしまう。帰りの電車で柴崎友香の『千の扉』を読了。感動してしばらくぼうっとしていた。俺なんかが小説書く意味はやっぱりないなあ、と思いながら帰る。大阪も京都も穏やかに寒かった、寒かったが穏やかだった。

帰ったらおはぎは居間のテーブルの上のカゴのなかにいた。さわるとわーわー言う。よく喋る猫だ。日課になっている「物件ファン」を見て、京都の古い小さな町屋が6500万という法外な値段で売られているのを見て、大阪で家を建てて正解だったと思い、今日も安心する。ほかの物件も見ていて、湘南というところに稲村ヶ崎という駅があって、その駅前の小さなコーヒースタンドが月8万で貸し出されていて、ちょっといいなあと思った。湘南というところは行ったことがない、どころか、どこにあるのかもわからない。物件のGoogle マップを見ていたら、江ノ島が近くにあるらしい。江ノ島は名前だけはなんとなく知っている。どういうところで、どういうひとたちが暮らしているのだろう。海がきれいなところなのだろうか。たぶん行くことは一生ないと思う。

そもそも、そういうところでコーヒースタンドなんかやっても、私みたいな声も態度も体もでかい関西弁のおっさんは、こういうところでは嫌われて、客なんか来ないだろう。それでも、そういう人生もあったかもしれないと思う。

一月十六日（火）

昨夜寝るまえに「ランボー　怒りのランボー」

というネタを思いつき、おさい先生もげらげらと笑ってくれたので、これは絶対バズるなと思ってTwitterに書いたのだが、「いいね」が3つ付いただけだった。先日、大学キャンパスのなかでおこなった荻上チキと立岩真也との鼎談が『現代思想』に再録されますよ、というツイートには100以上のいいねが付いている。

絶対面白いと思ったんだが。

会議、教授会、あわてて研究室で書類作成、駆け込んでゼミ。

センター試験で30秒早く終わっちゃっていちど回収した解答用紙をもういちど配布して30秒間だけ解答させたとか、うっかり居眠りしちゃっていびきかいたら保護者からクレームがきて、いびきかいちゃった教員が大学で処分されたりとか、そういう話が昨日からたくさん出回っている。人間がやることなので、現場ではいろいろある。こういうことが「あってもよい」とは言わないが、たとえば回収するのが30秒だけ早かったからといって、どれくらいの「実害」があるのか、それがこれほど大きく報道されるべきことなのかはわからない。

わからない、というか、報道するなよ、と思う。こんなことほんとにこんなに大きく報道されたり大学で処分されたりするようなことなんだろうか。なんでこんなにみんな、あらゆることでギスギスするようになっちゃったのか。こういう流れはもう止まらないのか。果てしなく不寛容に、完璧主義に、一切のミスを許さない社会になるほかないのだろうか。

先日、ある会議で、奨学金を返さない卒業生に対して、法的に厳しい対処をすべきだという意見が教員の側から出て驚いた。理由は、「一所懸命真面目に返してるほかの卒業生に対して不公平になるから」というものだった。大学っていったい何だろう。

「ほかのひとに対して不公平になるから」という言葉は、呪いの言葉だ。もうひとつ、「何かあったときにどうやって責任をとるのですか」も、きわめて大きな効力を持つ呪いだ。このふたつの言葉によって、私たちは自分たちの首を徐々にだが確実に絞めていくのだ。

ランボー、次は何に怒るかな？
毎回、「ランボー怒りのなんとか」とちゃうんやで…。
言うとくけど…。

一月十七日（水）

雨。震災から23年か。大阪市の北のほうにあった私のアパートでも、食器がたくさん割れた。とっさに本棚を押さえてたんだけど、キッチンのほうでがちゃんがちゃんと食器が落ちて割れる音がずっと聞こえてた。長いこと揺れるなあと思ったのを覚えてる。まだ夜も明けてなかったので、とりあえず割れた食器類の上に古新聞（これがいまだによくわからない。新聞なんて取ってなかったのに、なんで古新聞なんかあったんだろう）をざっと敷いて、そのまままた寝た。

と思ったら友だちや別れた女の子から電話がかかってきてなんども起こされた。だいじょうぶ？　いや、ぜんぜんだいじょうぶ。食器ぜんぶ割れたけど。だいじょうぶちゃうやん！　回線がパンクしたせいか、そのうち電話がかかってこなくなって、静かになった。

もういちど1、2時間寝て、起きたら大変なことになっていた。その日はたしか、修士論文の提出日だったが、どうせ締切は延期されるだろうと思って、事務室に電話もかけなかった。そんなことどうでもよかった。

数日して落ち着いてきたころに、大阪のＹＭＣＡを通じてボランティアにひとりで参加した。たいしたことはしていない。物資、とくに衣料の整理と仕分け、あとは被災地で一軒ずつ訪ねて水を配った。

最初に派遣されたのは西宮と芦屋で、十三で乗り換えて阪急電車の神戸線に乗り、神崎川を越えたあたりから街の風景が一変した。戦争が起きたらこういう感じだろうか、と思った。

芦屋では家はびくともしていなかった。一軒ずつ呼び鈴を押して水を配ったのだが、それはそれと同時に暮らしの様子や困り事を聞くというアウトリーチの意味もあったのだが、うちは裏庭に井戸がありますんで、もっと困ってる方にあげてください、とよく言われた。

長田は焼け野原になっていた。階層格差というものはこういうものか、と思った。

あの感じ。あの感じをよく覚えている。男も女も子どもも大人も年寄りもみんな汚いジーパンで、ダウンジャケットで、風呂に入ってなくて、寒い路上にいて、真剣な顔で、優しくて、ときどきひどい冗談を言う、あの感じ。誰も助けにきてくれない、誰も頼りにならない、でも話しかけるとみんな親切な、あの感じ。自分がたいして役に立てていないことを恥じながら、無言で仕分け作業をする若いボランティアたち。

一月十八日（木）

例によっていつものようにおはぎが夜中に何度も起こしにきた。朝になるとちゃんと私の布団のなかでくっついてぐうぐう寝ている。ほんとうにかわいい生き物だと思う。そしてまたきなこのことを思ってベッドのなかでちょっと泣く。朝遅く起きて、おさい先生を見送ったあと、昼間にひさしぶりにひとりでちょっとゆっくりする。いくつか溜まっていたメールやほったらかしになっていて迷惑をかけたメールに返事をして（皆様本当にすみませんでした）、少しだけ原稿を書いて、柴崎友香『千の扉』を再読。ほんとうは書評の原稿、昨日までなんだけど。しかしほんとうにこれ素晴らしいね。

夕方から京都大学で非常勤の授業。今日を入れてあと2回だが、教室の学生が減らない。いろいろ話を聞いてみると半分ぐらいモグリの学生や院生や社会人だった。そのわりには学生の履修者が少なくて、要するに正規の履修学生の大半が来てなくて、モグリできてるひとが一所懸命に毎回来てる。いつも来てる。だからいつも熱を込めて喋る。終わるとフラフラである。京大社会学の落合先生のところに挨拶に行ってお茶をいただき、そのあと京阪で帰る。

京大の授業は、というか学部の授業はいつもそうなんだけど、講義ノートを作ったことがない。まずざっくりとした授業計画を年度の始めに組み立てて、毎回の授業はそれに沿ってそのつどその場でイチから考えて喋る。講義ノートを作ってしまうと必ず学生が寝る。筋書きがあるとつまらないのだろう。その場でゼロから、イチから考えて喋らないと、面白い話はできない。あくまでも私の場合は、ということだが。

だから、さいきんちょこちょこトークイベントにお呼ばれするのだが、たまに主催者が話の流れや組み立てをあらかじめ考えたり、あるいは当日1時間以上も早い時間に集合させて「打ち合わせ」をさせることがあって、それがとても苦手だ。そういうことをすると逆に喋れなくなるので、本番ぶっつけのほうがいいです、と言うと、こんどは打ち合わせやミーティングをバカにする偉そうなおっさん、みたいな感じになる。「やっぱり打ち合わせは必要だと思います」などと言われることもある。要りません。

一月十九日（金）

おさい先生の目覚ましで起こされてしまい、そのまま眠れなくなる。猛烈な頭痛。しかし琉球新報のエッセーの校了日、というかもう掲載の前日だったので、さすがにもうこれ以上は延ばせない。痛む頭をこらえて30分ぐらいで1000字書いて送る。そのあと一緒に載せる写真を選定していて（いつもこっちに時間がかかる）、きなこの写真を大量に見てしまい、また泣く。悔しいので仕事中のおさい先生に無理やり送る。めっちゃ怒られた。

昼から先端研のゼミ。『ポーランド農民』の下訳。翻訳メンバーを確定して、分担を決め、今年度最後の授業終わり。他の授業はまだある。

院生が2人、書類にハンコをもらいに来て、そのまま2時間ぐらいうだうだと喋る。衣笠の和風ファミレスで揚げ物の定食食って帰る。5時間ぐらい経つけどいまだに胃もたれしている。

帰ってきて明日の資料に目を通す。いくつかメールの返事。風呂、洗濯。

17年間も毎日いっしょに暮らした家族が急にいなくなった。最初は受け入れられなかったが（家の中にまだいるような気がした）、いまではむしろ、いたときの暮らしのほうが幻だったのではないかと思うようになった。いまのこの、悲しい、さみしい状態が本当で、きなこが生きていたときの、なにも考える必要のない、ただかわいいなあとしか思わなかった暮らしのほうが、嘘。そういう気がする。

数万枚の写真が残されている。そのうち涙も出なくなるだろうから、泣けるうちにたくさん泣くつもりだ。手触りや重さや柔らかさや匂いを、できるだけ長く覚えていられるようにするために、写真を見る。写真を見て泣く、ということだけが、私たちときなことの間に残された、唯一の直接的なつながりである。

『Hanako』が届く。バレンタイン特集に俺なんかのエッセーを載せていいんだろうか。恐縮してしまう。こういう特集なら、雨宮まみさんの文章が読みたかった。何を書いただろう。

小室哲哉が不倫疑惑で、謝罪会見で引退を表明。この国はほんとうに、どんどんつまらない、くだらない国になっていくような気がする。

前に別のところで「雰囲気デフレ」という言葉を書いた。デフレマインドというか、経済的な状態であるデフレは、社会的、文化的な私たちのありようを変える。デフレ、あるいは不景気とは、椅子取りゲームをしている最中に、目の前で椅子がどんどん減っていくようなものだ。お互いが足の引っ張り合いになるのも仕方ないのだが、それにしても息苦しいニュースばかりだ。

どこか東京のほうの、電車のなかで赤ちゃんが生まれたらしい。久しぶりにすごいニュースだ、おめでたいニュースだと思っていたら、「電車のなかで出産するなんて迷惑」って言ってるひとが

けっこういるらしい。
すごい時代になったもんやなあ。

一月二十日（土）

昨夜のおはぎはほんとうにうるさかった。めっちゃ起こされた。そのかわり朝ゆっくり寝る。土曜日だが12時から先端研のゼミ、補講。そのあと明治学院の石原俊さんをお招きした先端研のイベント。二次会まで行って、大阪に帰ったらちょうど友人Bのところに友人Kが来ていたので寄る。Mも参加。そのあと泊まったKが赤ワインのゲロを和室の畳で吐いたらしい。午前2時ごろに帰る。8時間飲んでた。

二月七日（水）

めちゃめちゃ間があいた。なぜかというと、この連載のことを忘れていたからだ。あたらしい『新潮』が届いて、52人がリレーする日記1年分の記事を見て、あっっそうや俺続き書かな、と思ってあわてて書いている。この間何をしていたかというと、いろんなことをしていた。京大教育学部の小さなイベントにお呼ばれしてお話ししたり、家族社会学会の大きな調査チームにお呼ばれしてお話ししたり、あと何だっけ。前任校で1クラスだけ残ってしまったゼミの卒論の口頭試問をして、そのあと大阪の鶴橋を歩いて、20人で焼肉を食って、有志でミナミに行って終電近くまで安い居酒屋で飲んだ。

前任校の龍谷大学では毎年、20名以上のゼミ生を沖縄に連れていって取材をさせたり、大阪や神戸に連れていって合宿したり、そういうことを11年ほどしてきたのだが、それもこれで本当に最後になる。もうおおぜいの学部生を連れて歩く、という仕事自体をすることはないだろうなあ。ものすごく大変だったので、ものすごくホッとしながら、ものすごくさみしい。

あとは中谷美紀さんが主演する舞台『黒蜥蜴』を観にいったぐらいかな。共演する山田由梨さんにチケットを取っていただいて、ほんとうに久しぶりにこういう「メジャーな舞台」を観た。帰りに楽屋にも挨拶にいって山田さんとお話しした。

最近カゼもひかない。腰も痛くない
酒も強くなった。年々パワーアップしてる。
ウオー!!
どこまでパワーアップするのでしょうか…。

山田さんが主宰する「贅沢貧乏」という劇団の公演に招かれてアフタートークに出たのがきっかけで知り合ったんだけど、その舞台『フィクション・シティー』が、岸田戯曲賞にノミネートされたようだ。

俺はあとは歳とって死ぬだけだ。

二月十日（土）

日記を書くちょうどよいペースがわからない。『新潮』3月号のリレー日記企画が好調のようで、あのそうそうたるメンバーのなかで私の日記も読まれる（かも）と思うと身がすくむ。すくんでいるだけで普通に書いてるんだけど。無駄にすくんでる。

ところで、嫌いなひと、苦手なひとについて。だいたいこっち側から、このひと嫌いやな、苦手やなと思っていると、確実に間違いなく、むこうもこちらのことを嫌っていたり苦手だと思っていたりする。ある意味「通じ合っている」のだ。

いままでさんざん人間関係でトラブってきたのだが、やっとこの歳になって気をつけようと思っていて（外から見るとぜんぜんそう見えないと思うが）、いま自分に禁止しているのが、「過去の会話を反芻しない」ということと、「そのあと架空の会話に入らない」ということだ。なんか嫌なこと言われると、それがずっと頭のなかにこびりついて、ついついそのあとずっと何回も何回もフラッシュバックしてしまう。そしてやがて、「あのときこう言うたったらよかった」「こう言い返してやればよかった」という想像が動き出して、脳内だけの架空の会話が始まる。それはだいたい、現実に言われたことの数倍ひどい会話になっていて、自分で勝手に想像してるだけの会話に、自分でものすごく腹を立てたりする。そうやって自分のなかで憎悪がふくれあがる。それはやがて沈殿し、堆積して、行動に出る。

こういうことを一切やめた。めっちゃ楽になった。人との会話を反芻しない。その続きを想像しない。

それでトラブルが減ったわけではない。今日は雨。掃除して、原稿。

二月十三日（火）

確認のためもういちど「ランボー 怒りのランボー」を Twitter でつぶやいてみたのだが、あいかわらず反応なしである。今日は会議のため出勤、そのまま研究室で原稿書き。

原稿を書いていて、以前ある理系の研究者の方から、「沖縄の文化や規範は、亜熱帯のあの気候を考えないと理解できないんじゃないですか」と真顔で言われたことを思い出した。あと「沖縄の社会はさとうきび畑の農村や海んちゅ（漁師）たちのことを考えないとわからない」とも言っていた。いま沖縄の産業構造にしめる第1次産業の生産額の割合は1・5％ぐらい、復帰（72年）当時でも7・5％ぐらいである。復帰当時、日本全国の第3次産業が55％ぐらいだったときに、沖縄ではすでに70％を超えていた。現在では全国が73％ぐらい、沖縄は85％ぐらいである。沖縄は「サービス産業の島」である。

二月十四日（水）

「ランボー　怒りのランボー」にまったく反応がないことが受け入れられない。おさい先生からバレンタインになんか要らんかと言われ、ピカソの画集くれとリクエストする。

先日から仕事のあいまに Amazon プライムなどでスピルバーグの映画をちょっとずつ観ている。忙しいので10分ぐらいずつの細切れになるが、かえってそのつどのシーンをじっくり観ることができる。細かいところにたくさん仕掛けがしてあってすごいな、と思う。暴力や恐怖の描写が異常に、神経症的なほど上手い。スピルバーグすごいな。

昨日はぶっ壊れたプロジェクタにかわって注文したものが届いてさっそく設置する。15年前のプロジェクタと比較すると、値段は4分の1、性能は10倍だ。10倍って根拠ないけど。10倍きれいってことだな。感覚だ感覚。それで新作の映画版『It』を観る。とても面白かったが、スティーヴン・キングの原作のことが好きすぎて（暗記するほど読んでいる）、「あれも入ってない」「これも入ってない」「ここ端折りすぎじゃないのか」「こんな簡単な説明でいいのか」と、いちいち余計なお世話なことを考えてしまう。それぐらいこの原作が好きだ。

しかし考えると、ピカソが好きで、スピルバーグが好きで、キングが好きって何かこう、「そのまんま」すぎて恥ずかしい。電車のなかでいつもApple Music を聴きまくっていて、いろいろ聴くけどやっぱりビル・エヴァンスがいちばんいいなあと思ったりしている。初心者か。「何周か回って辿り着いた結論」ということにしておいてほしい。

昔の『社会学評論』からいくつか論文をダウンロードして読む。あとは原稿書き。4月に出る予定の単著と、αシノドスと琉球新報のエッセー。この春休みはめちゃめちゃ書かないといけない。17年度は小説『ビニール傘』以外は論文が2つだけという悲惨な結果だったが、18年度は単著が3冊、共著が4冊、そのほか対談本が2冊の予定。あくまでも予定。がんばったら単著もう1冊いけるかな。

もちろん、すべてをイチからいま書いているわけではなく、長年にわたって並行して続けてきた複数のことが、たまたま一斉に出来上がってきているだけで、これはあれだ。たくさん靴下をまとめ買いすると、いっせいに同じ時期に穴が空いてくる。あれと同じだ。逆だけど。いっせいに穴がふさがっていく。

これは何周か回って辿り着いた結論なんだけど、なんだかんだいってピカソの絵って素晴らしい。明るくて、音楽的で、生きることを肯定してくれる。こんな俺でも生きてていいんだな。

二月十五日（木）

缶詰5日めぐらい。進んでないようで進んでいる。ようで進んでいない。どうしてもあいだに会議が入ったりする。

立命館大学の先端研に来てから10ヶ月ぐらいになるが、いつも教授会で真剣に議論していてびっくりする。こういうものは派閥や根回しで事前に全部決まるものだと思い込んでいた。真剣に議論していないのに、しこりが残らない。「のに」ではなく、「から」なのだろうか。

おはぎはパンくずが大好き。だからといってパンをちぎってあげてもあんまり食べない。パンとパンくずは違うのだ。

薄曇りの、穏やかな、暖かい日。昼間4時間ほど散歩して、あとは家でだらだらと原稿を書く。きなこの写真を見て泣く。

おはぎの好物
海苔, ヤキイモ,
まんじゅうの皮、
パンくず…

二月十八日（日）

おとといは新潮社のtbtさんが大阪に来られてるというので打ち合わせしながら天満で飯食って、そのあと友人Aと社会学者の前田拓也さんを誘って韓国スナックへ。オモニがしぬほど飯を出してくれた。飯食ったのに、また食う。良い音楽をかけるバーに移動して2時まで飲む。『江戸時代に癌は存在しなかった』という本を書けばボロ儲けできるのではないかという話になった。最後の最後で「概念の話です」ということにすればよい。

きのうは上間陽子さんの講演会。大阪市大人権問題研究センターの企画、場所は龍谷大学の梅田キャンパス、なのに俺が会場を設営した。龍大の梅田キャンパスはできた当初から10年ぐらい研究会や講演会やシンポジウムで使ってきたので、慣れているのだ。立命館に移って唯一残念なことは、この施設がもう自分主体では使えなくなったということだ。立命館にも梅田キャンパスがあるんだけど、もったいないことに、土日に使えるこういうスペースがない。

講演会は盛況で40~50人来た。お話も壮絶。上間さん、小さな体、小さな声で、大きな仕事をしている。

お茶してからいろんな人と合流して食事。中華。そのあと解散して、tbt さんと二人で遅くまで飲んだ。禁煙のワインバー。たいへん良い。

ひさしぶりに酒飲んだ、しかも二日連続で。飲んだぶん、原稿は進んでない。

今日は別件の原稿書いて洗濯して、あとは映画『レヴェナント』観た。圧巻、圧倒的。さいきんイニャリトゥがいちばん好きだ。

日記ってこういう感じでいいのかな。なんかオチとか付けなくてもいいのかな。実は全部嘘で、ひとりで家にいました。

二月十九日(月)

二日連続で深酒して昨日は一日ぐったりしてて、結局三日ほど無駄にする。最低限の仕事はしてるので無駄にはなってないけど、でも無駄にした。

ついこないだ Twitter で俺のファンですって言ってきた「業界」の方が俺のフォロー外してて、別にリムーブもブロックも気にしないけど単純に「何で?・?」って思う。なんか余計なこと書いたのかな。余計なことしか書いてないけど。

「こいつ何かイメージと違う……」みたいなことだろうか。

私の本を読んだ方とはじめてお会いすると、100億%ぐらいの確率で「もっと物静かな方だと思ってました」と言われる。細くて白くて痩せてて寡黙でメガネで室内でもマフラーとか巻いてるイメージなんだそうだ。

メガネしか合うてへん。

おさい先生が風邪で寝ていたので、ひとりでスーパーで買い出し。冷蔵庫が空っぽだったのであれもこれもと適当に買ったら1万円を超えてしまった。大きなビニール袋4つ。自転車のカゴに乗らなくて困った。しばらく家で何でも食えるぞ。

夜はカフェイン投入してグランフロントのコワーキングカフェみたいなところで仕事。していたのだが、向かい側にすわったおばちゃんの独り言がめっちゃうるさくて、なんか笑ってしまって仕事にならなかった。とりあえず今日の分の原稿は書いたから、仕事になった。あと、マルチ屋さんや情報商材屋さんみたいなひとがめっちゃ多かった。そういう会話をしていた。

帰宅して原稿のファイルを送信。炭水化物抜きを再開、風邪のおさい先生が、グリルした鳥もも肉と蒸し野菜を作ってくれた。申し訳ない。

対談の依頼と、初めてお会いする編集の方との打ち合わせ（顔合わせ）の依頼が来る。

洗濯はしたけど、掃除をしてない。掃除せな。「申し訳ない」と「申し分ない」は似てるけど逆だ。

二月二十一日（水）

昨日は教授会、そのあと某誌の取材。カバンから『断片的なものの社会学』を出しながら「この本を読んでも意味がわかりまへん」「何を質問すればいいかわかりまへん」と言われた。こういうとき何て言えばいいんだろう。いっしょうけんめい喋ったけどやっぱり不機嫌になってしまった。自分でも、おとなげないと思う。

おとなじゃないのかもしれない。50歳だけど。生後50カ年児。

夜は前任校の卒業生と女子会。西院でたまたま見つけた店がとても美味しかった。雰囲気も良い。またちょくちょく行こう。

帰りの電車で立ったまま寝てた。座席は空いてたけど、空いてる電車で立っているのが好きだ。

今日は男子自由形家事労働。特に掃除。休み休みだから時間ばっかりかかってしょうがない。あと、都心ローコスト狭小3階建住宅は階段を何度も上り下りしないといけなくて、掃除機をかけることがとてもしんどい。

だんだん普通の日記になってきた。こんなんでよかったのか。もっとこう、英語圏の最新の学術研究動向とか、最新の学説とか、最新のニュースとかを解説したほうがよいのではないか。

そういうのできない。そういえば、社会学者なのに、時事解説みたいな仕事がきたことがない。さすがに研究者としてどうか、と思う。研究者ではない、と思えばいいのか。では何か。わからない。

夜は文月悠光さんの『臆病な詩人、街へ出る。』をちょっと読んでから原稿書き。沖縄戦体験者の生活史をまとめた報告書を再読して、そこから抜き出すエピソードを選ぶ。20人に聞いた生活史をそのまま載せているだけの報告書だけど、わりと本気で、これは「世界文学」だと思う。私は聞き取りを通じてその物語をまとめる「お手伝い」をしただけで、沖縄の人びとはみんなこういう物語を持っている。物語とともに生きている。小さな島の、大きな人生。

二月二十二日（木）

ずっと1年ぐらい、ラジオが欲しいなと思っている。ラジオである。小さい、乾電池で動く、安くて、音の悪いやつ。そのへんに置いて、仕事中に小さく鳴らしたい。

もちろんラジオ番組ならネットでいくらでも聴けるのだが、そういうんじゃなくて、小さなスピーカーの、物理的な実体を持つ安物のラジオで、雑音混じりのラジオ番組を聴きたい。

さきほど別件の用事で近所の家電量販店をぶらついていて、SONYの手のひらサイズのやつが2000円で売ってて、かなり買いそうになったけど、買わなかった。梅田のヨドバシにいってもいつも、ほとんど誰も客がいない、高齢者向けの、ラジオ専用機の小さな小さな棚のところで、ああ欲しいな欲しいなと思っている。1000円とか2000円のものなので、いつでも買えるんだけど、なぜかいつも買わない。

帰宅して、ブラウザでネットでストリーミングしてるラジオを聴いてみた。すぐ消した。違う、これじゃない。もっと汚い、チャチな、モノラルのラジオの音が聴きたい。

そういうラジオが、子どものときに枕元にあった。みんなが寝静まった真夜中に、イヤホンで深夜番組を聴くのが好きだった。デジタル時計が付いていて、真っ暗な部屋のなかでぼんやりと緑色に光る数字をよく覚えている。

子どもの頃によく、真夜中に小さな小さな飛行機に乗って、この街を越えて、大きな河も山も越えて、どこまでもどこまでも飛んでいくところを想像していた。そういう、ひとり乗りの、小さな小さな飛行機が欲しかった。とても欲しかった。東京や札幌の、どこか知らない街はずれをぐるりと一周して、街の灯りを眺めて、どんなひとが住んでいるんだろうと想像して、そして夜明けごろに、誰にも気づかれずにひとりで帰ってきて、なにごともなかったかのように布団に入ってもういちど寝る。そういう想像をしながら寝てた。

20年前、新婚時代に買った小さなゴミ箱がもうぼろぼろで、それ自体がゴミのようになってきたので、もっと大きなゴミ箱に捨てたら、おさい先生が救出していた。せっかく捨てたのになんで復活してるんだろうと思って、またゴミ箱にゴミ箱を捨てたら、おさい先生がまた救出していた。

ゴミとしてのゴミ箱を捨ててあるようには見えなくて、単に「掃除のときに邪魔だから二つのゴミ箱を重ねてある」みたいにしか見えなかったらしい。

ゴミ箱をゴミとして捨てるにはどうしたらいいんだろう。このままでは永久にゴミ箱を捨てることができない。

終日、資料読みと原稿書き。あと書斎の掃除。

二月二十三日（金）

業務連絡。村井理子さん、おさい先生が「ぎゅうぎゅう焼き」すっごいファンで、ウチでもいつも食べてます。ウチの晩ごはん、5割ぐらいの確率でぎゅうぎゅう焼きです。おさい先生の実家にもひろがってます。簡単でおいしくて野菜も摂れてすばらしいです。いまふうの言い方でいうと「マジ卍尊い無理」です。

きのうユニクロで買った靴下をはく。1足300円なのに、新品の靴下ってめっちゃ気持ち良い。ツルツルと足が入って、中がふかふかしてる。そして清潔な感じがする。

顔を洗ったり、歯を磨いたり、風呂に入ったり、部屋を掃除したりするだけで、なんでこんなに気持ちがいいんだろうと思う。

そんなに毎日徹底的に掃除するタイプじゃないですが。関係ないですが、たまに徹底的に掃除するタイプのひとがいますが、だいたい怒りっぽいような気がする。違うかな。

さんざんいろんなところで言ってる話なんだけど、むかし風邪ひいたときに、おさい先生に何でもいいから何か食べやすいもの買ってきてって頼んだら、バナナとまるごとバナナ買ってきた。ぜんぶバナナやん。という話をふと思いだした。

しかしあれももう20年ぐらい前の話なんだな。

今日は某所のコワーキングスペースで仕事。

『はじめての沖縄』、沖縄戦の章を仕上げる。語りを読み返すのがとても辛かった。
夜、きなこの写真を見て泣く。

ねまきやタオル、ふとんの清潔さにはこだわりのある岸先生。
やけど、洗ったてやで？
えでとかボ。ボ。

二月二十八日（水）

25日の日曜日は福井へ。福井県立図書館で宮下奈都さんとトークイベント。行きのサンダーバードでゲロゲロに酔った。福井市へは三度めだろうか。報道されている通り雪がすごかった。大阪に住んでいると雪が降るだけでテンションあがるぐらいうれしいことなんだけど、これぐらい積もると雪も立派な災害だ。

街はずれにある豪華な県立図書館へ。トークは200名以上来て超満席でした、みなさまありがとうございました。ほとんどが地元人気作家の宮下奈都さんのファンだった。

宮下さん、お会いするの3回めぐらいかな。いつお話ししても、とても知的で真面目で誠実で、ちょっと意地悪なところがあって、ほんとにチャーミングな方だと思う。大矢靖之さん（私と宮下さんをつなげてくれた張本人）、福井県立大の理論物理学者の中村匡さんとお食事。そのあとひとりで飲み直し。雪に埋もれた日曜夜の片町はほとんどの店が閉まってたけど、唯一開いてたショットバーがあって、とても良いお店でした。ついつい飲みすぎてしまった。Lotusっていう店です。

で、実はその2日ぐらい前から脇の下のリンパ節が腫れてて、左耳も中耳炎っぽくなってたので、なんかばいきん入ったんかなと思ってたら、大阪に帰ってきたとたん下痢嘔吐発熱でダウン。対談と打ち合わせが入ってたんですが、休ませていただいた。

そのままいまもまだ寝ている。おはぎがうれしそうにずっと一緒のベッドで寝てるんだけどほんとうに邪魔だ。寝返りも打てない。病気のときぐらいひとりでゆっくり寝かせてほしい。えへへへへ。

感染性胃腸炎だったら（自分が）大変だと、私が使ったトイレをおさい先生がこまめに塩素消毒している。自分がばいきん扱いされた気分だ。

今朝起きたら、おはぎの食べ残しが皿がつるつるになるまできれいに食べられていた。あら珍しい、と思ったら、外に通じる一階の猫ドアが開けっぱなしになっていた。そとの猫が入ってきて、勝手に食べて帰っていったらしい。

野良猫や外猫は病気を持っていることがあるので、おはぎにうつったらいけないと、おさい先生がお皿をキッチンハイターで消毒していた。

ふと見ると、私がおかゆを食べたあとの茶碗も、一緒に消毒されていた。

野良猫扱いか。

夕方からマシになってきたので、這いずるようにして仕事を再開。いくつかメール、沖縄社会学会の段取り。

三月一日（木）

冷蔵庫の扉に、牛乳、豆乳、飲むヨーグルト、パックの甘酒が並んでいて、全部白いなと思った。

胃腸炎はだいぶ回復したけど、こんどは中耳炎がひどくなってきた。ぜったい何かのばいきんがいるはずだ。やはりハイターで消毒されてもしかたなかったのか。

耳に水が入ったようになり、とても不快で仕事ができないので、近所の耳鼻科に行ってきた。

延々と、いろいろ検査した結果、診断は「聴力がとても良いです」だった。

「ありがとうございます」と言って、抗生剤だけもらって帰ってきた。

なんだったんだろう。

確定申告の日。領収書と源泉徴収票、支払調書の仕分けだけで1日が暮れてしまった。こういう仕事をおさいと二人でしているときは絶対にけんかになる。

まあしかし体調わるい。もう寝たい(18時半)。

三月三日(土)

立命館大学先端研の同僚で、先端研を設立された渡辺公三先生の「偲ぶ会」だった。平服でお越しください、と書いてあったのだが、さすがにジーパンとダウンはまずいだろうと思い、いちおうグレーのパンツとグレーのジャケットと黒のタートルを着て、俺って大人だなあと思って会場に行ったら、みんな普通に喪服だった。

渡辺先生についてはここで詳しく書く必要もないと思う。若いときに、先生が翻訳されたレヴィ＝ストロースの『やきもち焼きの土器つくり』を夢中になって読んだ記憶がある。

私が先端研に入ることが決まり、研究室の鍵をもらいにいったとき、斜め向かい側の渡辺先生の研究室に明かりがついていたので、一言だけご挨拶をした。先生はにこにこと笑って、あ、どうも、よろしくお願いしますと言われた。

お歳からいえばすでにご定年されていたのだが、退職せずに立命館大学の副学長という重責を担われていたので、短い間だったが、私も同僚として接することができた。ほんとうに、いつもにこにこしておられた記憶しかない。

亡くなるほんの一週間ほど前に、渡辺先生とすこしだけお話しした。研究室と教室のあいだの細い路地を歩いていたとき、とてもよい天気で、高い空の上を飛ぶ小さな白い飛行機に見とれて上を向いていたら、突然話しかけられ、びっくりしてしまった。

『現代思想』の特集、読みましたよ。

あ、ありがとうございます。光栄です。

そして、とてももったいない、ありがたいお言葉で、私の仕事を褒めてくださった。その言葉はここには書かない。

その次の週に、研究科長から訃報のメールが来た。

いつも教授会で、定年も過ぎたし、副学長の仕事が終わったら、私はイチ院生として先端研に入って、勉強しなおしたいです、と冗談を言っておられた。みんなも、入試が受かるといいですねと、冗談で返していたが、ほんとうにご自身が作られた先端研を心から愛しておられたと思う。だから、リタイア後に院生として先端研に入りたいというのは、あながち冗談でもなかったのかもしれない。

国際的な研究者であるにもかかわらず、いつもにこにこと、温厚で実直で生真面目で、ユーモアを忘れずに、優しく温かい態度で人に接しておられた。先端研というユニークな研究科を設立し、全学の研究部長から、最後は副学長まで務められたのは、必然的ななりゆきだっただろう。個人的にはあまりお話しする機会はなかったけれども、あの路上でいただいたもったいないお言葉は、私のこの先の人生のなかで、もっとも大切な言葉になったと思う。

三月五日（月）

昨日から那覇に来ている。沖縄戦体験者の方の聞き取りである。すでにいろんなことがある。

確定申告の作業が間に合わなかったので、結局自宅から領収書の束とＵＳＢテンキーを持ってきた。那覇のホテルで領収書の集計である。何が悲しくて……。

三月十三日（火）

沖縄調査中。いろんなことがありすぎて書けない。ほんとうにいろんなことがある。

ちなみにずっと風邪をひいている。３月に沖縄に来ると必ず風邪をひく。福井からなんか調子わるいねえ。

『はじめての沖縄』の原稿を追いかけて担当の編集者さんが沖縄まで来られた。とりあえず沖縄でいちばん美味いローストビーフを召し上がっていただいた。港川のピザハウスの本店だが、「ピザハウス」というとなんかすっっごいジャンクフードみたいだけど、沖縄っぽい、とても素敵な大人のレストランです。大好き。そのあと宜野湾のカフェ（Cafe Unizon）でいろいろ打ち合わせ。日程が切羽詰まりすぎていて、自分でも笑う。

沖縄に来てから大学の事務的な仕事をすべて放ったらかしにしていて、めちゃめちゃ叱られたので、反省してホテルで事務仕事。

三月十六日（金）

結果報告。「ランボー（怒ってない）」がいちばんいいね付いた。Twitter のルールがよくわからない。

きのう那覇から大阪に帰ってきてから風邪がますます悪化し、一晩中咳き込んでいた。気管支炎か喘息か肺炎か。

ホワイトデーの日に、那覇のパレットくもじのゴディバにおっさんがめっちゃ並んでた。部下のOLさんにお返しをするんだろうか。みんな大変だ。

今日は前任校の龍谷大学で、1クラスだけ残っていた私のゼミの卒業式。みんなおめでとう！

懐かしい元同僚とも会って楽しかった。それにしても改めて滋賀県は遠かった。よく11年間も通ったな、と思う。このキャンパスも、もう来ることないやろなあと思って、帰りに写真撮ってきた。

三月十七日（土）

昼間、洗濯ものを干していたら、消防車のサイレンが聞こえてきたので、近所で火事かなと思って屋上に出てみたら、となりの家の屋上で、おばあちゃんが体操してた。

咳止め薬を飲み続けてたら胃が荒れて食事ができなくなって、血糖値が下がっていたのか、社会学会をあげて俺を追放しようとしているのではないか、俺を（社会学だけに）社会的に抹殺しようとしているのではないかとわりと本気で思ってたのだが、ミントのど飴三つ食べたら治った。さあ原稿書くか。
しかし原稿を書いてばっかり人生で、ぜんぜん本も論文も読めてない。いま企画が溜まってる出

版物をはやく片付けてゆっくり本を読みたい。

三月十九日（月）

よりみちパン！セという伝説的なシリーズがあって、若いころよく読んでたのだが、そのシリーズが再開することになり、その復活第一弾として私の本を出すことになった。タイトルは『はじめての沖縄』です。

その原稿が、ほんとうにギリギリになって、やっと仕上がった。2月から3月にかけて、カレンダーで「缶詰の日」というのをあらかじめ決めて、山積みになっているほかの仕事をぜんぶほったらかして（すみません）、このふた月ほど、これにかかりきりになっていた。

土曜日から日曜日にかけてほぼ完成して、日曜（昨日）の夜にもういちど最初から通読して最終的なチェックをおこなった。細かいところをかなり書き換えた。

今朝も早く起きて最終チェックを継続。11時ごろに原稿の入ったパソコンを持って家を出て、京都の職場まで行って、会議に出席。行く途中の電車でも原稿を書いていた。会議が終わって速攻で阪急電車に乗って、また車内で原稿。

とつぜん水無瀬の駅で電車が止まる。たったいま、隣の上牧駅で人身事故が発生しました。電車は大幅に遅れるみこみです、というアナウンス。

すぐに iPhone の Google マップで検索すると、幸いなことに近くにＪＲ島本駅がある。水無瀬の駅を飛びでて、小雨のなか島本駅に向かう。すぐに普通電車が来て、座れたので、原稿を書く。

もう少しというところで大阪駅に着く。腹が減っていたので駅構内のカレー屋「ピッコロ」に飛び込んで、パソコンを開きながらハヤシライスを注文。20秒ほどでハヤシライスを食べ終わる頃に、ついに原稿が完成。その場で iPhone のテザリングをつかってファイルを編集さんに送信。

そのままの勢いでピッコロを飛び出るとダッシュで帰宅。すぐさまウッドベースをケースに入れて、譜面、iPad（譜面表示用）、シールド（コード）、レコーダーなどをばさばさっとケースのポケットに突っこむと、ドラマーの弦牧潔くんからメッセージ「すみません10分遅れます」。

助かった10分寝れる！　ダッシュで3階の寝室に行ってベッドに飛びこみ、きっかり10分ぐっすり寝る。弦牧くんの車が到着、雨のなかベースを積み込んで、関目のライブハウス「ブラウニー」へ。平野達也トリオの演奏である。

お客さんもたくさん来てくれて、トランペッターであるマスターや、たまたま来ていたボーカルの方の飛び入りもあり、とても楽しいライブになりました。

終わってビールを1杯だけ飲んで、また弦牧くんに送ってもらって帰宅、ベッドまで這うようにして行く。

今日はおさい先生もひどい風邪をひいて、おでこにカラカラに乾いた冷えピタを貼ったままずっと寝ていた。朝から書斎に閉じこもって原稿書いて、そのあと京都の職場まで会議に行って、帰ってきてからライブに向かうまで20分間ぐらいしかなくて、ライブが終わって遅い時間に帰ってきたらおさい先生はもうベッドのなかに埋もれていて、今日はおさい先生の顔もおはぎ先生の顔もほとんど見ていない。

しかし人身事故って自殺かな。当たり前の話だけど、電車が止まることはもう日常の一部になっていて、「あ、どうしよう、他に移動の方法あるかな」ぐらいにしか思わなくなっている。だからといって毎回毎回、深刻に捉える必要もないんだけど、それでもやっぱりちょっとは、「ああ誰か亡くなったのかな」ぐらいは思うようにしたい。

三月二十日（火）

原稿も書いたしライブも終わったし、おさい先生はあいかわらず風邪だし（私もだが）、というわけで、今日はスーパー家事家事デーにした。大量の洗い物して、洗濯物たたんで、1階から3階まで掃除機かけて、お昼ご飯つくって（豚のロースト、温野菜、青梗菜のみそしる）、お風呂入れて、お風呂入って、残り湯で洗濯して、トイレットペーパーやらコーヒーやらカビキラーやら買い出しに行ってたら夜になった。おさい先生のリクエストで、晩ご飯は出前ピザ。いうてる間に対談の原稿が届いて目を通したりしていた。

カビキラー、失敗した。詰め替えボトルを買ってきたんだけど、家に帰ったらスプレーがなかった。前のボトル、空になったときに、スプレーごと捨ててたんだった。もういちどスプレー付きのやつを買ってこないといけない。

咳が止まらない。もう1ヶ月風邪ひいてる。

ところで、いま仕事のあいまに「Amazon プライムで無料のクズみたいなゴミ映画を我慢して見る会」をひとりで主催している。意外に面白い映画があったりして、意外に楽しい。でも大半はほんとうにゴミみたいな映画で、実は世の中で作られている圧倒的多数の映画はゴミみたいなやつで、ふだん私みたいな映画に疎いものが見ているメジャーな作品というものは、ほんとうにごく一部なのだなと思う。そういうくだらない映画を、仕事の合間に15分ずつ観たりしている。楽しい。

三月二十五日（日）

おさい先生は独学でスペイン語がペラペラになっていて、何度かメキシコにも行っている。去年も国際社会学会の家族社会学セッションがちょうどメキシコシティで開催されていたので、現地に行ってスペイン語で報告したのだが、外国人で報告するひとは全員英語だったらしい。まあそりゃそうだわな。

ところで、そのおさい先生からしょっちゅう「岸はメキシコでもやっていけるわ」と言われるのだが、この「やっていける」という意味がわからない。

そういえば昔私がちょっとだけポルトガル語を習ったブラジル人の先生からも、「岸さんはブラジルでもやっていける」と言われたことがある。「やっていける」ってどういう意味だろう。

数日前だが、友人、というか卒業生の結婚式。卒業していくゼミ生のうち、必ず毎年何人かは普通の友だちみたいになって、しょっちゅう飲みにいく。彼もそういうひとり。そして結婚した相手も私の友人で、友人というより自分の子どもみたいなやつで、だから自分の子どもと自分の子どもが、おひなさまみたいに、おままごとみたいにきれいな衣装を着てふたりで並んで座ってるのがおかしくて、おめでたくて、ずっと泣いていた。よく笑った。

あまりにも二人とも私と近い存在なので、ほんとうに何をしゃべってよいかわからず、結局まったくアドリブでスピーチをした。スピーチの最中で泣きそうになるのをこらえるのが大変だった。ふたりともほんとうにやさしい、傷つきやすい、いいやつらで、だから世界に、これからこの若いふたりをよろしく、とお願いしたい。どうかこのふたりにやさしくしてやってください。

披露宴には14カ国出身のお客さんが来てたらしい。

そのあとは3、4日、風邪で寝てたかな。よりみちパン！セの原稿を書くためにほったらかしにしていたいくつかの仕事にとりかかるけど、どうもスイッチが入らない。

いま目の前でおはぎがいつもの「寝る前ごはん」を、めちゃめちゃ旨そうにチャムチャムと音を立てて食べているので、こっちまで腹が減ってきた。食パンを1枚食べようかどうしようか、悩む。

三月二十六日（月）

確率が支配するところでデマと迷信が生まれる。それは何も教えてくれないからだ。私たちは確率とともに生きられるほど強くない。

昼間はいつもいくコワーキングスペースで3時間ほど集中して、やたらと山積みになってた仕事を片付けた。そのかわり夜はおはぎと一緒にぐだぐだしていた。

おさい先生は風邪でまったく声が出ないまま3

キッチンから
テーブルまでに
パンがなくなってる
ぐらい早食い
（水なしで
食べる）
ムグムグ

日間の出張に出かけた。

　こないだ友だち（大学4回生の女子）に、卒業したらどうすんのって聞いたら、花屋か船乗りになりますって言われて、爆笑しながら「アホの小学2年生に聞いた将来なりたい職業」みたいやな、って言ったんだけど、でもとても良いと思った。花屋か船乗りのどちらかで迷う人生。なんて贅沢なんだろう。

　映画『パターソン』観た。とても良かった。「繰り返し」がひとつのモチーフになっているんだろうか。とても良かった。とても良かった。パターソンという言葉とか、双子とか、秘密のノートとか。「繰り返し」がひとつのモチーフになっているんだろうか。とても良かった。とても良かった。アダム・ドライバーがドライバーの役やってるのも意味があるのかな。とても良かった。

あれ、チャムチャムチャム？
あれ
チャムチャム
チャムんチャム？
チャムチャム！

三月二十七日（火）

　教授会のために大阪から京都まで出勤したら、教授会なかった。

　泣きながら帰る。

　先日、ある本の表紙に使うために、フィルムカメラで写真を撮りにいっていた。大阪市内某所の団地など。

最近なぜか私の撮る写真を本や雑誌で原稿といっしょに使わせてほしいとのご依頼が多く、調子に乗ってたくさん、写ルンですや編集者の河村信さんから譲り受けた京セラのコンパクトフィルムカメラで撮っている。

しかし、写真屋さんで現像するときに一緒にCD-ROMに焼いてくれるサービスがあるんだけど、昔の機械をずっと使ってるらしくて、解像度が低くて（よくわかんないけどたぶん150dpiとか300万画素とか）、本や雑誌に掲載するときにいつも使い物にならないと言われている。

おもいきってフィルムスキャナーを注文した。

俺はどこへ向かっているんだろう。

いろんなところで写真を撮ってて、途中で大阪城公園にも立ち寄る。かなり桜が咲いてきていた。外国人観光客もたくさん。驚いたことに、旧日本陸軍の司令部跡の建物がレストランになっていて、大勢の外国人観光客がいた。どういう建物だったか、みんな知ってるんだろうか。

大阪城をバックにして、きれいな民族衣装を着ている3人の若い男性が、見てるこっちが照れくさくなるほどのキメキメのポーズで写真を撮っていて、ほかの観光客にも写真を撮られていた。どこから来たのと話しかけたら、タイだそうで。ひとりは10年ぐらい東京にいて、いったんタイに帰って、また大阪に来てる。もうひとりのひともこれまで30回ぐらい日本に来てるよ、って言ってた。タイ料理の店でも経営してるんかな。大阪楽しんでね、と言った。

しかし大阪城公園って、お花見のメッカで、お花見というか「桜の花の下で肉を焼く大会」のメッカで、季節になれば数百人、数千人の大阪人が淡いピンク色の満開の花のしたで豪快に肉を焼く白い煙が楽しめる風物詩になっていたのだけれども、そのエリアが有料になっていた。大阪市だか大阪府が民間企業に売り渡してしまったらしい。花見をするのにどっかの企業にカネを払わないといけないのだ。お花見をしているひとの横をぶらぶらと散歩して、楽しそうに肉を焼いて酒を飲んでる大阪市民たちを眺めるのが好きだったんだけど、もうそれもできない。

市や府の土地を自分たちの仲間の企業に売り渡す政治家たち。そして、自分たちが支持してきた政治家のおかげで、大阪城公園のいちばんきれいなお花見エリアに自由に入れなくなった大阪人たち。

そして、届いたフィルムスキャナーはまったく使い物にならなかった。1万円の安物を買って、1万円をどぶに捨てた。

三月二十九日（木）

にがにが日記第3回めの原稿の校正を送るときに、なんか今回もおもんないですねーほんとすみません、とか書いたら担当の方からお褒めの言葉がたくさん書いてあるメールをいただいて、もうほんとうに俺のばか、ばか、いい歳してあほか、と思っている。気を使わせてほんとにすみません……。

某所での連載でも、さいきんワンパターンというかマンネリぎみなんですよねって言ったら、私が連載をやめたがっていると勘違いされてしまい、非常にややこしいことになった。

ほんとすみません。

今日はパンセの初校、星野智幸さんとの対談の原稿の校正、ほか弁買って公園で30分だけお花見(今回は醤油を落とさなかった)、夕方は一瞬だけ阪急百貨店に行ってちょっとした買い物してデンついて帰る。

いまからまたパンセの初校。

四月二日（月）

ミネルヴァ書房さんとナカニシヤ出版さん（丁稚どん aka 酒井敏行さん）と打ち合わせ。

こないだまでジャケット1枚だと寒かったのが、いまジャケット着ると暑くなっている。ジャケット着ててちょうどいい日って、1年のあいだに4日間ぐらいしかないな。

おさい先生がピアスを買ってきて、ピアスの石の部分を指に持ったまま耳に当てて、これどう？って聞いてきたので、おまえが指で挟んでるから見えへん、って答えた。

長毛族の猫のみなさんは、水飲んだあと、あごひげが水でべちゃべちゃのまま布団に入ってこないでください。

四月十七日（火）

めっちゃ間があいてしまった。この間、卒業生と十三の「隆福」で飲み、『はじめての沖縄』の原稿の校正をして、東京に行ってNHK文化センター青山教室で文月悠光さんと対談した。大きい会場に変更したんだけどそれでも満席になった。

最初は手探りで始まった対談、後半で会場の方と質疑応答をしてから盛り上がった。書き手、作り手の方が多かったので、「書くということ」「作るということ」「世に出すということ」についての話になった。とても良い対談だったと思う。

自分のエクストリームな体験や当事者性やアイディアで書けるのは最初の一冊だけ。あとは「型」と「練習」。音楽でも文章でも学問でも同じ。

夜は文月さんと、それから雨宮まみさんの親友のKさんと3人で、南青山でめちゃめちゃテキーラを飲んだ。雨宮さんの話をいろいろ聞く。

次の日は二日酔いで新大久保のクロサワ楽器でウッドベースを試奏して買いそうになり（買わない）、朝日新聞さん筑摩書房さん中央公論新社さんと打ち合わせ。

夜は友人のAさんと社会学者の北田暁大さんと3人で上野で飲む。北田さん2時間遅れで来た。問答無用で割り勘。Aさん帰ったあと、北田さんと和民みたいなとこでサシ飲み。北田さん珍しく酔っぱらっておられた。朝までいきたかったけど私も壮絶な二日酔いだったので2時ぐらいにはホテルに帰る。

次の日は昼から京都の職場で会議。朝イチの新幹線で帰る。あとは覚えてない、ただただ疲れて、夜になって大阪の自宅に帰って、めし食って風呂入って寝たんだと思う。

あとはまあ、新学期の授業が始まり、教授会が始まり、『はじめての沖縄』校了して（ギリギリになった）、曾根崎でまた卒業生の飲み会があり（大勢集まって楽しかった）、釜ヶ崎で生活史の聞き取り調査をして、先端研の院生さんたちと飲んで、そういう毎日。

忙しいとどうしても日記を書く気がなくなるね。『はじめての沖縄』私の作業は終わったので、さっそく次の『社会学はどこから来てどこへ行くのか』と『マンゴーと手榴弾』の作業に取りかかる。

四月十八日（水）

珍しく、というか初めておさい先生とふたりで鳥貴族に。安い安いと言いながら飲んでたら、隣の若いにーちゃん2人が、枝豆298円って高いやんなって笑いながら飲んでた。

自分たちの給料の話になって、4年めで16万や で、とか言ってた。

枝豆298円は、高いよなあ。

俺も20代のころは日雇いで20万ぐらいで生活し

てて、29歳で博士課程入ってからは奨学金とバイトで月10万ぐらいで暮らしてた。結婚したのは31歳、大学にやっと就職できたのは38歳になってから。

だからいま、若いやつと飲むときは、必ず奢る。一杯だけ飲んで散歩。あの天国に近いとこどこやったっけ。あー、ニューカレドニア？　そうそう。散歩してるときは、だいたいこれぐらいの精度の会話をしている。

ニューカレドニア自体については特に何も話してない。

四月十九日（木）

数年前、裏の空き家に三毛猫が住みついて、たくさん子どもを産んだ。そのなかのひとり、目の上に麿っぽい眉毛模様がついてるやつがいたから「まろ」って呼んでるんだけど、しばらく見ないなーと思って心配してたら、こないだ久しぶりに会った。

巨デブになっていた。

何があったんやお前。

ところで、大阪の下町のこのあたりでも、ちゃんと地域猫を世話するひとがいて、三毛猫一族は全員「さくら耳」になっている（避妊手術が済んだ印）。とても良いことだと思うが、もうこの子たちからは子猫は生まれない。

つまり、さくら猫が増えると地域猫全体が激減するのだ。これからは、道で捨てられた子猫と目があってしまうという、どうしようもなくどうしようもない出会いも減っていくだろう。子猫を拾って育てるという経験自体が少なくなっていく。

私自身、これまで飼った猫たちはすべて拾った子たちなので、そういうことができなくなっていくのは、少し寂しい。

しかしペットショップは私の基準だと「虐待」

にあたるものが多すぎるので、利用したくない。正直、店の前も通りたくない。

　目の前の子を助けると、猫全体が減る。どう考えたらいいのかわからないが、とにかく増えすぎないためにさくら猫は必要だし正しい。それしか言えない。

四月三十日（月）

　生きづらさを乗り越えるための哲学、居場所をつくるための思想、みたいなキャッチフレーズが流行ってる。私の本もそういうもののひとつに入れられているのかもしれない。

　もちろんそれはそれで大切なことだが、もともと哲学とか思想って、むしろできるだけ生きていくのに邪魔な、生きづらくさせるような、居場所をなくさせるようなものだったのではないかと思う。

　どちらがいいかはわからない。生きづらくさせる哲学、みたいな言い方をするとかっこいいけど、単に自意識をこじらせて他人を傷つけてるだけの

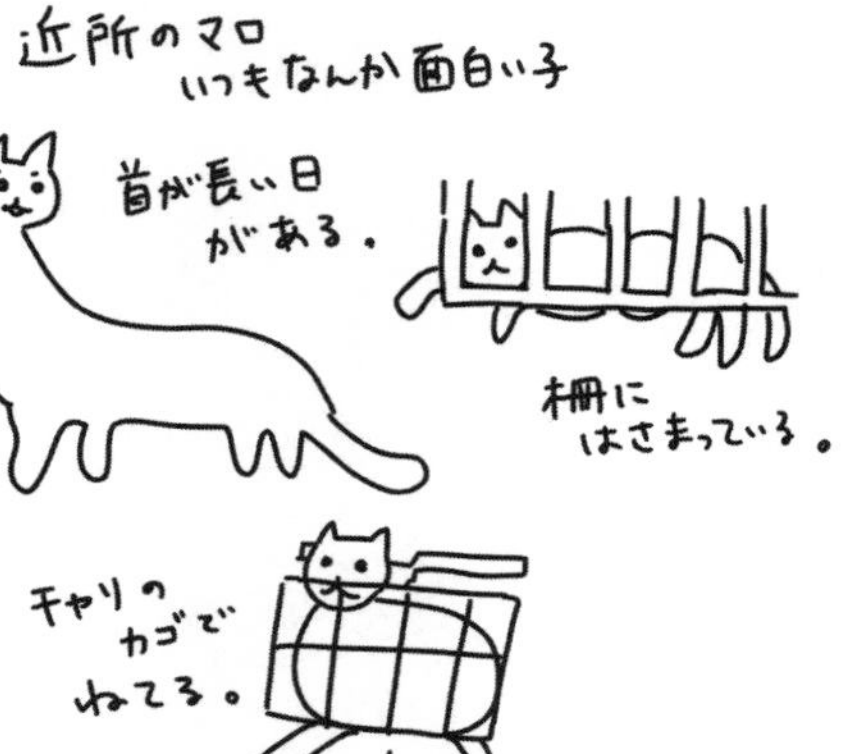
近所のマロ
いつもなんか面白い子
首が長い日
がある。
柵に
はさまっている。
チャリの
カゴで
ねてる。

ときもあるだろう。『読めば読むほど社会に居場所がなくなる社会学』でも書いてみようか。

仕事のやる気がまったく出ない。のんびりしている場合ではないのだが、それにしても「書く」という作業は、スイッチが入らないとどうしようもない。とか言うとまるで大作家先生みたいだが、何を書くかというと、学内の研究予算の申請書類です。あと、次の本。

本を書かないといけない。本を書くぞ。いい本って何だろう、って考える。売れる本じゃなくて、いい本。

まず、普通に、タイトル大事だ。いろいろ実名をあげて「ダサいタイトル」の例をここで書きたいが、やめとく。なんしかタイトル大事だ。それから、表紙のデザインも、ものすごく大事だと思う。これはおしゃれにすればいいってもんじゃなくて、それ自体が中身を反映してることが大事。しかしまあ、最低限の美しさは必要だろう。いろいろ実名をあげて「ダサい表紙デザイン」の例をここで書きたいが、やめとく。

あと中身についていえば、やっぱり全体を統一するコンセプトとか、あるいはわかりやすいキャッチフレーズも大事だ。この本がどういう本で、なにを主張しているのかが一発で伝わらないといけない。

特に後の方の、中身に関することは、一般向けの人文書でも、せまい業界向けの学術書でも変わらない。というか、ちゃんとコンセプトや「ストーリー」がはっきりしていれば、学術書でも一般の方がたに読んでもらえる。

じゃあそれをどう作ったらいいかといろいろ考えていくと、結局書き手の「熱量」「気合」「魂」みたいな話になってきて、結論としては、「どうやって作ったらいいのか僕にもわかりません」ということになる。

ただ、まあ、ほんと一般論だけど、読んで面白いなあ、ああこの本いい本だなあと思う本は、やっぱり書き手がこだわって、ちゃんと考えて、一所懸命汗かいて書いてるなあと思う。

自分のことは棚に上げておきますね。

五月一日（火）

先端研に中国から欧陽《おうやん》さんという留学生の方が入ってこられて、ゼミで自己紹介をしているときに「やっぱりつぐなうんですね」と言ったのだが反応がなく、家に帰っておさい先生に言ったら「それは欧陽菲菲ではなくテレサ・テンだし、そもそもいまの若い子は両方とも知らない」と指摘された。

ちなみにこの話をここに書くことは、本人さんから許可を得ています。ありがとう。

友だちのメキシコ人タトゥー・アーティストがもうすぐ大阪に来るらしい。また会うのが楽しみである。日本語勉強中らしく、こないだＦＢで「＃おめでとう」「＃わがまま」「＃ときめき」というタグをつけていた。

ＧＷということで、海に行って、フィルムカメラで写真を撮ってきた。カメラはKyocera T proof。とても良いカメラで、きれいに撮れた。

フィルムで撮ると誰が何を撮っても必ずノスタルジックになるのだが、それは昭和の時代の記憶があるからだろう。フィルムの写真しかない時代の記憶がどこかに残っていて、それが蘇るのだ。

ある表現の意味や印象は、その表現の社会的・歴史的な「用法」が決定する。フィルムの写真の化学的・視覚的な「本質」によって決まるのではない。

こう書くといかにも社会学っぽい文章になります。

五月二日（水）

八つ墓村と犬神家を間違えているひとを見つけて淡々とRTするアカウントを発見して、ずっと見ている。ずっと見ているうちに八つ墓村と犬神家が見たくなってきた。

Amazon プライムに入ってたので、さっそく八つ墓村を見た。

めっちゃおもろいやん。

しかしこれもう40年も前の映画で、八つ墓村の舞台になったあの村のあの感じは、もういまでは撮影できないだろう。あの、江戸時代よりもっと前からそのまま続いているような村の感じは。この映画に登場する八つ墓村は、前近代のままの姿で撮影された、最後の日本なのかもしれない。知らんけど。

40年前の人びとは、この映画をどう観ていたのだろうか。「田舎怖ぇぇえ」と思って観ていたのだろうか。

八つ墓村の世界は、いまの若いひとたちからすると、まるで別の国の話みたいに思えるだろう。40年前は、農村を捨てて都会に集まった人口が定着していく時代で、だからすでに日本は近代的な国家になっていたのだが、前近代的な農村の記憶がまだまだリアルに残っていたのだろう。たぶん、当時の人びとにとって、この映画はとてもリアルな、怖い映画だったのではないだろうか。

知らんけど。

ちなみに八つ墓村は、「足がさかさまになってないほう」である。

ということの文章を、夜中、小さなラジオを小さい小さい音で鳴らしながら書いている。何を言っているかわからないぐらいの小さな音で。

ぎりぎり「言葉である」ことはわかるけど、その意味まではわからない、それぐらいの音量で、小さな音質の悪いスピーカーから、アナログの音声を流していると、とても落ち着く。意外なほど仕事に集中できる。この日記が「仕事」なのか何なのかわからないけど……。

　眠れない夜にホワイトノイズを流すアプリなんかはあるけど、アナログのラジオもおすすめである。言葉の内容や意味がわからないぐらいの音量にするのがコツだ。

　こういうのって、人工的に合成できないのかな。言葉である、ということはわかるけど、その意味や内容はわからないような、擬似言語的なノイズ。外国語放送を聴けばいいのか。

いや、そういうのとちゃうねん。

五月三日（木）

　今日もまた、ある本の表紙に使うためという理由で小さなフィルムカメラを持ってちょっと遠出して、淀川で散歩。とても、とても良い天気で、日の光が輝いて、広い河川敷公園に強い風が吹いていて、新緑の草の穂先やタンポポの花が、音楽のように風に揺らいでいた。

　この季節がほんとうに好きだ。ゴールデンだよ。こういう日が一年のうちに何日かあれば、それで生きていけると思う。そんな日。

　ぜんぜん仕事進んでないけど。

　しかしフィルムの写真撮って、アナログのラジ

♪〜
チャリでラジオかけて
歌ってるおじさん
の
岸先生。

オを聴いて、よく考えたらアナログレコードもさいきん聴いてないけどたくさんあるし、あと趣味でウッドベースとか弾いてて、自分でもけっこういろいろヤバいのではないかと思う。なんていうか、ダメなんじゃないか。俺の生き方。いろいろと。

まだ「金はまったくかけてない」分、マシか。カメラは貰いものだし、ラジオは2000円ぐらいのやつだし、ウッドベースは大学1回生のときに買ったやつだ。

それでもやっぱりなんかダメなんじゃないか俺。蕎麦の手打ちとかやりだしたら、俺を止めてください。「俺がゾンビになりそうになったら、俺を撃ち殺してくれ……」

五月四日（金）

「すべての批判はやっかみ」は偽だが、「批判のうちのあるものはやっかみ」は真。

仕事ぜんぜん進まず。撮りだめしていたフィルムを現像に出す。驚くほどきれいに撮れている。Kyocera T proof ほんとに良いカメラやなあ。みんなもフィルムで写真撮ったらいいと思う。

もうGWも残りわずか……。やっぱりずっと缶詰っていうわけにはいかんかった。といっても、近所を散歩して写真を撮っただけなんだけど。

有斐閣の私の担当編集さんが、GWに彼女と一泊旅行しててうらやましいので、ここでバラしておく。あいつGWに彼女と一泊旅行してますよ！　有斐閣の社長さん見てますか！　別に何の問題もない。

今朝、洗い物をしながらコーヒーを淹れていたら、キッチンの窓から、このへん全員の母親である三毛猫（通称「みけやん」）がすごい勢いで走っていくのが見えたら、そのすぐあとから、最近この近辺で我が物顔に暴れまわっている茶トラ

（通称「茶トラ」）が追っかけてきた。

　窓からずっと見てたんだけど、ふたりとも私から見られているのに気づかず、猫社会における追いかけっこに没頭していた。

　見られていることに気づいてない猫は、かわいい。そういう猫を、隠れたところからじっと見ることは楽しい。

　そしたら茶トラが私の気配に気づいて、ぱっとこちらを見た。目があった。

　見られていたことに気づいた猫もかわいかった。

　しかしこのGW、1日だけ雨が降ったけど、そのほかはずっと、とてもとても良い天気で、草木も新緑で、花もたくさん咲いていて、世界がほんとうに美しい。

　いまぐらいの気候が大好きだ。できればこのまま一生暮らしたい。

　できれば海辺で、そのへんになってる果物かなにかをもいで食べて、一日中、ヤシの木の木陰に座って、海を見て暮らす。日向は暑いけど、日陰は涼しい。

　夜になったらそのへんの木の根っことかに葉っぱを敷き詰めて寝る。

　でも虫が嫌いなので、虫とか蛇とかは存在しないものとする。病気もない。飢えたりすることもない。日照りも寒さもない。かわいい猫とか犬とかと一緒に、ずっと青い海を見て暮らす。

　それ「死後」か。

　本読みたいなあ。書いてばっかりでぜんぜん読めてない。ここ数年、生活史、ライフヒストリー、ライフストーリー、オーラルヒストリー、エスノグラフィーで検索してひっかかる本を片っぱしから買っている。どんな対象、どんなテーマでも買っている。買ってるだけでぜんぜん消化できてない。

　そのうち、このなかから、地味だけど面白いものを紹介する仕事をしたい。広く知られていないけど面白いもの、このなかにたくさんある。

五月八日（火）

ぼりぼりぼりぼりぼりぼりぼりぼりぼり。ゼミ中、何の音かと思ったら、立岩真也が物凄い音を立てて柿ピーを食べていた。自由か。

そんな先端研です。合同でゼミやってるんだけど、他の教員と一緒にやるのがすごい楽しい。こないだ買った小さいラジオとおなじやつをもういっこ買って、研究室にも置いてみた。とても良い。なに言ってるかわかんないぐらいのボリュームのひとの声が聞こえてると、逆に仕事に集中できます。同じことばっかり言ってるな俺。

先日、東京の上野で北田暁大と待ち合わせをしたら2時間遅刻されたのですが（Aさんと2時間サシで火鍋食って待ってた）、一昨日は大阪の梅田で待ち合わせしたら、4時間早く来られた。

おさい先生「差し引き2時間の勝ちやな」。

阪神百貨店の黄老で中華食ったあとマルビルの上のバーで飲んで、まだ飲むというのでそのあとお初天神の知らんバーへ。雨のGW最終日の日曜日でどこも空いてるかと思ったらどこもけっこうお客さんいた。大阪も景気がよくなりますように。

17時から2時半まで飲んだ。9時間半か。

そして昨日は激しい二日酔いのなか、朱喜哲さん、矢田部俊介さん、Takuya Kuratsu さんと天満で飲む。楽しかった……しかし推論主義難しい……。

難しいんだけど、勉強します。

というわけで、関西で分析哲学と量的と質的で研究会をやろうということに。いま主催してる研究会（大阪社会調査研究会）も開店休業中なので、そちらに統合して一本化しようかなあ。

「バンドやろうぜ！」のノリで研究会を立ち上げ

今日さー、立岩先生にお菓子あげてさー
ホント、立岩先生のこと好きだよねー
いろんな立岩先生の情報入ってくる。

るのは悪くないけど、ひとつ立ち上げたらひとつ減らすのも大事。

五月十日（木）

昨日も飲んでしまったので4日連続飲んだことになる。昨日は先端研でピンでやってる授業に、モグリもたくさん来てるんだけど、延長して20時半ぐらいまでやってて、そのあと今日もみんな来たしせっかくやし1杯だけ飲んでくか、いうて21時に大学近くの居酒屋に飛び込んで22時まできっかり1時間だけ飲んでさくっと帰った。

今日は学部生むけにやってる授業。なぜか事務の方が見学に来られていた。

モグリが多くて教室が手狭だったので、もっと広いところに替えてもらって、新しい教室で。

前の教室は地下の、真っ暗な、じめじめした教室で、狭くて、おまけにチョークが一本もなかった。

新しい教室は、広くて、設備も新しくて、壁も真っ白で、大きな窓から明るい日が差し込んでいて、チョークが一本もなかった。

事務の方に取ってきてもらうが、事務室にも3本しかなかったらしい。その3本でなんとか授業をした。

だれか立命館大学にチョークを買ってあげてください。

延長して学生や院生からの質問や相談に対応して、さすがに今日は研究室でおとなしく事務仕事をしておとなしく帰った。

そしてナタリア・ラフォルカデを帰りの電車で聴いた。何度も何度も聴いているのだが、今日もまた鳥肌が立った。

電車でうっかりきなこの写真を見てしまう。

五月十五日（火）

当たり前のことだし何度も書いてますが、忙しいと日記を書く暇がない。日記を書く暇があると書くことがない。なんか「人生の本質」みたいだけど別に普通のことを言ってるだけだ。

まあしかしでもやっぱりなんかそれ人生の本質やな。

五月十九日（土）

こないだゼミで「ナラティブってどう思いますか」って聞かれたので、とりあえず「奈良っぽい

おはきなの
かわいい写真みつけるたびに
お互いに送りあうので、
それで泣く。
きなちゃん…
電車の中で
届くとつらい。

よね」って答えた。

今朝早く、郵便局に行くために玄関のドアをあけたら、最近このへんででかい面してる白茶のぶち猫がそこにいて、10秒ぐらいお互い目を合わせたまま固まって、お互いに「お前なんでこんなとこおるねん」ってなった。そしてお互いが「いや、ここ俺んとこやで」ってなって、「お前こそなんでこんなとこおるねん」ってなった。

そのあとすごい勢いで走って逃げてったけど、そっちもウチの敷地なんだけど。むこうも「ウチの敷地なんだけど」って思ってるだろう。

しかしあいつほんま、さいきんこのへんの子全員の母親である三毛（「みけやん」）をいじめたりしてて、ちょっと調子乗ってるわ絶対。いっかい腹割って話しせなあかん。

というわけであいかわらずちょこちょこ忙しい。本を読む暇がなくて困っているが、それでもなんとかちょこちょこページをめくっている。おもしろかった本はまとめて自分のブログで紹介したい。

えーと、先週は東京へ行った。たしか、行ったと思う。ある私立の女子中学校で講演会だった。都会の街中に、立派な芝生のキャンパス。大正時代に建てられたという洋館が現役で使われていた。こんなところで俺みたいなおっさんが喋っていいのかな、と思いながら、６００人の中学生のまえで喋った。なんとか笑いを取れたようでよかったです。夜は新橋で飲み会。ビール、ビール、ビール、最後はテキーラ。よう飲んだ。帰りはひとりで新橋から浜松町まで歩いた。東京タワーがきれいだった。

いつも泊まる宿が浜松町にあって、ここ3年ぐらい月イチぐらいの勢いで通っているので、だんだん浜松町に愛着がわいてきた。雑居ビルとチェーン店しかない街だけど。

次の日は東京プリンスホテルのカフェで写真家の宇壽山貴久子さんと初めてお会いして、ポートレートの打ち合わせをしていただく。たいへん光栄です。

私がFacebookで「カメラの絞りとシャッタースピードがぜんぜんわからん」とぼやいていたので、いろいろと教えてもらった。雨のなか浜松町まで送ってもらったりとか、なんかいろいろすみません……。

今週は会議、院生の相談、教授会、授業、授業、授業、書類、授業、院生の相談。昨日は大阪のブラウニーでライブ。ボーカルの方がゲストで、お客さまもたくさん。

帰りに、私のライブをひさしぶりに見にきてたおさい先生から「音程が悪い」とダメ出しをされてガチで凹んだ。夜中の牛丼屋でビール飲んで帰って寝る。

今日は大掃除、買い出し。夜に甥っ子と姪っ子が泊りにくる予定。

しかし土日に東京とか沖縄の出張を入れると、結局2週間以上連続で休みがないことになって、けっこう体がしんどいな。途中で酒を飲んだりライブが入ったりしてるんですが、それでもやっぱりしんどい。

なんかさー（とつぜん喋り口調）、この歳になるとさー、ほんと自分のメンタルを保つのがいちばん大変やんな。とつぜんわーっと思い出して怒ったり落ち込んだり恥ずかしくなったり俺はもうダメなんじゃないかと思ったりする。そういうときは一瞬で気持ちを切り替えて、ああいま血糖値が下がってるんかな、とか、二日酔いで胃がもたれてるのかな、とか、カフェイン摂りすぎたんかな、とか、そういう方面で考えると、だいたいそんな感じのことだったりする。自分のなかに問題があるように感じたら、それをできるだけ早く外に出すこと。行為ではなく血糖値。

『はじめての沖縄』おかげさまで好調のようで、そんなにバーッとベストセラーになるような本じゃないけど（私の本はぜんぶそうだけど）、長く読まれたらいいな、と思う。そしてできたら、沖縄の方がたに読んでもらえたらいいなあ。

とか書いてたらいつのまにか甥っ子と姪っ子がウチに来て、「手作りいちごパフェ大会」が始まってます。

そういえば「八つ墓家の一族」っていうネタを思いついて tweet したんだけどほとんど反応がなかった。

俺はおもしろいと思ったからそれでいい。

五月二十三日（水）

こないだ卒業生女子と飲んでて、めっっちゃおもんない彼氏と付き合ってた話を聞いてた。なんとか楽しいことを一緒にしようと思ってふたりでグアムに行ったんだけど、そいつのせいでぜんぜん面白くなかったらしい。悪いやつじゃなくて、むしろいい人なんだけど、とにかく話が面白くないんだって。

それ以来、「グアムは面白くない場所」になってしまい、友だちがグアムに行くと聞いて、あんなおもんないとこないでって全力で止めたりして

いる。なんか間違ってる。

その彼氏と別れるときにプチストーカーみたいなことされて大変だった。なんであいう人って、別れようって言われたときに、とにかく会って話そうって言うんですかね。

何かあったときにとにかく会いたがるひと、いるよね。

ひとの話って、ひとつで終わらなくて、いつもだいたい何かしら続きがあるところが面白い。なんとなく、だいたいの話はいつも、もうひと押し続きがある。

五月二十四日（木）

タクシーに乗ったら、前の助手席の背もたれが開く仕様になっている。

ちょっと言葉で説明しづらいんだけど、なんか助手席の背もたれの真ん中に、四角い猫ドアみたいなものがついていて、取っ手もある。

勝手に取っ手を持って引っ張ってみると、助手席の背もたれの真ん中に四角い窓が開いた。びっくりして、これ何？って聞いたら、運転手のおっちゃんは、知らんねん。何や知らんのか。知らん、初めて見た、へえ、そないなってるんや。いやこれおっちゃんの車やろ。

これ1ヶ月前に買った新車ですねん。

もう50年もタクシーやってて、いままで体が元気で、どこか痛いとか思ったことない。いちども休んだことない。いま70。

あと10年仕事しよ思って。ほで新車買うたんですわ。

嫁は西陣のええとこの子で、美人やった。女中さんが二人もおるとこやった。ほんまのええとこの子。

娘は30やけど、祇園におったけどいま江坂に住んで北新地で働いてますねん。京都とは比べもんにならんほど大阪は景気ええらしですな。お客さんに100万もろたとか、そんな話ばっか。北新地で働いてるからいうて、娘がきれいかどうかは、見慣れてしもてわからん（笑）。

タクシー、バブルのときもそれほど大したことなかった。ぼくら万博のころ知ってるからね。あのときは儲かった。よう儲かったよ。

初乗り190円とか。タクシー自体がすごい贅沢品やったけど、それでも白タクがそこらじゅうにおったぐらい、需要があった。ちょっと飲んだらみなすぐタクシー乗ってた。

京都で50年タクシーやってる。18から。だからカーナビより詳しいで。もう何も考えんでも、どこにでも行けるよ。どないしましょか、平野神社から左へ入りますか？

うん、そうして。

五月二十五日（金）

ほかの領域と「学問」とを分けるのは、対象ではなく方法だ。貧困や差別や暴力など、社会学が扱いがちなテーマは、ジャーナリズムや文学でも扱われているのだが、それらと社会学を区別するのは、社会学的な方法である。

だから、テーマや対象というのは、学問的研究としての社会学にとっては二次的なことで、そこでどのような方法が用いられているかがもっとも問われる。

どんなにしょうもないように見えるテーマや対象でも、社会学的方法の切れ味がそこで発揮されていれば、それは立派な社会学である。社会学はそうして、自らのテーマや対象を、どんどん拡張してきた。

まあ、しかし、それはわかるんだけど、しょうもないテーマや対象っていうのは、普通にあるよな。
おまえそれやって何かの役に立つの？　ってい
う問いは、ひとには言わないようにしてる。俺の
研究も、何の役にも立たないからである。
しかし、おまえほんとにそれがやりたくてやっ
てるんか？　と問いたくなるやつは、おる。
って書くと「俺のこと言われた」って騒ぐやつ
が絶対おる。
お前のことは言うてへん。
昨日は河出書房新社のSの上さんがわざわざ研
究室まで来られて打ち合わせというか雑談という
か、とてもお話が面白い方で、気がつけば2時間
半ぐらいしゃべってた。そのあと遅くまで院生の
博論を読み込む。

五月三十一日（木）

何してたっけな。別にもう、毎日書いてるわけ
じゃないし、日記でなくてもいいんだな。にがに
が日記っていう名前だけど。何をやってもいいの
だ。
数年まえ、新潮社のtbtさんに前ぶれもなくい
きなり小説書いてくださいと言われて頭を抱え、
小説ってどうやって書いたらいいんですかと聞い
たら、なんでも自由に書けばいいんですと言われ
て、ますます頭を抱えた。
ある日、おさい先生からギターを教えてくれと
言われ、まず左手のポジションを丁寧に教えたあ
と、右手はリズムに合わせて適当にやるねんって
言ったら、めっちゃ怒られたことがある。その
「リズムに合わせて適当に」がわからへんから聞
いてんねん！　こっちもむかついて、だって俺だ
ってリズムに合わせて適当にやってるだけやも
ん！　どうやってやってるか自分でもわからんも
ん！　人に教えられへんよそんなこと！　ってな
って、なぜか泣いて喧嘩になった。

お前ちゃうわ！（お前やけど）、
っていうこともあったりして…
（ないです）
なんで道わかんの？
ふつうにわかるやろ
（っていうと、ムカつかれる）

自由は難しい。

えーっと、この週末も忙しかった。土曜日は花田菜々子さんとスタンダードブックストア心斎橋でトーク。『であすす』（『出会い系サイトで70人と実際に会ってその人に合いそうな本をすすめまくった1年間のこと』）大好評で、これほんとに良い本だと思う。花田さんは何ていうか、ご自身のテンポやリズムをしっかりと持った方で、落ち着きのない自分が恥ずかしくなった。大阪のイベントにはお客さんが来ない、ってよく言われるけど、そんなことはなくて、１００名近く来られて満席になりました。

軽くビール飲んで、おさい先生とちょっとだけ歩いて、そのあと前任校時代の卒業生たちと女子会をした。なんかいろいろ壮絶な話を聞いた……。「空気を読んで結婚する」というパワーのあるお言葉をいただきました。幸せって人それぞれだから、自分なりに幸せになったらええ。

そしてまた飲み会のネタを提供してください。

次の日は昼ごろに家を出て新幹線に飛び乗って、青山ブックセンターで温又柔さんとトークイベント。新著『はじめての沖縄』刊行記念イベントがいくつかあって、その第1弾として、以前からどうしてもお会いしたかった温さんにお願いした。こちらも数日前に予約で満席になっていた。ほんとにたくさん来ていただきました、みなさまありがとうございます。

温さん、純粋でまっすぐで情熱的な方で、押されっぱなしでした。トークはなんか、全力で喋ったので覚えてない。そのうちどこかで続きをやることになると思う。

サイン会では若いひとが多くてびっくりした。沖縄出身の方もたくさん来られていて、うれしかった……。

Twitterで「あしたの着替えを持ってくるのを忘れた……」とつぶやいたら、友だちが靴下を差し入れしてくれました。いや、靴下は普通に持ってんねん。ポロシャツがなかってん。でもありがとう。

で、次の日、朝イチで東京駅の大丸でポールスミスのポロシャツ買うた。完全にバカだ。しかもなんか若作りしてしもた。ポールスミスやて。

関係ないけど大学でポール・ウィリス（社会学者）の話をしてると、レポートで必ず「ポール・スミス」って書いてくるやつが一定数おる。

取材が一件、そのあとポートレートの撮影。撮影は宇壽山貴久子さんである。ガチガチに緊張してた。後日、できあがりを見たけど、なんかこう、ガチガチに怖い顔をした汚いおっさんが立ってた。

写真撮られるの苦手やわ…………

だから、モデルさんとかすごいなと思う。「写真を撮るプロ」がいるだけではなく、「写真を撮られるプロ」っていうのもいるんだなと思った。撮られる側にも、才能や技術や努力が必要なんだよね。

今日は猛烈な偏頭痛で1日何もできず。夕方ちょっとだけ散歩したら、だいぶ体が緩んだ。

確実に歳をとっていく。確実に死が近づいている。それまでに何ができるだろうか。何が書けるだろう。

この間に、近刊『社会学はどこから来てどこへ行くのか』（有斐閣）の原稿を仕上げて編集さんに送る。そしてその次の本『マンゴーと手榴弾――生活史の理論』（勁草書房）の準備に取り掛かる。『街の人生』のような生活史を入れたかったけど、論文と論考だけで20万字になっていることに気づく。いつのまにこんなに書いたんだろう俺。

今年は他に『地元を生きる』『生活史論集』をナカニシヤ出版から出さないといけない。

いや、別にわざわざここに書かんでもええねんけども、こうやって書いとくことで、自分を追い込んでます。

がんばれ、俺。

偏頭痛に負けるな、俺。

野菜食え、俺。

炭水化物を控えろ、俺。

そしてそろそろ風呂入って寝ろ。寝る前におはぎに夜食あげるのを忘れるな。

六月四日（月）

土曜日は博論の口頭試問のために甲南大学へ行った。森が深くてきれいな大学だった。同じ日に松山では関西社会学会だったらしいね。

わしらかわいそうなスメアゴルは、原稿が間にあいそうにないので、日、月と研究室にこもって、夜は西院のホテルで缶詰。妙に広い部屋でびびっ

た。缶詰の日の食事は、松屋→なか卯→吉野家。

六月五日（火）

わしらかわいそうなスメアゴルは、缶詰三日めでさすがに息切れ。

昼過ぎに1時間半だけ散歩。買い物して帰ってきたらちょうど雨が降り出した。洗濯物を取り込んでコーヒー飲んでチョコレート食べてちょっと休んでたらチカチカと閃輝暗点が走る。そして偏頭痛。

今日はもう店じまいか。

散歩中、小さい子どもを自転車に乗せたお母さんが何人か、だらだらと立ち話をしていた。

もしうちも30ぐらいで子どもが生まれていたら、もうハタチである。

子どもがいると、「暦」が生活のなかにあるんだろうな、という話を、おさい先生としながら散歩してた。入学式、GW、梅雨、夏休み、運動会、クリスマス会、正月、春休み、卒業式。保育園、小学校、中学校、高校。

子どもがいないと、そういうライフイベントというか、「節目」みたいなものがまったくない。40歳のときと50歳のときで、生活スタイルにまったく変化がない。おかげさまでここ3年ぐらい、劇的に忙しくなったが、それも「量的」な話で、やってることの中身は、研究や執筆や散歩や飲酒など、基本的には同じパターンを20年も30年もずっと繰り返しているだけだ。散歩して、猫をなでて、本を読んで書く。何も変わらない。

なにかこう、上も下もわからない、ふわふわとした白い雲のなかにぼんやりと浮かんで、目の前の作業を必死でこなしているうちに、結婚して20年経って、気がつくと50歳になっていた。そんな感じだ。少なくともあと20年ぐらいは同じ生活をこのまま続けていって、たくさんの本を書いて、やがて体が衰えて仕事ができなくなって、どこかの病室でひとりで死ぬんだろうと思う。

いつかどこかで、男性不妊の当事者としての話を書きたい。

10年ぐらい先かな。

ワシはトンカツが食いたいんじゃ!!
おじいさんが「〜じゃ」って使いはじめるのは何才からか問題。

六月七日（木）

ひょっとして俺忙しいんじゃない？

日月火の缶詰でカタをつけるはずだった『マンゴーと手榴弾』、序文にちょこちょこっと書き足したら出来上がりやーと思って書き出したら、なぜか独立した一本の論文になってしまって、ほんとにいろいろとすみません。いろいろと間にあいません。わしらかわいそうなスメアゴルは。

昨日と今日は先端研での授業と学部での授業。あいかわらずモグりの方々もたくさん来て盛り上がっている。

七月十五日（日）

なんということでしょう。一ヶ月以上も間が空いてしまった。まあ別に仕方ない。4月に出るはずだった『マンゴーと手榴弾』、なかなか書く時間が確保できなくて、今月末に原稿仕上げて、9月末に出るとか、そういうスケジュールになりそう。

で、なぜ書けないかというと、書きすぎてしまうからだ。前の日記でも書いたけど、普通に序文を書いていたら独立した2万字の論文になってしまったりしてて、そしてそれももう完成させてる時間も気力もないので、そのうちどこかから出るはずの次の方法論の本か、あるいは行為論の本に入れるとして、じゃあこれはもうええわ、普通に普通の序文書こう、と思って1万2000字書いてる。しかもまだ予定の半分ぐらい。さすがに長いやろと思ってばっさり削除してもっかい書き直して、気がついたら1万4000字になってて、前より長くなっとるやん。

そうこうしてる間に、この1ヶ月のまとめ。『はじめての沖縄』刊行記念のトークイベント月間だった。そうそう、それで疲れ切ってもいて、最低限の原稿以外は書く気力が出なかったのだ。せめてにがにが日記ぐらいは楽しく書きたい。

六月九日（土）は信田さよ子さんとの対談@八重洲ブックセンター。とてもチャーミングで、辛辣で、リーダーシップがあり、そして頭の切れる方だった。院生のころからときどき読んできたの

う〜ん
よっしゃ!! いける!!
こんなんでも
けっこう頭の中は
動いている
バババッ

で、お会いできてほんとうに光栄だった。飲み会でもだいぶ飲んだ……。そのあと入試説明会があったり、会議があったり、授業が普通にあったり、してるうちにまた沖縄へ。新城和博さんとのトークイベント@ジュンク堂書店那覇店。スタッフの方から「異例」と言われたほどの方がたに来ていただいた。100名弱ぐらい。遠くは名護やコザからもいらっしゃった方がいて、ほんとうにうれしかった。そして那覇のホテルで缶詰に。とほほ。

その他、ブラウニー@関目で平野達也トリオのライブ。お客さんたくさん。ありがとうございます。そのほか、いろいろ弱気になってる院生さんと酒飲んではげましたり（がんばれよー）、会議忘れててすっぽかしそうになったり（すみません…）しながら、30日は同僚の立岩真也さんとトークイベント@スタンダードブックストア心斎橋。こちらも90名弱のお客様。先端研の院生もたくさん来てたけど、なんか珍しいよね、院生が自分とこの教員のイベントにわざわざ来るのって。サイン会にも並んでて、いやキミたちは授業中にサインしたるで（笑）とか。そのあと翻訳の自主ゼミ、会議会議会議、授業、そして土日はまたまた沖縄へ。

七月七日（土）は、沖縄社会学会。30年ぶりに復活した。この2年ぐらい、事務局としていろいろ動いてて、やっと第1回大会までこぎつけました。新聞社からの取材もあり、80名弱ほどの方が狭い教室でぎゅうぎゅうになって、もちろん県外からもたくさんの方が来た。有名な先生も来てたけどばたばたしてててちゃんと挨拶できなかった……。懇親会もちゃんと段取りして、なぜか泊の船員会館（笑）。地元感あふれる大座敷とそのお値段に、みなさまご満足いただきました。30人も来た。多めの人数で予約しといてよかった。そのあと2次会、3次会で、気づけば朝4時。ヨレヨレになって帰る。そしてそのあと二日ほど那覇のホテルで缶詰……。

そのあと会議、授業、研究会を経て、今日。この連休は京都の祇園祭なので、研究室にもいかず自宅で缶詰。なかなか進まない。書くのめっちゃ速いほうだと思うんだけど、珍しく進まない。

こんな感じの一ヶ月で、とにかくトークイベント多いな。まだ続く。今週は柴崎友香さん@梅田蔦屋書店、八月三日は川上未映子さん@紀伊國屋新宿本店ホール。

自分の人生がどっちに向かってるかぜんぜん見当もつかん。もう何ヶ月もちゃんと土日に休んでない。とにかく目の前にある原稿を、一文字一文字書いていくだけだ。延々と、一文字一文字、キーボードを叩く。それだけ。

河原で小石を積む。

なんか意味あるんかなこの人生。人生はもともと意味なんてないけど。

八月五日（日）

そしてまた半月ぐらい空いていて、これではまるで夏休みのあほな子どもの日記の宿題みたいである。

夏休みのあほなおっさんの日記の宿題である。

七月二十一日（土）は大阪駅のルクアの上の蔦屋書店で、柴崎友香さんとトークイベント。『はじめての沖縄』の刊行記念ということだったんだけど、せっかく梅田だしせっかく柴崎さんだし、強引に「はじめての大阪」というタイトルにして、最初から最後まで大阪の話をしました。沖縄に行くとああここで生まれたかったな、って思うし、大阪に住んでても、ああここで生まれたかったな、と思う。どこに生まれても外に出てると思うけど。

しかし柴崎さんの、「フローラルタウン千鳥橋」を「フロタン」って略してた話は大笑いしたけど、検索したらフローラルタウンって大阪にいくつか

宿題してきませんでしたー！
罰？うけまーす。ろう下立ちまーす。
堂々とろう下に
立ってた子
だったそうです

あるんですね。

次の週は博士論文の構想発表会やら口頭試問やら教授会やら中央公論新社さんと打ち合わせやら。前期の授業も無事終了。前任校時代の卒業生（しげおとうっちー）と天満飲み。ゼミ生が卒業しても俺が大学を移ってもみんな変わりなく遊んでくれるので幸せです。

そのまま『マンゴーと手榴弾』の原稿書き。まったく進まず。よく考えたらぜんぜん休みというものを取ってなくて、疲れ切って1日なにもしない、というだけの日はたまにあるけど、今日はもう休みです、という日がない。もう何ヶ月も何年もないような気がする。気がするだけで気のせいだけど。

京都新聞の記者さんが研究室に来たり、『ポーランド農民』翻訳プロジェクトの研究会したり（さすがに全訳じゃないですよ）。大阪茨木キャンパスで会議出たり。

そして八月三日（金）はギリギリまで原稿書いて新幹線乗って東京行ってホテルでも原稿書いて、新宿の紀伊國屋ホールで川上未映子さんとトークイベント。『はじめての沖縄』関連ではこれが最後です。

あっという間の2時間でした。何しゃべったか覚えてないけど……『ゲド戦記』のあの川上さんのアクセントは絶対におかしい……。あと「（インスタ）映え映え」がまったく通じてなかったので地味にショックでした。そして川上さんの当日のインスタみると俺の腹やばい。ダイエットせな……。

そしてあいかわらずホテルで眠れない。いったいどうしたら、いつになったら出張先でゆっくり眠れるようになるのか。次の朝10時に打ち合わせだったんだいいのかな。導入剤とか飲んだほうがいいのかな。次の朝10時に打ち合わせだったんだけどうっかり二度寝して大遅刻してしまう。すみませんでした……。大阪でカスミとユキミとケビンから淀川花火大会とタコスパーティに誘われてたけど行けず。東北出張に出かけたおさい先生とちょうど入れ替わりで大阪に帰ってきて、そのまま まくたばっておりました。

ひっさしぶりに歌舞伎町に泊まって、飲み会のあと猛烈に蒸し暑かったけどしばらくぶらぶらと散歩した。よくウロウロしてたのはいつのことだろう。30年前かな。大阪から夜行バスで新宿に行って、東京の友だちと歌舞伎町で泥酔して、そのまま夜行バスで大阪に帰る、ということを何度も繰り返していた。そこで出会った何人かの女の子と付き合ったりしてたけど、まあ続かんわな東京と大阪では。若かったし。名前も顔も一切覚えてないけど、なんとなく髪型とか体のシルエットとか、だるそうな関東弁のゆっくりしたテンポとか、影とか、なんかそういうことはかすかに憶えている。

なんであんなに東京に通ってたんだろう。大阪でも楽しく暮らしてたんだけど。

そういえば学部の4回生のときに、卒論を書くために国会図書館に10日ぐらい缶詰したことがあって、そのとき当時の彼女とウィークリーマンションを借りたんだけど、その地名が「中野坂上」っていうところだった。この地名だけよく憶えている。もう、どこらへんの、どういう場所だったかも何も憶えてないけど、この「中野坂上」っていう地名だけは、よく憶えている。なんか大きい道路があったな。

われながらいま書いててちょっと笑ろた。そりゃどこに行っても大きい道路はあるやろ。

あれから二度と行ってない。

中野坂上に住んでるひとは、どんなところか教えてください。この30年のあいだ、この街に何があったのか、どんな人が暮らしていて、今はどこに行ってしまったのか、教えてください。

八月六日（月）

わしらかわいそうなスメアゴル vs ウチら陽気なかしまし娘。

51歳になった。あとはもう仕事して死ぬだけである。仕事して死ぬだけの人生って、すごい幸せだけど。

おさい先生出張中なのでひとりで起きて、おはぎの世話をして、事務的なメールをいくつか出して（やっとこれができるようになってきた）、さあ久しぶりにきょうはオフだし、そこらへんのコワーキングスペースでも行って精出すか、と思ってまず梅田に出て、腹が減ったのでホワイティで天丼食って（上）、地下鉄に乗ろうと思ったけどなんか気が進まない。どうせ頑張って書いても俺の本なんか売れないし、俺の論文なんか誰も引用してくれないし（これが地味に堪える）、もう何もかも嫌な心持ちになって、しばらく改札のまわりの地下街をぐるぐるしてた。ひとりで。そんな誕生日。

なんとかいまコワーキングスペースまで来てるんだけど、横の席の若いやつがめっっっちゃ鼻をかんでて、本当に殺したい。

そんな誕生日である。

で、「そんな誕生日です」とか書いてるんだけど、ほんとうは俺の人生で誕生日なんか何の意味もない。むしろ忘れてた。誕生日におめでとうって言うの、なんでですか？　何もしてないじゃないですか？　生きてるだけじゃないですか？

　って思ってたけど、生きてるだけでおめでとうって言ってもらえる日が、全員に平等に1年に1日だけあるっていうことやねんな。最近やっとわかってきた、誕生日の意味が。

　なんかこの話どっかで書いたっけ。

　俺には要らない。ひとりで何もかも嫌になって地下街ぐるぐる歩いてるだけの日だ。

　地下街おめでとう！

　ひとりで何もかも嫌になって地下街ぐるぐる歩いてるだけの日、おめでとう！

「岸先生お疲れのようですから、どうかご無理せず、ゆっくりお休みください。締め切りのことはどうかお気になさらず。あと2日ほどなら延ばせます。明後日までにお原稿をお待ちしています」

ってメールおめでとう！

みんなおめでとう！

　ところで缶コーヒーとかが大嫌いなんですが、ただただ単にカフェインを摂るためだけに買って飲んでますけども、ペットボトルのクラフトボスっていうやつがすっごいカフェインやな。まえに授業中に飲んでたら後半えらい脱線してぶっ飛んだ話ししちゃって、そういえばこれ飲みながらやってたわ。いま成分を検索してカフェインの量にびっくりした。

　覚醒剤か、って思ったけど、覚醒するから文字通り覚醒剤だよな。

　おめでとう！

　えらいこととカフェイン入ってるペットボトルのコーヒー、おめでとう！

八月七日（火）

わしら陽気なスメアゴル娘〜

「スメア」のところは三連符で。

話は変わるが、自分と同じやつが飲み会におったら嫌やな。ていうか、自分が飲み会におったらめっちゃ嫌やな。すっごいキャラかぶるやん。

ここまで考えて、キャラがかぶるのは当たり前ではないかと思った。

同じ人間、同一人物やからな。

そらキャラもかぶるわ。

かぶるっていうか、同じだわ。

でもどうして嫌なんだろう。

それは、キャラがかぶるからだ。

キャラかぶるのは当たり前やんか。

同じ人物なんだからな。

人間が同じなんだから、キャラもかぶるやろ。

かぶるっていうか、同じやろ。

同じ人間が飲み会におったら、嫌やな。

なんで？

キャラがかぶるから。

キャラかぶったら嫌やな？

なんでキャラかぶるん？

暑くて頭がおかしくなりそうである。これいつまで続くんだろう。9月末ぐらいまでは暑いんだろうな……。

みんな、2018年の夏はひどかった、辛かった、っていうことを、覚えておこう。そして、何年か経って、あの2018年の夏はひどかった、辛かった、24時間エアコン付けっぱで、電気代大変だったよーとか言い合いましょう。それまでお元気で……。

朝イチで出勤して院生さんたちの論文にダメ出しする会。昼には終わり、速攻で帰る。ちょこちょこ原稿書いたりぶらっと梅田まで行って新しくできた三番街のフードコート（ここ最高）で飯くったり。

たまたまネットで見つけて、開始3分の昔の大阪の空撮で号泣（笑）。『実録外伝 大阪電撃作戦』。

八月八日（水）

今年2冊めの単著『マンゴーと手榴弾――生活史の理論』の原稿を完成させた。最後の行を書き終わったちょうどそのとき、沖縄の翁長雄志知事が亡くなったとの知らせが入った。意識混濁の速報が出てから、何人かの友人が浦添総合病院にかけつけ、外から見守っていたら、亡くなったあと、夜10時すぎになっても、病院の真上をオスプレイが飛び回っていたそうだ。

上空から、あざ笑うかのように。

八月十日（金）

昨日は平野達也トリオのライブ。京都西院の「さうりる」、初出演でした。誰も来ないかなあと思ってたら15人ぐらい来て小さなお店が満席になりました…ほんとありがとう……。マスターのウッドベースをお借りしたのだがこれが素晴らしい楽器だった。みなさまほんとにありがとうございました。

原稿も書いてライブも終わって、今日はオフ。なんにもしてない。昼間は近所のマッサージいって揉まれながら熟睡。マッサージの途中でどうしても寝てしまう。気持ちいいんだけどなんかちょっともったいないような気もする。

いうてる間に次の本『社会学はどこから来てどこへ行くのか』の初校ゲラが届く。馬車馬か。

北田暁大・筒井淳也・稲葉振一郎との対談・鼎談集なのだが、あらためて読み返してみると俺がアホみたいに駄々をこねるのを日本を代表するカシコ3名が我慢して聞いている本である。

めちゃくちゃ面白いよこの本。

100
4人で対談したとき、
筒井先生にだけスポットライト
あたってて、神々しかった。

八月十二日（日）

昨日は関西大学ジャズ研究会の創立30周年記念同窓会で、場所も関大前のケープコッドと、すばらしい日であった。13時から酒を飲み続け、なつかしいメンバーやわりとしょっちゅう会ってるからそんなになつかしくないメンバーとなつかしい話で盛り上がったのだが、しかしどの同窓会も同じだと思うけど毎年まいとし絶対に同じ話して同じタイミングでツッコんで同じぐらい笑ってる。ジャムセッションも少しだけした。最後の「異邦人」は名作であった。

しかし関大前はなんであんなにラーメン屋ばかりになったのだろうか。ちょっと意味がわからんぐらいラーメン屋ばかりになってるな。

まあ、そうやって個々の店はくるくると回転していっているのだが（王将や大学堂や酒屋のように、30年前と何も変わらない店もあるが）、関大前という街は全体として何も変わらない。私がここに来たのはもう30年も昔で、遠い遠いはるか彼方の過去なのだが、その遠い遠いはるか彼方の過去に暮らしていた街が、いまも変わりなくここにある。電車で30分ぐらいで行ける。不思議な話だ。

あの自分はどこに行ったんだろうと思うが、ここにいるし、あの街はどこにあるんだろうと思うが、ここにある。

しかしあのとき軽音を抜けて4人で独立してつくったジャズ研究会が、30年経ってもいまだにあるのが、ほんとうに不思議です。けっこうミュージシャンや作家や研究者を輩出していて、なかなか面白いところだと思う。

2次会の途中で抜けて、天六でおさい先生、澤田稔さん、金子良事さんとタイ料理食いながら飲む。そのあとちょっと商店街を歩いて南森町のカフェでまた飲む。金子さん、はじめてゆっくりお話ししたけど、なんだか本当に一言喋るたびに、ああこのひとは頭が切れるなあと感心した。いろんなところで「ご意見番」みたいな役割を果たされているのもよくわかる。

13時から23時まで場所を変えて酒を飲んでいた。家に帰ってシャワーを浴びて死んだように眠る。

さいきんアイスノンが必須になってきた。

八月十四日（火）

ほんとすみません昨日も飲み歩いてえらいこと飲んでました。

いろんなことがある。稲葉振一郎 aka 厨先生が「おい岸、ベイズ合宿やろうぜ」と言うので、3日間缶詰でやろうぜというのを泣いて止めて1日だけで勘弁してもらうが、大阪で会議室を借りて、4時間ほどがっつり基礎からベイズ統計の勉強した。講師は甥っ子（統計専門）である。たいへん勉強になりましたが、たぶん俺なにも分かってないと思う。

とりあえず甥っ子が選定した教科書が巨大な鈍器みたいなやつだったのでクレームを申し立てた。

えーと、学生のときにウッドベース（関係ないですがウッドベースって和製英語ですね。英語圏だとコントラバスかダブルベースって言いますけど、なんで「ダブル」なんだろう）をずっとやっておりまして、卒業してしばらくしてちゃんと研究の道に進もうと思ってやめちゃって、そのまま20年ほどやめておりまして、あるきっかけがあって4、5年ほど前に再開したんですよ。20年ぶりに。で、たいへんありがたいことに、最近は月1回か2回、関西のいろんなお店で演奏させてもらっておりまして。

ただ、ものすっごい音程が悪いんですよ。めちゃめちゃピッチ悪いです。ずっと悩んでた。

悩むだけで特になにも特別なことはしてこなかった。純粋に悩んでた。ピュア悩み。

あほかと。なんかしろと。というわけでいろいろ探して、心斎橋の国際楽器社のコントラバス教室に通うことにしました。ウィーン音楽大学でシュトライヒャーに師事されていたという先生。

こないだ、初回のレッスンでした。

あまりに表情がピュアなので
おはぎは
ピュア太郎と
呼ばれています。

……………めっちゃ面白かった…！　目からうろこが100億枚ぐらい落ちた。なんで最初からせえへんかったのか…。ピッチが悪いとかそういうことじゃなくて、もう基礎がまったくできてなかった。

基本的な左手のフォームと、右手の弓の持ちかたぐらいで1時間終わり。次は2週間後。

いろいろためになるお話を伺ったけど、「10分練習したら休め」っていうのにめっちゃ感動した。練習してるうちに楽しくなってくるんだよな。ノッてきてしまう。ノッたらあかんねん、楽しくなったらあかんねん、練習は。

めちゃ納得した。

これからのレッスンがものすごく、ものすごく楽しみです。

八月十八日（土）

十三の路上というかテラスで食ったタコスはうまかった。フローズンマルガリータで酔っぱらった。

飲んでばっかりか。

きのうから大変涼しい。開けっ放しで寝たら明け方肌寒かったぐらい。秋やんと思ったけど、これでも夜中23度ぐらい、日中は31度ぐらいなので、普通に夏である。

しかし今年はほんとキツかったですな。春、夏、秋、冬にもうひとつ「5つめの季節」を付け足したほうがええんちゃうかと思ったぐらい。

死とか。

春、夏、死、秋、冬。

7月8月と精神的にも時間的にも余裕がなかったのでメールの返事もおろそかにしてたんだけど、やっとさかのぼって数百通のメールにもういちど目を通している。あほみたいだが、まあ実際にあほだから仕方ないのと、あとはもう、ほんとに忙しかったのでしょうがない。そのわりにはにがにが日記読んでも酒飲んだりしてるのだが、ほんとうに忙しかったんですよ。

というわけで本日はあまりにも気持ちの良い朝だったので近所の公園を散歩してホテルで朝食を食べるという贅沢をした。昼過ぎにふと思い立っ

て田辺の LVDB BOOKS さんにおじゃました。店のかたと少しだけお話をする。『断片』が一冊あったので、サインさせてもらう。おさい先生にどんくま描いてもらいましたので、よかったらお店で手にとってください。
　夜中にやっと仕事の区切りがついたので、吉野家で牛皿食いながらビール。深夜でも開いてて、飯も食えて、冷えたジョッキでモルツの生が飲めて、しかも禁煙である。私にとっては吉野家は理想のバーである。
　なんだかんだいってまた飲んでいる。

八月二十四日（金）

　またちょっと空いた。空いてもええんやで。空いてもいいんですよ！　日記を書けない自分を好きになってあげて！　ありのままの自分を肯定して！

　何してたっけな、というか、何もしてない。お盆になってやっと大学業務もひと段落ついて（っていうほど何もしてないけど）、半年ぶりぐらいに数日間の純粋なお休み設定。まあ原稿書いてましたけど。あと事務仕事な。もうほとんどアスリートやな。アスレチック事務。マシン事務。事務トレーナーつけてくれ。フィットネス事務。痩せへんわ。

いうほどたいした事務もしてないけど。でもいくつか、ずっとほったらかしになってた懸念のことが片付いて、少しほっとする。

閃輝暗点とか偏頭痛とか。あとプチ鬱が続いて自分で自分がめんどくさかった。あとは、ピアニストのぱくよんせさんにスタジオでレッスンしてもらったりとか。いろいろと大変ためになるアドバイスをいただきました……。音程そんなに悪くないと言われてひと安心。まだまだ基礎練習やります。あとフランスのＩＮＡＬＣＯ（東洋言語文化研究所）の院生さんとお話ししたりとか。あとちょっと社会学関係で大きな仕事が始まりかけたり。まだどうなるかわからんけどね。

あと他にいろいろ溜まってる仕事もあるんだけど、昨日から大きな台風が来てて、事務仕事をやる気にならず、ほったらかしになっている小説3作めを久しぶりに再開。夕方ぐらいにうだうだと1万字ぐらい書き足して、いま4万字ぐらいになった。

まだ暑いけど、だいぶましになったね。

強い子、良い子、イナルコ！
（東洋言語文化研究所）
フランス

30

2章

二〇一九年三月二十日 – 五月四日

二〇一九年

三月二十日（水）

阪急梅田駅の茶屋町出口んところに「走ると危険です。ご協力ください」って書いてあって、ぜひご協力したいんだけど、何をどうすればいいかわからない。

そういうことはちゃんと言葉で伝えてほしい。私たちがお互いに理解しあうためには、言葉を尽くした理性的な対話が必要なのである。

いや、わかってるで。走るなっていうことやろ。じゃあ、そういうふうに初めから言ってくれよ。言われないとわからへんやろ。なんでちゃんと言葉で伝えてくれないのか。

それで、うっかり走ったらキレられるんだろ。どうすりゃいいんだ俺は。

歩けばいいんだけど。

ばかだなあ、言わなくてもわかってるよそれぐらい。

しかし、言われてもわからへんこともある。

中華三昧の塩をよく食べるんだけど、袋の裏側に、スープは器にあらかじめ入れておいて、麺とお湯をそこに入れろって書いてある。でも、具をたくさん入れたりすると、お碗のなかが麺と具とお湯でいっぱいいっぱいになってしまい、うまく混ざらない。そしたら、おさい先生はそもそもレシピなんか見てなくて、普通に鍋のなかにスープの素を入れてぐいぐいかき混ぜていた。

そっちのほうがうまかった。

おさい先生によれば、いくつかのホットケーキミックスは、焼いてるとき蓋するなって書いてあるらしい。

蓋したほうが絶対にうまく焼けるで、といつも主張している。

あと、これは私が若いころ気づいたことなんだけど、カップスープあるやろ。あの粉のやつ。あれ、「15秒かき混ぜろ」って書いてあるけど、30秒から1分ぐらいずっとかき混ぜたほうが美味しいで。糊化（α化）するで。

ぜんぜん違うで。
インスタントのカップスープを美味しく作るコツは、（1）お湯の分量を正確に守ること（2）30秒以上ゆっくりかき混ぜること、以上です。
ご協力ください。

三月二十二日（金）

会議がなくなった。今日は家で好きな文章書いて過ごすねん。

ところでよく猫の○歳は人間でいえばもう○○歳、みたいな言い方があるけど、あれを逆にしたいといつも思ってる。

岸先生って何歳？

猫でいえば9歳だよ。

めちゃうざい。

昔はスナックなどでよく、「お仕事何されてるんですか？」という質問に「何に見える？」というざい返しをわざとしていた。

めちゃうざいやん俺。

関係ないけど、飼い猫は自分のこと猫って思ってない、っていう言い方あるよね。自分のこと人間だと思ってるとか。

何とも思ってないと思う。猫とも人間とも思ってない。というか、猫とか人間とかそういう概念がない。当たり前ですが。

関係ないですが、おはぎがずっとげほんげほんと咳をしていたので、リビングと寝室に巨大な空気清浄機を置いた。

咳がだいぶなくなった。

おまえ、猫アレルギーやったんちゃうか。

そうなのか、おまえ。

三月二十三日（土）

仕事を減らした。そろそろ限界にきていたのだ。限界にきていても、来るオファーは基本的にぜんぶ受けていたのだが、それがほんとうに限界の限界にきて、3日間ほどかけて20人以上にメールして、お詫びして、すでに決まっていたほとんどの連載、取材、執筆、出演の企画を休止、キャンセル、辞退、中止させていただいた。6月に決まっていたパリとロンドンの出張を延期したのはほんとうにもったいないことした……。

もちろん全ての仕事を止めてしまったわけではない。いくつかの仕事は残った。

担当の方がたには本当にご迷惑をおかけしました、申し訳ありませんでした。ギリギリまで頑張るつもりで、すべて自分でお引き受けしていたのですが、これ以上は無理、というところに来てしまいました。

今日は、とても大事な用事で、京田辺に行った。めっちゃ寒かった。そろそろ桜のつぼみも膨らんでいるのに、この季節はたまに急に寒くなることがある。

ダウンとマフラーと手袋でもよかったぐらいだけど、なんか厚着に戻るとそのまま世界も冬に戻ってしまいそうで、やせ我慢して薄着で行ってきた。体冷え切った。

駅前のショッピングセンターが寂れ切っていた。学生さんもたくさん住んでるはずなんだけど。ショッピングセンターの入り口に「禁煙」と書いてあって、その下に「禁酒」って書いてあった。禁酒は珍しいね。ベンチで長時間酒を飲むおっさんとかがおるんやろか。

なんか寂しい感じの街だった。

三月二十五日（月）

取材を受けていた。調子に乗って3時間も喋ってしもた……。ほんとすみませんでした。

先日、Apple Store 心斎橋で買い物をしたときに（そのときもいろいろあって面白かったのだがいま書く気力がない）もらったクーポン券で、USB－CとUSBの変換プラグを買った。あとUSB－CとVGAの変換ケーブル。

せっかくのクーポン券なのに、実用的すぎて面白くもなんともない。楽しくない。

USB－Cであと20年ぐらい固定してほしい。お前らもうコロコロ仕様変えるなよ。

あと、気がつけばDVDがなくなってブルーレイになってる。なくなった、ってこともないけど、やっぱりひさしぶりにDVDを見ると、画像が荒くて気になる。結局同じ映画をブルーレイで買い直しである。

ブルーレイはもう100年変えるな。これで固定してください。

ところで、こないだまで20日間、沖縄にいた。生活史の聞き取り調査をしていた。「重い」調査だった。

よく誤解されるけど、調査が「楽しい」と思ったことは一度もない。人見知りだし引っ込み思案だしコミュ障なので、できればしたくない。とくに沖縄戦の調査は、テーマからして、重い。辛くて、しんどい。

でも、ひとり生活史を聞くと、毎回まいかい、とても良いお話を頂いた、と思うし、聞いてよかったなあ、と思うし、明日も頑張ろうと思う。

挨拶回りから始めて、院生さんにも手伝ってもらいながら、20日間で12名の方がたから、沖縄戦と戦後の生活史を聞き取ることができた。

調査実習で学部生が聞いた分も含めて、これまでで50名の方から聞き取りをしたことになる。

本にまとまるのは10年後かなあ。そのまえに報告書にして語り手の方やその家族や地元の公民館や老人クラブに配布しようと思う（すでにしている）。

三月二十六日（火）

それで、その沖縄調査があまりにもしんどいので、いつも行く久茂地のマッサージ屋さんに行ったのである。店長のおっちゃんがとても上手で、いつも途中で寝てしまう。

そういうマッサージ屋さんはだいたい、ちょっと薄暗くて、なんか「オルゴールで奏でるサザンとユーミンとジブリの名曲」みたいなＢＧＭが流れている。癒しの空間である。

ところが、ベッドに横たわってまず始めに背中をぐいぐいと押され、「あふぅ」ってなってるところに、ＢＧＭで誰だかわかんないけどめっちゃ「翼をひろげて時間《とき》を止めて」系の J-pop が流れてきた。

これは辛い。うるさい。イライラしてリラックスできない。

ずっと我慢してたけど、なんかイライラしすぎて笑ってしまった。

「どうかしましたか」と聞かれて、つい「いや、BGM変えてくれへんかな……。ほんと申し訳ないですが、なんか学生と夜中のカラオケボックス来てるみたいで、聞いてるだけで疲れてきます」って笑いながら言ったら、店長さんも笑いながら、あ、すいませんでした、って言って、CDを変えてくれた。

なんか音楽かけてよ!
BGMたのむと、ふざけて
お正月のショッピングセンターで
かかってるやつかけてくる
よっしゃ!
まかせろ!!

インストのJ-popが流れてきた。あの、カラオケボックスで曲が入力されてないときのインターバルのときに流れる感じ。何かの曲のカバーなんだけど、ベースもドラムも打ち込みで、主旋律がシンセとかで奏でられているやつ。

ますますカラオケボックスみたいになってきた。

また笑ってしまって、それでもう、本当に申し訳ないけど、ちょっと笑っちゃってマッサージされててもぜんぜん疲れが取れないから、ほんとにすみませんけど、これ何とかならんかなあ、ってお願いしたら、店長さんもすごいいい人で、また笑いながら、3枚めのCDにしてくれた。

沖縄民謡が流れてきた。

それも「島唄」とかそれ系のやつである。しかも主旋律はシンセ。あとバックに波の音。

声出して爆笑したら、店長も爆笑してて、店長自ら「これ沖縄料理の居酒屋にいるみたいですね」って言った。

で、また変えてくれた。

洋楽ロック名曲集みたいなやつ。主旋律はシンセだ。

さすがにもう何も言わなかったけど、しばらくずっと笑ってた。

帰りにはもう、平謝りである。ほんとにめんどくさいこといって、ほんとにほんとにすみませんでした。

マッサージされにいってこんなに笑ったのは初めてだった。しかし俺もまだまだ辛抱が足らんなと思った。ＢＧＭぐらいでこんなこと言うたらあかんやろ。

ちょっとアレだ、次回だいぶ行きづらくなった。

今日は教授会、院生さんと面談、そのあと同僚の先生と学内でいろいろ積もるお話をした。ひっさしぶりに大学に行ったら、レターボックスが溢れ出していた。新潮と文藝と文學界とすばると群像を毎号送ってもらってるんだけど、ほとんど読まないんだけど（時間がなくて）、送ってもらうのが申し訳ないので止めてもらおうかなと思ってるんだけど、たまに「おっっっ」っていうやつがある。川上未映子さんの新作の長編小説とか。本になってからゆっくり読もうと思ったけど、待ちきれないので掲載誌を買おうと思ってたんだけど、ちゃんと送られてきていた。とてもうれしい。読むぞ。

川上さんの小説も好きだけどエッセーも好きで、どれだったか忘れたけど、マッサージ受けてて、足裏に妙にツボなところがあって、どこに効いているんだろうと思って「それどこですか」って聞いたら「筋肉です」って言われた、っていう話を読んで笑ったことがある。

マッサージの話ばかりしてるな俺。

三月二十七日（水）

沖縄に出張してるときによくいく美容院が那覇にあって、こないだもそこで切ってもらってたんだけど（そういえば2月にも行ってた）、うだうだと喋りながら切ってもらってて、だいたい切り終わったあとにケープを外しながら、「じゃあいったん流しますねー」と言われた。

ああ、そうだ。

それは、人生において、大事なことだなあ。

いったん流すのは。

おれもいったん流そう。いろいろ、スッと流せないことも多いけど、それでもやっぱり、そういうのもわかった上で、いったん流そう。

いったん流そうよ。

三月二十八日（木）

おさい先生が出張にでかけたので非常に静かである。一階の洗濯機の音がかすかに聞こえてくる。まるで波の音のようだ。遠くでカラスの群れが鳴いている。近所の家で修繕をしている金槌の音がする。

と、ここまで書いたら、玄関の呼び鈴が鳴ったので飛び上がるほど驚いた。心臓止まりそうになった。

千趣会からなんか届いた。おさいはベルメゾンでめっちゃ買い物してるようだ。

と、ここまで書いたら、郵便屋さんが来た。フアンケルからなんか届いた。

めちゃ買ってるやん。

さて洗濯。

そういえば子どものころ、いろいろひとり遊びをしていた。そのうちのひとつに、「どこまで遠くの音を聞けるか」っていうのがあって、ひたすら耳をすまして、聴覚に集中して、無意識に耳に入るひとつひとつの音を聞き分けて、そのなかでいちばん遠くから届いている音は何だろう、という遊びをしていた。

暗い子だった。

これを書いたあと、夕方になって、また郵便屋さんが来た。

またファンケル来た。

夜、さあ事務仕事するぞと意気込んで気合い入れて書斎のデスクの前に座って、そのままぼんやりとしてたら2時間経過した。

何しとんねん。何しとんねん。

何しとんねん。

英語で言えば、Nani siton nen.

三月二十九日（金）

仕事で出かけた帰りはだいたい梅田を経由するんだけど、最近ちょくちょく阪急百貨店の地下で何かお土産を買って帰るようにしている。

こないだはたねやでどら焼きを買ったんだけど（先日友人の結婚式に行ったときに、東京の日比谷コテージに寄って店長の花田菜々子さんにどら焼きを差し入れしたら、どうしても自分でも食べたくなった）、人気の店なので、たくさん並んでる。

私の前にいたおばあちゃんが、やっぱりどら焼きを4つ5つ買ってて、店員さんから「お包みしますか？」って聞かれたときに、「いや、うちと妹の分やから、そのままでええよ」って言った。

めっちゃかわいい。

いまから妹さんとこに寄ってから帰るのかな。

「包装せんでええよ」と言えばすむところを、

「妹の分やから」という余計な一言がつけ加わることによって、この大阪という街が成り立っているのである。大阪に限らんけど。

とりさんのさえずり…
森にいた頃を思い出す…
ピクピク
※いたことありません。

四月十五日（月）

先日のにがにが日記について、おさい先生からクレームが来まして、「ファンケルが2回来たうちの1回は、『お皿です』って書いておけ。わかるひとにはわかるから、書いておいてください」ということだそうです。ぜんぜん何のことかわからんけど、書いておく。

ファンケルのお皿って何や。

なんしか「買いすぎてるわけではない」ということらしい。

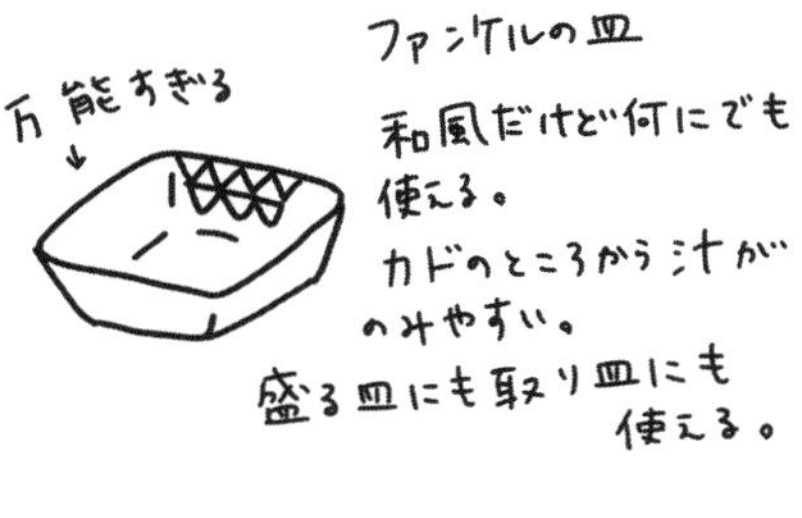
ファンケルの皿
万能すぎる
和風だけど何にでも
使える。
カドのところから汁が
のみやすい。
盛る皿にも取り皿にも
使える。

もう1件クレームをいただいております。京田辺に住んでる姪っ子から、「あれは春休み期間だったからで、大学の授業があるときはもっと賑わってます」ということでした。

お詫びして訂正します。

仕事を激減させたおかげで、ひさしぶりに「ヒマ」というものを感じられるようになったのだが、これってよく考えるとこっちのほうが当たり前で、もとに戻っただけだ。これまでが異常だったのである。もともとそんなにバリバリ仕事するタイプじゃなかったのに。

今年度はもう無理をしないようにしたい。

しかし今年も桜がきれいだったですな。

『新潮』のリレー日記で、近所の川に桜を見にいってそこで寿司の醤油を落として何もかもダメだっていう気分になった、ということを書いたのは、もう2年前か。そして1年前は、確かににがにが日記で「今年は醤油を落としませんでした」と書いた。

今年は寿司を買わずにパンを買って食べました。桜を見ながらパンを食べてるとハトがめっちゃ集まってくる。

一切やらん。

ファンケルでお皿をゲットしたらしいおさい先生だが、最近はNetflixのオリジナルドラマの「リラックマとカオルさん」にハマっている。

ちょっと見せてもらったが、とても良い。CGを、わざとストップモーションのクレイアニメっぽい感じにしてるんだ、と思ったら、ほんとにストップモーションらしい。すごい手間と予算だな。

「等身大のOLの日常」みたいな感じ。でもちょっとなんか妙にリアルなところもあって、ちょっとだけ心が痛い話もある。

リラックマかわいいな。

うん。

でもウチにもおるからな。

りらっねこやな。

りらっねこってめっちゃ言いにくいな。

めっちゃ言いにくいな。りらっねこ。

りらっねこ。

りらっねこ。

しばらくふたりで「りらっねこ」「りらっねこ」「りらっねこ」「りらっねこ」と声に出して言っていた。

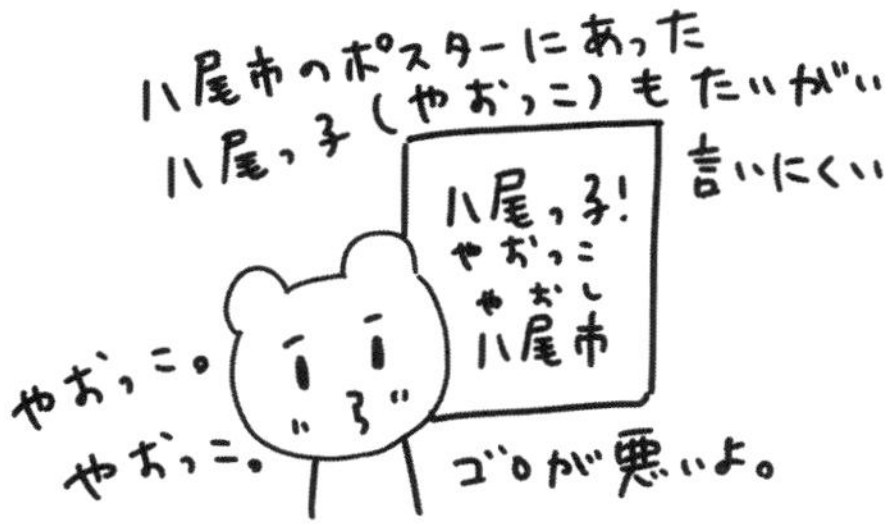

舌がねばねばのねちゃねちゃになる感じ。りらっねこ。
声に出して言うてみてください。
電車のなかとかで。

四月十六日（火）

もうずいぶん昔のことだけど、名前の画数っていうものが気になって検索したことがある。姓名判断っていうんですか、ひとの人生が幸せかどうかは、その名前の漢字の画数で決まるっていうやつ。

バカバカしくて笑える。どんな因果関係なんだ。

たしか社会学入門みたいな授業で、ラベリングとか予言の自己成就みたいな話をするときにネタにしたんだと思う。

で、検索して調べてみたら、私の人生が幸せになる漢字に、「汗」「肉」「尿」が含まれていた。

岸汗彦。

岸肉彦。

岸尿彦。

幸せになるわけないやろ。

しかし「岸肉彦」はちょっといいなと思った。

肉彦。

「岸」姓の方は、ご自身の息子さんに「肉彦」と命名して、幸せになれるかどうか実験してみてください。

ところで「図書室」が三島賞の候補になりました。とてもうれしい。

前回、「ビニール傘」で芥川賞と三島賞の候補になったときはもう、混乱して困惑して、何が何だか訳がわからんかったけれども、今回は素直に素朴にしみじみとうれしい。受賞するかどうかはあんまり考えてないけど、でもやっぱり受賞できたらいいな、と素直に思う。できなくてもぜんぜんいい。

2週間ぐらい前のことだけど、梅田蔦屋書店のなかにあるラウンジ（真ん中のとこじゃなくて、隅っこの、大阪駅を見下ろす壁一面のガラスのところの、いつもトークイベントとかやるコワーキングスペース的なほうのラウンジ）で座ってロバート・ブランダムの『推論主義序説』を半泣きで読んでたら、担当のtbtさんから電話がかかって

彼の作品は芥川賞候補にあげられた。
電子辞書（スペイン語）みてたら、こんな文章ありました（ホントの話）。

岸卵彦も画数よいです。
たまご大好き♡
改名してもええで。

きて、「図書室」が三島賞の候補になりました！と伝えられた。

もともと単行本にしましょう、という話はしていたのだが、これを機に急いでしましょう、ということになった。

候補もうれしいけど、単行本になることがうれしいな。たくさん読まれますように。

肉彦じゃなくて政彦でもいいことがある。

五月十七日（水）

毎日まいにち少しずつ夏っぽくなっていく。

冬のあいだ、寒い寒いといって靴下をはいて、スリッパをはいて暮らしている。そのうち春が来て初夏が来て、いつのまにか裸足になっている。

あれっいつのまにスリッパ脱いだんだろうといつも思う。

スリッパ脱ぐとき靴下も一緒に脱いだんだろうか。どの瞬間に俺は裸足になったんだろう。

いつも不思議なのだが、いつもその瞬間を見ることができない。いつも、夏がくるといつのまにか裸足になっている。

そうやって気がついたら51歳になっている。そのうち死ぬ。

おはぎやきなこの寝る場所がよく変わるので、そのつど季節を感じる。冬のあいだはストーブの前を占領している。寝るときは布団のなかだ。きなこはずっと布団のなかで、おはぎも入ってくるんだけど、長毛族なので途中から暑くなるらしく、気がつけば外に出ていて、布団の上から俺の足の間にすっぽりと埋まっている。

ここ18年ぐらい、冬のあいだに寝返りを打ったことがない。

夏の間は1階のクローゼットのなかがお気に入りだ。家のなかでいちばん涼しいのがここだ。よくわかってるなあ、と思う。賢いよなあ。

あわわ!!
指をかんだときに見えるキバがかわいいです。

これを書いているいま、おはぎはリビングの大テーブルの上の小さなカゴのなかで寝ている。撫でるとあくびをしたので指をつっこんだら噛まれた。

18年間ずっとこれやっているが、飽きない。

そしておはぎもまったく学習しない。あくびをしたら指を突っ込まれる可能性がある、ということを、一切考慮せずあくびをしている。そして口を閉じるとき指を噛んで自分でびっくりしている。

昨日の夜、おさい先生がおはぎに日本語で話しかけながら、気がつけばきなこきなこと呼びかけながらしくしくと泣いている。

あんなに泣いたのに、きなこを思っていまだに泣いている。

もう1年半が経つんだけどね。

さみしい、切ないという気持ちが消えない。どこで誰と何をしてても、気持ちの底にさみしいという感情が常にある。

四月十八日(木)

数日前に散歩をした。おさい先生が大阪市大で用事を済ませた帰りに早い時間に天王寺で待ち合わせをして(合流する前にひとりであべちかで海老天丼食べた。昼間なのでビールはやめといた。ああいうファストフードの天丼屋が好きだ。海老天も好きだが鳥天も好きだ。白いご飯が好きなのでつゆは少なめが好き）、天気が良かったので天王寺公園に行く。きれいになってから初めて行った。あそこで寝てたおっちゃんたちはどこ行ったんやろなあ。

美術館でフェルメール展がやってて、そんなに混んでなかったので、なんとなく入ってみた。わりと良かった。

フェルメール展
行きました。
TBT
実際はきし先生の原稿はいつもギリギリ完成ではないし、
編集TBTさんもうしろに立ったりしません。

フェルメールに至るまでのオランダ絵画がたくさん並んでて（フェルメールの作品が少ないからだろう（笑））、手法と時代ごとにわかりやすく整理されていた。神話や聖書の「名場面」を描いたものから、徐々に人びとの普通の、日常的な暮らしの描写に主題が変わっていって、フェルメールになるともう固定した構図を繰り返し使って、光と陰を描写する抽象的なものになっていく。「見る」ということそのものが主題になっていくのである。

知らんけど。

なんかインテリっぽいこと書いてて恥ずかしい。

まあいいや。

それにしても、写真も映画もテレビもない時代に、「ある光景を切り取って保存する」という絵画のインパクトは、どれくらいのものだっただろうと思う。写真も映画もテレビもない世界で、薄暗い教会や邸宅の壁に飾られた絵画を見たとき、みんなどう思っただろう。

視覚的な感受性を持って生まれた子どもが、写真も映画もテレビもない世界で、生まれて初めてダヴィンチの絵画を直接その目で見たときの衝撃は、どれくらいのものだっただろう。

あと、天王寺の美術館はほんとうに建物が良い。いま大阪は古くて良いものがどんどんなくなって、ただ外見だけが派手な、安っぽいものに変わっていくけど、これだけは残しといてほしいな……。

帰りに四天王寺らへんを散歩してたら、ドラマーの弦牧くんに会うた。ていうか、弦牧くんの実家の仏壇屋さん（多宝堂）の前を通りかかったので、店先の写真を撮って「いまここ」って弦牧くんに送ったら、店を飛びだして走って追いかけてきてくれたのだ。

のんびり歩いてたら後ろから突然、息を荒くした弦牧くんが現れてびっくりした。

弦牧くんは、

このへん猫多いすよ。

とだけ言い残して、店に帰っていった。

天王寺のあたりはほんとに散歩してて楽しい。古き良き大阪。

ねこの写真を撮る
きしを撮った
写真、知りあいの
倫理学の授業で
使用され
ました。
← メタ

四月十九日（金）

毎日書いてるわけじゃなくて、気が向いたときに適当な日付をつけて書いているので（ほんとうにその日の出来事を書くことも多いが）、日付の意味があんまりないなあと思って、わざと5月にしたりしてみた。

たぶん新潮の校閲さんから「5月になってますが、OK？」というエンピツが入ってると思う。

ひっかかったな。

わーざーとーでーすー。

わーざーとーでーすー!!
←悪いことしてるときの岸先生の顔

いやむしろ「5月17日は金曜日ですが、（水）でOK？」というエンピツが入るかもしれない。

以前のにがにが日記で、どら焼きを買おうと阪急の地下のたねやで並んでたら、おばちゃんが「うちと妹の分やから、包まんでええよ」って言った、という話を書いた。

そのあと、おさい先生が服を見てたら、たまたまその場にいたおばちゃんが店員さんに、「私はこのヒラヒラが好きなんやけどな、ウチの子らが嫌いやねん」って言ったらしい。

めちゃかわいい。

店員さんも「そうなんですねー」しか言えないだろうけども。

いよいよ夏みたいになってきた。

うちの風呂はタイル張りで、天井のところに小さな明かりとりの窓がある。たまに、昼間シャワーを浴びるときに、わざと電気を消して、その窓から入ってくる光だけにすることがある。

冷たいタイルの床にシャワーのお湯があたり、そこにぼんやりと陽の光が小さく差してて、いつもなんか、夏休みの民宿みたいやなと思う。

自然光だけでシャワーを浴びると、夏の民宿の風呂場みたいになります。

うまく言われへんけどわかるかな。

19日は三島賞候補の発表で、15時には発表しますと言われてずっと待ってたんだけど、けっきょく新潮社のウェブサイトで発表されたのは16時すぎだった。

ページが更新されて1分後ぐらいにtwitterでお知らせしました。

大阪弁で言うところの「うれし」である。

うれしがりの「うれし」。

俺、うれしやん。

そのあとコンビニでレジメを150枚コピーして、京都駅前のキャンパスプラザへ。応用哲学会の「サテライトイベント」に参加し、報告させてもらったのである。3ページのレジメを50部も用意すればいいだろうと思って会場に行ったら、90席の会場に立ち見がたくさん出るくらいの人が集まっていてびびった。100人ぐらいは来てたと思う。若いひとが多かったな。ウチの院生もたくさんいた。

内容は、そのうち文章にしたいと思ってるけど、A・R・ホックシールドの「ディープストーリ

オダサク賞作家の「イメージ」のどんくま
少食そう
ワインとか好きそう
スカーフしてそう
でも「架空」なんで!!!

ー」っていう概念を題材にとって、「他者を理解するときに、相手の信念を保留することができるか」っていう話をした。「できない」が結論。あるいは「できるだろうけど、思われてる以上に難しい」。なぜかというと、会話というものには、推論主義意味論でいうところの「コミットメント」が必ず発生するからであり、云々。

理解できない他者、あるいは、受け入れられない信念を持った他者を理解するときに、その信念や価値観みたいなものを括弧に入れて、その信念に対して「中立」の立場から理解しようとするのが社会学でも人類学でも王道のやり方なんだけど、現場でのコミュニケーションに「入って」しまうとそれはけっこう難しいんじゃないかな、という問題提起のための報告で、対案はない。答えはありません。ない。

四月二十六日（金）

忙しい。去年のにがにが日記を見返してみても「忙しい」しか書いてないな。

結局今年も忙しいやんけ。仕事減らしたはずなんだけど。

こないだ西院の串カツ田中にひとりで寄ってビール飲んでから帰った。

串カツを5本ほど注文。豚、チーズ、手羽元、茄子、筍。そしたら店員さんが「1本ずつで大丈夫ですかー」って言った。

いやひとりで2本ずつ10本も食わんわ。

なんか「そういうおっさん」に見られるみたいで、定食屋に入ると必ず毎回「大盛り無料ですよ」「おかわり無料ですので」って言われる。

そんなに白い飯食えんわ。

よっぽどそういうおっさんに見られているのであろうか。

にんにく嫌いなんですよ。

っていうと絶対に「えーーそういうふうに見えへーん」って言われる。

どういうふうに見えてんだ。

あと実はキムチもあんまり好きじゃない。

「えーー意外っすねー」

なぜだ。

前に餃子の王将のカウンターで片手に文庫本読みながら焼き飯と餃子食ってたら（にんにく嫌いだが王将の餃子は好き）、たまたま学生に目撃されて、「岸先生ほど王将のカウンターが似合う男もいませんね」と言われた。

褒められたのだと思いたい。

昨日まで2日連続で院生さんの個人面談が合計8人入っていて、ひとり1時間ずつだから8時間ほど話を聞いていた。面談が終わってから、そのまま流れで研究室で飲み会になった。たまたま差し入れおよびお土産のビールと日本酒があったのだ。軽く飲むつもりがけっこう飲んじゃった。

いろんな話を聞いた。若い院生さんもみんなそれぞれいろんなものを背中に背負ったりお腹に抱えたりしている。みんな大変だな。とりあえず俺にできることは、いい論文書いてね、と言うことだけだ。みんないい論文書いてください。がんばれ。

そういえば昔、学生に「そういえば俺むかし瘦せてたんだよねー」って言ったら「えーーめっちゃ意外ー」って言われたのを、たったいま思い出した。

くっそー。

四月二十七日（土）

さいきんイチゴのショートケーキばかり食っている。果物は嫌いなのだが、イチゴのショートケーキだけは好きで、いや普通にフルーツタルトとかも大好きなんですが。お菓子になってる果物は好きだな。あと酒。ウォッカのグレープフルーツジュース割とかよく飲みますね。果物自体は嫌い。ほんとどうでもいい話だけど。

イチゴのショートケーキも、別にそんなに好きじゃなかったんだけど、なぜか数年前からよく食べるようになった。食べ物の好みって変わるんだな。

ほんとどうでもいいですが。

さいきん Apple Music でよく聴いているのは、アフリカとカーボベルデの音楽。とても良い。アフリカっていっても広いけど、コンテンポラリーでポップなやつ。そういう音楽を聴きながらミュージシャンを検索して調べると、だいたいみんなパリに移住しちゃうんだね。ワールドミュージックの中心地になってるっぽい。

なんか「新しい音楽を聴けなくなったら老化」とかよく言われるよね。そんな簡単には言えないとは思うんだけど、まあなんか、そういうもんかな、とも思う。

なるべく新しい、これまで聴いたことのないジャンルの音楽を聴くようにしている。

ロック以外。

そういえばおさい先生は付き合い始めたとき、実はヘビメタが好きだったのだ。俺はジャズとボサノバが好きで、まあ音楽の趣味は合わんかったな。おさい24歳、おれ30歳。

おさい先生、いまではサルサを聴きまくっておられます。これだと一緒に聴ける。

もともとロック少女だったんだけど、いちどラテン音楽を聴いてしまうと、もう単調な8ビートの世界には戻れない、と申しております。もちろんそんなこと人それぞれですが。まあしかしわかる。

スペイン語も独学でペラペラになっておられます。こないだメキシコでスペイン語で学会報告されてました。ＩＳＡ（国際社会学会）のRC06（家族問題部会）。

　オチもまとまりも何にもない話。

「あゆみより」
うどん好き
ちくわ天
うどん
肉っぽいのが
好き

四月二十八日（日）

　ＧＷ初日、須磨を散歩した。ふと気がつくとＧＷは毎年須磨に行ってる。自分のなかで、電車で行けるもっとも幸せな場所、ということになっているらしい。

　ほんと好き。山があって、すぐに街があって、すぐに海がある。こんなに良いところはない。

　須磨のビーチは、風が強くて肌寒かったけど、家族連れがたくさんいた。

　良いなあ。

　長田のあたりも歩く。家がぜんぶ新しい。震災で大きな被害が出たところだ。再開発された、人っけのない商店街に、きれいな街灯が並んでいる。ケミカルシューズの町工場がたくさんあって、そのなかにベトナムの食材屋さんがあった。実習生がたくさんいるんだろうか。

　震災の聞き取りもしたかったな。地元関西でもっと調査したかった。

　いつかやろう。

　気がつくと三宮まで歩いていた。連休で、ともだちからおすすめしてもらった中華料理はどこも予約でいっぱいで、センター街のモロゾフでお茶飲んで、阪神で梅田に戻り、阪神百貨店の下の立ち食いのいか焼きのところで晩ご飯。おさい先生はいか焼き。私は天丼。うまかった。

神戸はほんとうに良い。遊びに行って楽しくなかったことがない。

職場があったら嫌いになってただろうかと思う。

京都も嫌いじゃないけど、仕事で通勤してると、休みの日にわざわざ京都に行くということがなくなる。

神戸には100%遊びでしか行かないので、そりゃ楽しいのも当たり前である。

しかしやっぱり神戸が好きだ。須磨も好きだし、長田のあたりも好きだし、元町らへんも好きだ。山手のほうも好きだし。好きじゃないところがない。

神戸で生まれて育ちたかった。神戸で人生を過ごしたかったと思う。

そしたらやっぱり、東京とかに出て行っちゃってただろうか。それで、神戸に生まれて、東京に住んだら、それはそれで大阪とかの「他の街」に憧れたりするんだろうか。

そして「大阪好きだ。大阪で暮らしてみたかった」とかいって、大阪で家を買って大阪で生きていく人生のことを想像しただろうか。

いまの大阪での人生は、他の街で人生を送っていた別の俺が空想してるものなのかもしれないと、いつも思う。

五月四日（土）

何してたっけな。

昨日、打越正行とトークライブしました。「ついに出た」感がある、打越正行『ヤンキーと地元――解体屋、風俗経営者、ヤミ業者になった沖縄の若者たち』（筑摩書房）。15年来の付き合いなのだが、社会学業界では「知る人ぞ知る」逸材として有名だったのだが、その初めての単著がようやく形になった。一流のルポルタージュでもあり、同時に堂々たる正統派の社会学的モノグラフでもある。

いやしかし、付き合いが長いこともあって、ほんとうに感無量である。ここ数年は共同研究者としてしょっちゅう沖縄で飲んでた、もとい、研究会をしていたので、本書に出てくるエピソードはほとんどリアルタイムで聞いていた。それが本になっている。こんなにうれしいことはない。

上間陽子『裸足で逃げる――沖縄の夜の街の少女たち』（太田出版）と並ぶ、「沖縄の語り方を変える」名著である。

なんといっても、沖縄の暴走族の少年たちを取材するために自分も原チャリで一緒になって走り、そしてみんなが暴走族を卒業して日雇い労働者になったら、今度は自分も同じ飯場で働いたのである。

そうやって、10年以上かけて、同じ若者たちのグループと寝食を共にして調査してきたのだ。イベントのときも熱く語ったけど、これはただ単に、若者たちの人生の10年を見てきた、というだけではない。

その間、打越正行の人生にも、おなじ10年が流れたのである。

つまり打越は、自分の人生の10年という時間を、調査のために差し出したのだ。

これはそういう本だ。

そしてまた、ぱっと見、一般向けのルポのようだし、実際にそのように面白く読める本なのだが、もとになっているのはいくつかの学術論文であり、この本は意外なほど「理論的」である。そのうち、この本の理論的側面について、あるいはこの本を「社会学的に」どう読んだらよいのかについて、自分のブログにでも書こうと思っている。

　去年の秋ごろから鬱になり、今年の春休みにいっせいに仕事を減らしたのだが、打越正行とのトークイベントと、稲葉振一郎とのトークイベントだけは残したのである。これは絶対俺がやらないといけないと思った。

　それぐらい気合いを入れて、昨日のイベント当日。

打越先生がうちに来ると、
声がデカイので、
あの温厚なおはぎの
キゲンがすごく悪かった。

かなりギリギリになってロフトプラスワンウエストに着いて、楽屋に行った。

打越はもうビール飲んでた。

やる気あるのか…………。

というわけで2時間半、140人近いお客さんでぎゅうぎゅう詰めになったロフトで、思い切り喋り倒しました。そのあと内モンゴル羊肉火鍋の店で打ち上げをして、ワインバーに移動し、結局夜中の3時まで飲んでた。風邪気味だったんだけど、喋ってるうちに治った。

　そして今日は廃人だった。いくつかの原稿を読み、書き、雑用のメールを出した。あとはひとりでぶらりと梅田に出て、揚子江でラーメン食った。揚子江ラーメンは大阪の至宝である。食ってすぐ帰った。

　まあしかし、打越正行と稲葉振一郎と同時にトークイベントできるのは、世界で俺だけであろう。6月の稲葉対談も非常に楽しみである。それまでに勉強しときます。

そのほか、『文學界』で書くことになっている川上未映子さんの新作に関する短い評論の準備と、あと今回三島由紀夫賞の候補になった自分の『図書室』の単行本化にむけての準備。表紙デザインを決めたりとか、初校とか。それから宇壽山貴久子さんの写真集への寄稿をぼんやりと考えて（まだ何も書いてない）、それから4作めの小説のアイディアを思いつくままにメモ。といってもほんとに一言ずつの箇条書き。

今年はもうちょっと小説のほうに力入れたいな。しかし社会学の方でも書かないといけないものが膨大に溜まっている。

減らしても減らしても仕事は増える一方であり、書かなければならないものが多すぎて、どれから手をつけてよいかわからず、結局何ひとつ進んでない。

事務仕事や人間関係から解放されて、好きなだけ好きな文章だけを書いていたい。

りらっねこ。

ダイドーボウル

3章

二〇一九年九月一日―十一月十日

二〇一九年

九月一日（日）

今日から「第2期にがにが日記」である。

今日はイライラに伴って物欲が亢進し、ひさしぶりに梅田へ行って服を爆買いした。といっても安いパンツ2本、安いジャケット1枚、あと財布。男の服なんか安いもんだ。

財布はもう数年使っててボロボロになってて、さすがに人まえで出すのが恥ずかしいぐらいになってたから、買い換えられてよかった。あとはいま使ってるぐらいの小さいサイズのトートバッグが欲しいのだが、小さいサイズのトートってなかなか売っててない。

先週まで沖縄に出張していたのだが、お盆明けの平日の那覇行き飛行機は学生でいっぱいで、まあうるさいうるさい。いまは大学院にいるけど、2年前まで所属してた前任校では学部生を教えていて、毎年20名ほどを連れて沖縄で調査実習をしていたのだが、よく10年も続けたなと思う。それぐらい学生たちはみんな元気で、うるさい。
搭乗口の荷物検査のとこで並んでるとき、後ろにいた男子学生どもも相当テンションが上がっててうるさかった。
学生A「おまえペットボトル持って入ったらあかんねんで」
学生B「うっわ、これどないしょ」
学生C「おれ目薬あるねんけど」
学生A「目薬あかんで。持って入られへんで」
学生C「うっそ。これどうしたらええの」
学生B「今ここで差し切ったらええねん」
おれ「ブホッッッ」

くっっそ。関西の学生ほんまおもろい。俺はこういうのにとても弱い。

ところで最近はネトフリ廃人になっている。お盆あたりからストレンジャーシングスにドハマリしてしまい、あいまに東大の情報学環での集中講義を挟んで2週間ぐらいでシーズン3まで一気に見てしまい、ちょっと現実に戻れなくなっていた。夜に近所を散歩してて、街灯とか空き家の灯りが消えかかって点滅してるだけで「マインドフレイヤーおる！」ってなって、おさい先生から「あーはいはい」と言われた。

いまはマインドハンターにハマっていて、先週の那覇出張中も仕事のないときにホテルでずっと見てて、そのままシーズン2の最後まで見てしまい、仕事が終わったあと那覇のバーにひとりで行ってウィスキーをストレートで飲んだりしていた。もちろんロックグラスである。あと無性にタバコが吸いたくなるドラマだった（タバコ大嫌いだが）。

しかしマインドハンターほんまおもろかった。アクションもグロいシーンもなしで、純粋に演技と演出と脚本だけであれだけおもしろくなるんだな。キャスティングも演技もほんとうに最高で、そして70年代の再現度がめちゃくちゃ高い。とにかく服装も車も（アメ車！！）、インテリアも何もかもかっこいい。バーやレストラン、住宅やオフィスの内装がほんとうに素晴らしい。アメリカの70年代ってかっこよかったんだなと思う。

ストレンジャーシングスの80年代再現度も素晴らしかったけど、マインドハンターの時代考証はほんとすごかった。

というわけでみなさんもネトフリ廃人になってください。これ全世界でどれくらい生産性下げてるだろうね。ネトフリによる経済損失いくらだよ。

九月二日（月）

鉤括弧が外れるっていうことは、これはもう、すごいことなんやで。引用文が地の文に入ってくるって、それはとてつもないことなんやで。こんなすごいことがあるかっていうぐらい、不思議で、怖くて、美しいことなんやで。

　そういうことを書きたいんや。

　最近はよく薬を飲んでる。薬、便利だ。

　ベルソムラ飲んで寝るとめっちゃ夢見る。なつかしい友だちや卒業生が1000人ぐらい集まってどこかで合宿して音楽フェスやってた。いつかそれも終わって、みんな順番に帰っていって、だんだん人が減っていって、最後にふたりの元ゼミ生が残って、しっかりハグして別れて、そして俺ひとりになった。

　おはぎは口のまわりだけ白くて、河童みたいだなといつも思う。

ここが
まっ黒で
皿っぽいのも
カッパ味を
だしてる.
おはガッパ

　ところで服の話。40をすぎたあたりからほんとうに服に困っている。ふつうのストレートのジーパン（いまだに恥ずかしくて「デニム」って言えない。ジーパンはジーパンである）が欲しいんだけど、ほんとに売ってない。一時期ユニクロにあって、ユニクロにしてはちょっと高かったけど、どうせなくなるやろと思って3本ぐらいまとめ買いした。

で、案の定なくなった。

こないだいちおうユニクロ行ったら、めっちゃスキニーかめっちゃテーパードしかない。

何が悲しくて、50すぎたおっさんが、ピッチピチのジーパンとか裾の短いモンペみたいなジーパンはかなあかんのや……。

スキニーのほうなんか、もうほとんどストッキングかタイツみたいなピチピチ具合だった。

俺がピチピチのズボンはいてたらおかしいやろ。みんな目をそらすやろ。

どうせ！

どうせ俺なんかがピチピチしてたらキモいんやろ！

通報するやろ！

みんな俺のこと嫌いやろ！！

いや、そういう話ではなく。

体をしめつける服は嫌いです。普通のストレートないかなあ。リーバイスとか行けばいいのか。

リーバイスってもう30年ぐらい買ったことない。

しかし前にも書いたけどいっせいに同じ形にするのほんとやめてほしい。アパレル業界。

九月三日（火）

会議が嫌でしかたがない。いや、別に何も嫌なことなんかないんだけど。先端研楽しいし。同僚もみんなすごいひとばっかりだし。しかし会議とか書類とか、もうそういうもの自体がとてつもなく嫌いだ。

そう思っていたのだが、デパスを飲みながらだと事務仕事が非常に捗ることに気づいた。嫌だなという気持ちが減って、透明な気持ちでエクセルと向き合えます。

向き合いたくないな……。

なんか俺薬漬けみたいですが、そんなことないですよ。

こないだ那覇でひとりで飲んでて、とても良い、素敵な、大好きなバーがあるんだけど、そこでストレートのウィスキーをロックグラスで飲んでいた。マインドハンターの影響である。

で、バーテンのお姉さんから、どちらからいらしたんですかと聞かれ、大阪ですと答えると、意外ですね、ぜんぜん大阪弁じゃないですね、と言われた。

いやまあ、ネイティブちゃうっていうのもあるけど、でもコテコテの大阪弁はなるべく外では使わないようにしてるんだよね。なんかほら、嫌じゃない？（笑）って言ったら、

そんな、ぜんぜん嫌じゃないですよ。

あ、そうなのか。

でも、大阪の方って、声でかいですね。

めっちゃシーバスリーガル吹いた。

大阪のみんな、ここ読んでるか。俺たち、声でかいらしいぞ。気をつけよう……。

「なんであんなに声大きいんでしょうね」って言われました。

九月四日（水）

こないだ、

血圧高いねん。

いくつ？

上が７００。

っていう会話をしたと思うんだけど、誰とだったか思い出せない。誰だったかな。

死んでるやろ。

あと、校閲のひとにゆうとくけど、「ピチピチ」と「ピッチピチ」の表記ゆれを統一する気はありません。

ここ見てるだろ。ここ見てること、俺は知ってるぞ。

校閲のひと！

大学からもらってる給料のことが、その全額がまるで借金のように感じている。もらっているのではなく、ただ借りているだけ。もっと正確にいうと、借りさせられている。押し付けられている。ただ負債だけが積もり積もっていく。いつか返せと言われるような気がする。これまで貸してやった金を、全額返せ、と。すみません、もう残ってませんというと、明るく開けた場所に引きずり出されて、大勢のひとが見てる前で、見せしめのためにひどいめにあう。そういう気がする。

すべての人生は消化試合だよね。

コントラバスの音程が悪いのをずっと気にしていて、さいきんはちゃんと基礎的なことをやろうと、チューナーに合わせて弓弾きをしている。FならF、E♭ならE♭の音程をちゃんと出せるようになりたいと思って。

練習してるとおはぎがやってくる。

おはぎはよく喋り、よく笑い、よく鳴く。歌っているかのようである。

抱き上げて声をチューナーにあててみた。

ぴったりCだったのでびびった。

抱き上げたときのおはぎの声は、ドです。

俺より音程ええんちゃうかお前。

こないだ卒業生が妊娠して、LINEで「うまれたら岸さんのこと『じぃじ』って呼ばせますね」と言われて、爆笑しながら、ああこの仕事やっててよかったなって久しぶりに思った。

大学院のいまも楽しいけど、学部もなかなか、みんな元気があるゼミ生ばっかりで楽しかったな。

きょうは神戸大学で研究会じゃった。梶谷懐さん、稲葉振一郎さん aka 厨先生、小川さやかさん、山下範久さん、瀧澤弘和さんという錚々たるメンバーじゃよ…。俺みたいなアホがついていけるかな……。

睡眠2時間で行ったので、途中から頭が朦朧としていた。懇親会も失礼して先に帰った。勉強になりました。

しかし睡眠2時間でフラフラのときに厨先生の声が小さ過ぎて辛かった。聞こえへん。

文章が読みやすいです、ってよく言われる。とてもうれしいけど、なんか意外な感じもする。特に推敲もしないし、気をつけて書いてることもない。

ただ、たとえば「嫌いな文体」っていうのはある。くだけた文章にわざと漢語を使ったりとか。カフェのこと書いてて「虎視眈々とパフェを狙っていたら」みたいな。それとかあと、「この猫ちゃんたちの人生、ならぬ猫生とは」とか。人生を猫生って言いかえてる（しかもわざと人生のところを残してある）ところとか、無理無理。

ああ、自分で書いててぞっとする。

ジャズのスタンダードのI wish I knewの、最初にCm7→F7ときて、それがもういちどCm7→F7を繰り返すところで、いつも人生を感じる。なんか人生って感じ。なんかここいつも切ないんだよな。

九月七日（土）

事務仕事が相当やばいことになってるのだが、まったく手をつけてない。本当にほんとうにやばい。こんなやばい状態になってもこんなに何もしないなんて、俺はほんとうはメンタル異常に強いのではないかと思う。

ひとりチキンレースである。

みんな応援してください。

ええと、おとといは東京。神楽坂のラカグで又吉直樹さんと対談イベントだった。私の『図書室』出版記念と、又吉さんの『劇場』文庫化記念ということで、主に『劇場』をじっくり読み込んで行った。

6月の沖縄でのテレビ生放送に続き、お会いするのは2回めなのだが、ほんまに知的でおもしろくて穏やかで時に辛辣で、ああ「セクシー」というのはこういうひとのことをいうのだなと、ますますファンになった。大好き。

トークも面白かったです。だいたいいつも私は聞き役に回るんだけど（みかけの発言量が多いからそうみえないだろうけど、内容的には相手のことを喋ってもらうようにしてます）、今回もそうだったんだけど、それにしてもとてもラクだった。いちばん最初に私より先に「どうもー」って言ってくれたのびっくりした。当たり前だけど、さすが芸人さんだなあと。

とくに「魂を吸う話」で爆笑した。こちらは「あなたは私とやりたくなる銃」の話をした。対談は新潮社の『波』で記事化されるらしいが、さすがにこのへんのいちばん面白かった話は削除されるやろな……。

チキンレースって、チキンの
大食い大会とかじゃ
ありませんよ。
うわーい
4つめ

『劇場』、すばらしい作品なので、みんな読んでね。

いろんな方にお会いして思うのは、やっぱりみんな強烈に暗くて、強烈に明るい、ということだ。すでにどこかで書いたけど、表現するひとは、まず猛烈に暗い。暗いところがないとそもそも表現というものができない。そしてめちゃめちゃ明るい。暗いだけだと、社会のなかで表現していけないからだ。たとえば本を書くにしても、私は極端にいえば、半分は編集者が書いてる、と思っている。そしてそれを営業してくれるひとがいて、そしてそれを売ってくれる書店員さんがいる。読んでくれて、感想をTwitterに書いてくれる読者のひとがいる。そうやって、いろんな人びとと関わって、表現をしていくのである。

社会学界とか文壇とかには一切興味ないし、そういうところで居場所を見つける気は毛頭ないけど（社会学会では仕事するよ（笑））、まあ、これもN＝いくつだよっていうぐらい俺の乏しい経験からの一般化だけど、よい表現をしてるひとって、基本的に「根が良い」と思う。

まあ、そんなことないか……。邪悪なやつもおるかな。

めっちゃ邪悪なやつおったらどうしよう。どうしよう……

イベントの打ち上げで2時半まで飲んだ。なぜかカスミとユキミが最後までいて、なんでお前らが最後まで残るねん。

そして次の日は某出版社編集さんと昼から浅草でまた飲んで、あれは何ていうんだろう、浅草の屋台が並んでる通り。モツ煮込みの店でビール飲んだけど、関西風のあっさりした出汁でとても美味かった。もう1軒いこうということになり、その近所のサイゼ（リヤ）へ。安いよなサイゼ。白ワイン一本といろいろアテも頼んで3000円とかだった。ごちそうになっちゃったけど。

酔っぱらって大阪に帰る。

最近ではアレだ、新幹線で何もしてない。仕事をすると酔うし。なんか音楽も聴かなくなった。東京と大阪のあいだの2時間半ぐらい、ただじっと座って、考えごとをしてる。

いま気づいたけど、あれは相当、はたから見ていて怖いのではないか。50すぎたおっさんが、腕を組んで、目を開けて、何もせずに2時間半座っている。これはそうとう怖いのでは。せめて寝ててよ、と。

　そして大阪に帰って近所のお好み焼き屋でまたビール飲んで、もうほんとうに俺はダメな人間だ。『新潮』に上野千鶴子さん、『朝日新聞』に宇野重規さんによる拙著『図書室』の書評が載った。ほかにも川上未映子さん（『文學界』）、江南亜美子さん（『波』）、町屋良平さん（『新潮』）などなど。それから『ダ・ヴィンチ』で「今月のプラチナ本」に、『WEB本の雑誌』で「今週はこれを読め！」に選んでいただいた。そのほか週刊朝日とサンデー毎日と女性セブンと読売新聞と毎日新聞と、あと何だっけ、たくさん取材もしていただいた。

　岸は嬉しゅうございます……。

　そしておさい先生が入れ替わりに東京出張に行った。おさいが邪悪だったらどうしよう。

九月八日（日）

おはぎは邪悪じゃないよ。

　日曜だが入試業務で出勤である。朝早い仕事はつらいな。職場遠いよな。そのあとすぐに紀要の編集会議、そして教授会。あいかわらず先端研の会議は楽しい。みんな口が悪くて辛辣で、そして正直だ。根回しも派閥も何にもない。議論の回転が速い。

　帰ってきたら、東京出張から邪悪なおさいも帰ってきていた。夜にウォーキングというか散歩してて、近所にまた良いバーを見つけてしまい、そのままふらふらと立ち寄ってしまう。「1664」というフランスのビールがうまかった。白ワインもけっこう飲んでしまい、ウォーキングしとったんちゃうんか何しとんねんという楽しい気持ちで帰る。邪悪なおさいは邪悪なノンアルコールを飲んでいた。フランスの何とかっていうレモネード。

夜にいきなり散歩に行こうといい、出かけ、途中で良いバーがあればふらふらと立ち寄って、また歩いて帰る。

自由だ。院生のころからまったく生活スタイルが変わらない。

それは単に、子どもがいない、ということの結果なんだけど。

いまこんな、学生や院生みたいな自由な暮らしをしているからといって、子どもができなかったということの折り合いがつくわけではない。かといって、この自由を楽しんでないわけではないっていうかめっちゃ楽しい。

人生とは、一概にはいえないのだ。

夏のあいだは夜にしか散歩できないのだが、夜の大阪はどこもとても美しい。中之島も天満も美しいのだが、最近は谷四や谷六を歩く。このあたりが、いま大阪でもっとも「良い店」が集まってると思う。マンションやオフィスビルが並んで、その谷間にきらきらと光る小さな店が開いていて、公園も多く、人通りも多く、車が少なくて、猫が多い。都会だなと思う。

老後はいまの家を売るかひとに貸すかして、谷四あたりの小さな古いマンションで暮らしたい。

「最近のどんくま特別捜査官」
酒
酒
ビール
やあ!!
邪悪なオレ
又吉LOVE
ビール
腰たんたん!!
ド
ピッチピチ
酒
おはガッパ
ビール

上町台地はほんとに都会だなと思う。大阪って、都会だよね。ミナミの雑踏よりも、梅田の高層ビル群よりも、天満橋、谷四、谷六、上本町、阿倍野あたりまでの大阪の風景のほうが、都会だなと思う。

実際に良い店多いんだよな（基準は酒か……）。禁煙のバーも多いし。

やっぱり老後はこのあたりに住もう。

俺の出たネコメンタリーを録画してあって、おさいはそれを iPhone や iPad にダウンロードしていて、しょっちゅう見かえしては、そのたびに泣いている。

いまこれを書いている横でボロ泣きしている（笑）。朝9時なのだが。

男って、マッチョかサイコパスかどっちかだと思う。草食系にみえて実はただのサイコパス、って実は多いと思うんだけど。

知らんけど。

九月十五日（日）

寝室のトイレの洗面台にずーっと「私たちはジュエリー適齢期」って書いてある雑誌が置きっぱなしになっている。

圧を感じる。

さっき昼間にシャワーから出るときにおもいきり足の指をドアにぶつけてしまい、あまりの激痛に痛い痛い痛い痛い痛いと大声で大騒ぎしていたら、2階にいたおさい先生が「何何っ！」ってびっくりして走ってきたんだけど、大丈夫足の指をぶつけただけって言ったら「ハンっ」って笑ってそのまま帰っていった。

実際に大丈夫なのだが、なんかちょっと納得できない。

足の小指のほかに、「ぎっくり腰」や「二日酔い」もまた、こんなにつらいのに同情されない。

まあぎっくり腰は多少は同情されるかな。

でも「ぎっくり腰」っていうコミカルな名前が納得いかない。あれめっちゃつらいねんで。仕事休むときに「すみません、『ぎっくり腰』で」って電話とかメールするのがめちゃつらい。「急性腰部脊髄炎症候群」みたいないかつい名前にしてほしい。

これ前にもどっかで書いたな。

山下達郎も竹内まりやも松任谷由実もちゃんと聴いたことがないし、村上春樹も村上龍もちゃんと読んだことがないし（というかわりと最近まで区別がついてなかった）、浅田彰も柄谷行人もよく知らない。

野球なんかルールさえ知らないし、球団がいくつあるのかもわからない。ボーリングもゴルフもテニスもしたことがない。キャバクラに行ったこともない。

芥川賞が年2回もあることも知らなかった。自分が候補になって初めて知った。

でも今いくよくるよ師匠の前でベース弾いたことあるで。

あと亡くなる直前の横山やすしを千日前で見かけたことがある。べろんべろんに泥酔しておられた。

そういう話じゃねーよ。

ていうかよく考えたらこないだ俺自身が又吉直樹さんとトークイベントをしたりしている。

いや、そういう話でもない。

じゃあどういう話なんだ。

話は変わる。

ちょっと自分の話をしてよいですか。聞いてほしいことがあるんですが。

俺の話を聞け。

5分だけでもいい。

これ「タイガー&ドラゴン」やな。

しかし横山剣の歌詞はほんとうに凄いよな。いつかじっくりにがにがでも書きたいけど、こういうのってJASRACとか何かそういううざい手続きが要るのかな。

話を戻して、自分の話をします。

そういえば、おなじ横山剣の歌詞で逆に「『自分の話はやめて/あたしの話を聞いて!』/そんなこと言っていたよな/今なら聞いてやれるのに」っていうのがあって、本当に良い。本当に沁みる。ほんとうにしみじみと良い。

女の話を「ちゃんと聞ける」男はめったにいない。

なかなか話が戻らない。

九月十六日(月)

この夏は「平日5日間沖縄出張、金曜の夜から月曜の朝にかけて大阪の自宅」を3セットやってみたのだが、疲れた。ぶっつづけで3週間行くのもしんどいが、細切れにするとそれはそれで仕事の集中力が途切れるのでよくない。

県内某市にて、地元の老人クラブ連合会からご協力をいただき、沖縄戦経験者の方の生活史を聞き取っている。

いろんなことがある。

あるガマで集団自決があり、そこで家族が全員亡くなり、ただひとり生き残った方のお話を聞いた。3時間ほど語られたあと、ご親切にも、そのガマまで語り手の方がみずから車を運転して、連れていってくれた。

沖縄の高齢者はみんな元気だ。

ついさきほどまで、ガマでの集団自決の話を聞いていて、その直後に、まさにその場所に一緒に行って、ここです、ここなんですと言われた。一家全員が亡くなった、まさにその場所が、いま目の前にある。

私がある種の構築主義やナラティブ論や「ライフストーリー」派をしつこく批判する理由がここ

にある。

語りは、切れば血が出る。多少の事実関係の間違いや、大げさな表現や、あるいは意図的な虚偽がそこに含まれていようとも、私が沖縄で聞き取っている語りはすべて、「おおまかには真」である。それは本当のことであり、実際にあったことであり、そういう意味で、それは単なる「ストーリー」ではない。

普天間の鉄条網は、「私たちとかれら」(この場合の「私たち日本人」は、言うまでもなく基地の「内側」にいる)を分けるものだが、それは構築された概念としての「カテゴリー」ではない。触れば怪我をするし、下手をすると撃たれる。社会的なカテゴリーというものも確かに、私たちを分断させる機能をもつが、しかし沖縄で目にする「この金網」は概念ではない。物質である。

九月十七日(火)

第2期ではなく第3期なのかもしれない。けっこうちょこちょこ、間が空いてます。

なんかムラがあるんだよな。やることなすこと全部、ムラがある。勢いでうりゃーってやったり、なんか飽きちゃってほったらかしになったり。

他人に迷惑をかけるので、こういうところは直したい。

とか言いながら直さへん。

今後も積極的に他人に迷惑をかけていきたい。

ただし俺に迷惑をかけることは許さん。

いままで一度もしたことないことって何だろうと考えてみる。

トランポリン。

トランポリンしたことない。

ボーリング。

まあボーリングはべつにしたくない。

自分の傷口を自分で縫う。

これはやってみたい。

あの、映画とかで、すごい能力を持った戦場帰りの元兵士のヒーローとかが、ウォッカを口に含んでブブーって吹きかけたりするやつ。

あと、インドとか香港の市場を車で爆走するやつ。屋台とかめっちゃ壊すやつ。なんでハリウッドのアクション映画はあんなにインドとか香港とかキューバとか中東とかの市場街を車で爆走するんやろか。屋台のひとめっちゃ迷惑やん。これ誰かも書いとったけど。

あれを大阪の天満でやってみたい。

「市場を爆走」から「自分で縫う」はうまくひとつながりでできそうだが、問題なのはトランポリンである。これをどのタイミングで入れるか。

関係ないですが、「トランポリン」って、はじめてキーボードで入力したかもしれない。

めっちゃ指がもつれる。いままでにしたことのない指の動きだ。

ちょっとやってみてください。

これでよいのではないか。トランポリン自体はできなくても、いま「トランポリン」という文字列を、初めて入力した。

これをもって経験済みとみなす。

あとは自分で縫うやつである。

そのうちやってみたい。

ウォッカも。ブブーって。

でもたぶんウォッカ飲んじゃうと思う。ウォッカとかテキーラとか好きなんだよね。ロックかストレートで。

ずっと前、まだコザでジャックナスティーズが営業中だったとき、コンディショングリーンのかっちゃん（川満勝弘さん）に「ホセ・クエルボのゴールドを、ロックでください」って注文したらめっちゃ笑顔で「わかってるねえ！」って言われたのが、ものすごく良い思い出だ。

あれからしばらく、大阪に帰ってきてもこればっか飲んでた。

そのときナスティーズでめちゃめちゃきれいな日本人の女のひとが二人で飲んでて、話しかけたら、マリーンの米兵を追っかけて横須賀から来たの。彼が、横須賀から嘉手納に配属になっちゃって。って言った。

二人ともきれいなひとだった。二人とも、黒いワンピースを着ていた。

コザ、午前2時。ゲート通り。

九月二十三日（月）

見なさい鉄郎…… これが、まだまだ夏休みは続くと思い込んで、ふと気がつくと9月末を迎えていた、大学教員の成れの果てよ。

まあ別に夏休みだからといって遊んでいるわけではぜんぜんないですが。3週間ほど調査も行ったしな。

よう働いてるな俺。

台風が近海を通過しているせいか、気分が最低の最悪である。蒸し暑く、風がごうごうと吹き、痛そうな雨がぱらぱらと窓を叩く。雲が暗い。

とりあえずデパスを飲む。

こういう日は好きな文章を書いていたいが、なかなかそうもいかない。

そうもいかないけど、書く。事務仕事なんかくそくらえ。

いや、いいすぎた。ごめん。

ごめんといいながら事務仕事をしない。

あくまでもいいすぎたことにだけ謝っている。

前もどこかで書いたけど、ひとりで完結してる表現、というものが好きで、というか、ひとりでしか何もできないから、調査もひとりでやってるし、研究もひとりでやってるんだけど。チームで何もできない。

ひとりで完結している音楽、というものが特に好きで、グレン・グールドやセロニアス・モンク、ジャコ・パストリアス、ジョアン・ジルベルトのような、世界のなかでただひとりで、ひとりぼっちでやってるような音楽が好き。

もちろんみんな、実際に演奏するときはたくさんのひとと一緒にやってるんだけど。

でもやっぱり、みんなひとりで音楽してるように聴こえる。

みんな、どうして自分がこの世界に生まれてしまったのか、どうして自分というものが独りきりで存在しているのか、どうして自分の脳のなかには誰もいないのか、そういうことを、それぞれがそれぞれの語り方で、世界にむかって独白しているように聴こえる。

孤独、ということではない。もっと抽象的な、存在してしまっていることへの不思議さ、みたいな。

いちばん好きなのがエイミー・マンで、ほんとうに好き。このひとの音楽も、独りきりだ。

そしてなぜか、人生というものを感じる。普通に明るい曲を歌っていても、切ない。

ひとはなにか切ないものに人生を感じるのである。

こないだガルシア゠マルケスの「大佐に手紙は来ない」という中編を読んで、めちゃめちゃつらい話でびっくりした。人生と同じくらいつらい。

つらいものやせつないものをみると、そこに人生を感じる。だから文学にはハッピーエンドはない。

知らんけど。

しかしエイミー・マンで不思議なのは、なんで普通にギターとかピアノとかで普通のコードで普通にメロディ歌ってるのに、こんなに「せつない」んだろう、っていうことだ。

音の配列がせつない、って、どういうことだろう。

九月二十四日(火)

おさい先生が出張から帰ってくる途中で、街の中でウーバー的な何かを配達してる金髪のヤンキーのにいちゃんが、途中で自転車を停めて、スマホを空にむかってかざしたらしい。

何だろうと思ってその方向を見ると、きれいな夕焼けだったそうだ。

帰ってきて「今日はいいもの見たわ」って言ってた。

家の掃除をしないといけないんだけどしたくなくてぐずぐずしている。台風も通り過ぎて今日は穏やかに涼しい。さすがに涼しくなってきたな。はやくジャケット着たいな。そしてはやく掃除しないと…

腹減った。掃除の前に王将でも行くか。

健康にはいつも気を使っていて、食事時にも油分・糖分・塩分をバランスよく摂るようにしてます。

純粋に顔だけ見ると小泉進次郎はわりとタイプである。

ところでそのおさい先生であるが、機械に異常なほど弱い。機械だけでなく、パソコンにも異常なほど弱い。

こないだ発覚したんだけど、おさい先生、iCloudを有料版にアップグレードして、50Gまで増量したのに、そのあともずっと無料版の Dropbox を使っている。そして、その無料版の Dropbox が容量いっぱいになり、おさい先生はどうしたかというと、別のメアドでもうひとつ Dropbox の無料版のアカウントを作ったのである。いちいちログアウト&ログインしながら使ってるらしい。そして有料版の iCloud、カネを払い続けているのに、使ってない。

どなたか、研究会や学会でおさい先生に会ったら、「iCloud 使えよ」って言ってあげてください。たってのお願いです。

十月二日（水）

なんかこのあいだに何かしたような記憶があるんだけど何してたっけ。

こないだ、昼間に牛丼食べて、そのことを忘れて夜に焼肉丼食って、ああしまったと思った。まあ別にそういうことあまり気にしないタイプですが。昨日も昼間に、大阪が誇る揚子江ラーメンの麺とスープを梅田本店で買ってきてあって、自宅でそれを食べたのだが、そのあとそのことを忘れてて、むかし住んでた上新庄を散歩してて旧ダイエーのフードコートのなかに珍しくスガキヤがあったので、つい食べちゃって、昼夜ラーメンになっちゃったけど、あんまり気にしてない。

しかし上新庄は何度も散歩してるけど、行くたびに懐かしい。ああここから俺の人生が始まったんだなと思う。大学に通うためにここにやってきたのは30年前だ。そして20年前にはこの街を出た。もちろんそのあともずっと大阪で、いまでも電車で30分ぐらいで行けるんだけど、その30分の移動は、私にとっては30年間の移動に等しい。

こんなに近くにあるのに、私と上新庄とのあいだには、30年もの距離がある。

なにもかも変わったのだが、なにひとつ変わってない。上新庄はまだそこにある。

同じことばかり書いている。

今朝、納豆ご飯（卵黄のせ）を食べたのだが、そのあとお昼ご飯に納豆ご飯（卵黄のせ）を食べた。

こないだ、また Amazon プライムでジェイソン・ボーン（スプレマシー）を観てたら、おさい先生から「同じ映画何回見るねん」と言われた。

高校のときからウィントン・ケリーの「イッツ・オールライト」というアルバムを繰り返し聴いているのだが、飽きない。

いま使ってるウッドベースは、大学1回生のときに買った安物で、もっといい楽器買えるけど、いまだにこれを使ってる。

ずっとおなじ沖縄というテーマで、ずっとおなじ社会学というものをしている。

おさい先生と結婚して21年になる。

大阪に住み続けて32年。

あらためて考えると、おかしいな。

ほんとうは飽きっぽいはずなのだが。

会議も1時間超えると無理だし。ほんとは飽きっぽい。

しかし考えてみると、いま一緒に演奏してるひとたちももう20年とか30年とかの付き合いだし。

小説とかはどうなるんだろう。

たぶんおなじスタイルでダラダラといつまでも書くような氣がする。

いま「気」ってタイプしようとしたら「氣」になった。校閲さん、面白いのでこのまま置いていきますね。

いま「本阿弥校閲」というネタを思いついたのだが、面白くないので特に続きはありません。

校閲さんは、きょうのお昼ご飯は何でしたか。

そういえば、せっかちなのでミスタイプが多くて、「岸政彦」って打とうとして、しょっちゅう「木島シャイ子」になる。

これ前にもどっかで書いたけど。

あまりにもよく出てくるので、そのうちほんとにそういうひとがいるような気になってきた。

でも木島シャイ子はシャイなので、顔を見せてくれない。

どんなひとなんだろう。

という話をどこかで書いたら、おさい先生が「ムキー」と言っていた。

キーボード入力ミス、といえば
木島シャイ子
ですが…
会ってみたい
私（さいとうなおこ）の場合、
哀悼《あいとう》なお子がよく出てきます。
悲しいわ…。

いや、木島シャイ子って、実在しないどころか、もはや架空のキャラですらなく、ただの変換ミスの、無意味な記号である。

無意味な記号に妬いているのである。

十月三日（木）

「スローなブギにしてくれ」の続きを勝手に考えた。

普通の鮨にしてくれ
離島に船で来てくれ
苦労を共にしてくれ
宇宙の星を見てくれ
牛蒡を塩で煮てくれ
無謀な君でいてくれ

このへんが俺の限界。

なんかこうやって並べるとプロポーズしてるみたいだが、それは「してくれ」ってお願いしてるからやな。

なんか何度も校閲さんのことを書いているうちに、そういうひとがほんとにいるような気になってきた。

いや、ほんとにいるんだけど。

ここでもまた実在論だ。

なんかこう、昔から、なにかが実在するっていうことにすごい驚くんだよな。

だから、構築主義とかの言語論的な転回にあんまりびっくりしたことない。まあ、そりゃそうやろ、ぜんぶラベリングやろ、ぐらいな感じ。

それより、「ああ！　俺って実在してるんだ！」っていうほうにびっくりする。

あと猫とか。音楽とか。海とか。みんな実在してるんだよな。すげーよな。

海とかほんとに好き。

子どものころから、同じような何かが連なって、すこしずつ形を変えていくパターンみたいなものに強く惹かれる。だから海とか川の表面のさざ波を、いつまでも見てる。

ちょっとまえに福岡県立美術館で見た草間彌生の大作はすごかった。

30分ぐらい動けなくなった。ずっと見ていた。

脳に直接入ってくる感じ。素手で脳を摑まれていた。

音楽が実在してるのも相当不思議だ。

音の配列だろ。なんでこんなに感動するんだろう。

木島シャイ子は実在しません。

十月四日（金）

こないだ、
あーそれアレやろ、ナチスのアレや。最初なんも言わんかったら途中からガーくるやつや。

ひょっとしてレーフラー？

という会話を誰かとしたと思うんだけど、誰だったかな。

ちなみに、いま念のためもういちど調べてみたら、レーフラーじゃなかった。ニーメラーだった。

レーフラーはアレだ。実在しないやつだ。

木島シャイ子と一緒だ。

いろいろ混ざる。

関係ないけど、さいきんサイン会というものをすることが多く、漢字がいかに書けないか、ということを痛感している。せっかくなのでお名前を入れることが多いのだが、もうさいきんはずっとひらがなにさせてもらってる。
いちど、「大矢さん」という方（そうです、あの書店・出版業界で暗躍する大矢さん）にサインさせてもらったのだが、
大弓様
と書いて、横で見ていた大矢さんから
矢！
言われた。
「矢！　矢です矢！」
もう、平謝り。
「矢ぁ！」
言われました。
マジックだから、ぐしゃぐしゃって消すしかない。
こないだは、「希望の希です」って言われてるのに、「季」って書いた。
ほんとうにごめんなさい…。
そして一度だけ、自分の名前を間違えたことがある。でっかく堂々と、
岸政岸
って書いたときにはもう、ほんとにどうして俺はこうなんだろう、と、めっちゃ落ち込んだ。
あれどうしたっけな。新しい本と替えてもらっ

おしりを出した子が、他の子がドン引きしてるうちに1等になるのでは？
プリプリ
イエーイ
っ、ついていけない…。

たんだっけ。

「お尻を出した子が一等賞になる」ようなゲームがあるとすれば、どういうルールだろうかと、ずっと考えている。

あと、「あの鐘を鳴らすのはあなた」って、めっちゃ「いや、お前の仕事だろ？　やれよ」って言われてる感じがする。

細かい話ですが、こないだダンベル買うたんですわ。さいしょ何も考えずに10kgのやつ二つ買って、「お、重い……」ってなって、こんどは5kgのやつ二つかって、結局両方使ってますけども、なかなか気持ちいい。そんなに真剣にやってないけど、朝ごはんの後とかにうりゃーって10kgのダンベル上げ下げしてると、しゃきっと目が覚めるし、事務仕事でイライラしてきたときにうりゃーってやると、肩こりが治る。

考えてみたらスポーツらしいスポーツどれもできないし、だいたい大嫌いだし（唯一好きなのが散歩とシュノーケル）、日常生活のなかで「力を入れる」とか「すばやく動く」とか、そういうことが一切ない。でも、単純なダンベルの上げ下げだけでも、うりゃーってやるとかなり気持ちいいんだな。

だからといってヨガとか始めたりしません。

体がでかくて、体格が良いとよく言われて、何

みんなのムキー体操
ムキーに大切なのは、瞬発力。
①
②
ムキー！許さない！
岸
岸政岸
両手を前に出します。
えものに飛びかかるように!!
※①と②を左右の足を入れかえて、くり返しましょう。

かスポーツやってはるんですかってしょっちゅう言われるんだけど、ほんとに何もしてないし、何もできない。走ったり投げたりということがまったくできない。

そういえば、子どものころに、「走り方がおかしい」ってよく笑われたな。俺が走るとみんな笑った。ボールを投げたりしても笑われた。

「スムーズに体を動かす」ということが、生まれてからいちどもできない。

というか、そもそも、スムーズに生きていくことができない。

まあそれはみんなそうですが。スムーズに生きてるひとなんてひとりもおらん。いるとすれば猫ぐらい。

猫は人生も毛並みもスムーズ。

十月九日（水）

「木島シャイ子」の話はすでにしたと思うけど、なんか不器用なくせにタイピングの速度だけ異常に速くて、だいたい3割ぐらいはいつも打ち間違っている。

こないだ、自分が書いた教科書のことを書いてて、岸政彦・石岡丈昇・丸山里美『質的社会調査の方法――他者の合理性の理解社会学』有斐閣、という本なのですが、おかげさまで売れておりまして、たぶん日本の質的調査の教科書で、いちばんたくさんのひとに読まれていると思う。これをタイプミスして、

『質的社会調査のウホウホ』

って書いた。ウホウホのところがご丁寧にちゃんと片仮名で変換された。

ウホウホ。

もう、質的調査しちゃって、儲かっちゃってウ

ホウホ
違う。

そんな本と違う。

こないだわざわざ飲みに行ったのである。自腹で。東京へ。

東京ほんと好きだ。さいきん知り合いになる方がみんな東京で、行くたびにいろんな方と出会って、とても楽しい。ああこうやってみんな東京に集まるんだなと思う。

東京が実在することに、いつも驚く。高校生のときに最初に遊びに行ったときは、いつもテレビで見ている「新宿」とか「渋谷」とかがほんとうに存在していることに、心から驚いた。

で、その実在する東京の、実在する銀座で、詳しく書けないですが実在する「超豪華メンバー」でビール飲んでからカラオケ行ってそのあと最後にバー行って、9時間飲んでた。最後のほうちょっと記憶が曖昧になってました……。


いやしかしすごい楽しかった。近年まれにみる楽しい飲み会じゃったわい。

本を書くようになってまだ5年か6年ぐらい、『断片的なものの社会学』もまだ4年しか経ってないんだけど、それまでずっと東京って学会以外で行かなかったんだけど、なんかいろいろトークイベントやら何やらさせてもらうようになって、いまでは月に1度か2度ぐらい東京行くようになった。

東京楽しいねー。

住んだらそうでもないのかな。たまに行くぐらいがいいんだろうな。

いま東京に住んでるひとって、どうやって東京に来て、どうやって暮らしているんだろう。そしてこれからも東京で生きていくんだろうか。

私は今日も大阪の場末の路地裏で生きてます。

大阪帰ってくるとやっぱり大阪がええなって思う。

情緒も雰囲気も何もない、ただでかくて人が多いだけの街だけど。

わりとジャンクなものが好きで、そんなにしょっちゅう食べるわけじゃないんだけど、スーパーでよく売ってる冷凍のエビピラフが好きで、ほんとにたまにしか食べないんだけど。

律儀にフライパンで炒めて、めちゃめちゃこびりついて失敗してたけど、ふつうに電子レンジで温めるだけのほうがうまいな。

喫茶店で食べるエビピラフの味がするよね。喫茶店のエビピラフ好きなんだよね。

って、いま気づいたけど、喫茶店で食べるピラフと同じものなのではないか。あれも冷凍だろ。下手したらメーカーも同じかもしれんな。

意外なものがつながった。犯人はお前だったのか、みたいな。

ふたりの別々のひとだと思ってたけど、同一人物だった。


違うふたりの人を愛してしまったけど、じつはおなじひとだった。

新大阪から新幹線に乗ったのに、いつのまにか新大阪に着いていた。

父親と母親が同一人物だった。

違うか。

きしさいとうは実はひとりの人間かもしれんな。

違うよ。

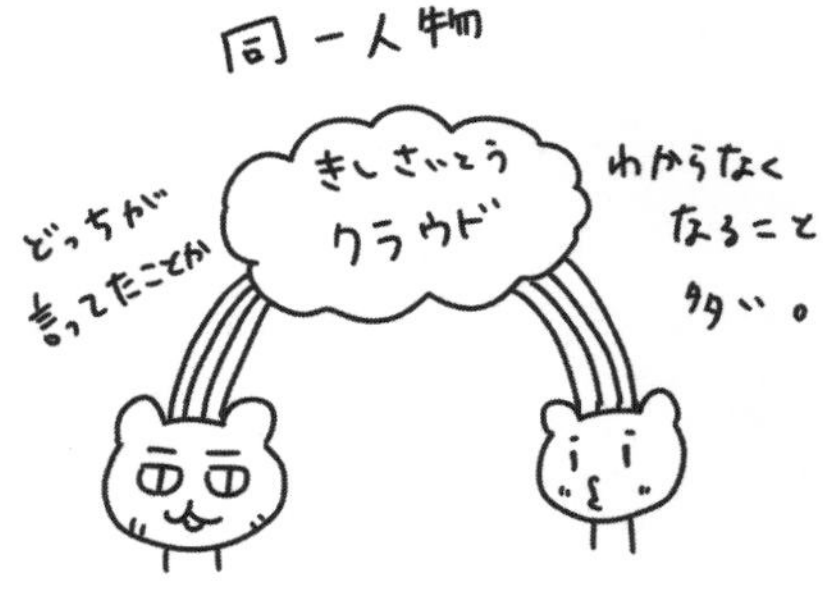

もっとみんな気軽に仕事さぼって、家の前の路上に椅子を出して座って、夕方からビール飲みながらギターでも弾いて、通りかかった近所のひともなんとなく参加して一緒に座って、足元に犬が寝てて。

そういう社会になればいいのに。

でもそういう社会はみんな貧しくなっちゃうのかな。

けっきょく俺たちはいつまでも、満員電車に乗ったり、組体操したり、おなじスーツを着せられていっせいに就活するしかないんだろうか。

大学教員の仕事もどんどんめんどくさく、せせこましく、ややこしく、不自由になってきてる。

大学の仕事のこと考えると、脳のなかに真っ黒な雲がもくもくと湧いてくるね。光が差さない。

大学なんかまだマシなほうだとは思うけど。

冷凍のエビピラフでも食うか。

北半球は冬へ向かって宇宙を進む。

十月十日(木)

立ち上がっても、立ち上がっても、俺は倒されるぜ……!

サマンサ田畑、というネタを思いついたのだが、あまり広がりがない。しかも、いま検索したら、めっちゃ既出どころか、すでに手垢のついたネタになってる。

サマンサ田畑
オゥ!!
ボッテガ・ヴェネタを
「取っ手がとれた」って
呼んでる。

だからダメなんだよな俺は。

それがどうした。

おれはおれが面白いと思ったことを書くぜ。

そしていまおれは「サマンサ田畑」があんまり面白くなかったと思っている。

でも書く。

つまり、おれはおれがあんまり面白くなかったと思ったことでも書いている。

すべてを包み込む、そんな存在になりたい。

いまはじめて「田畑さん」って本名書いたな。

ずっと「tbt さん」として登場していたのだが。

おれに小説を書かせた悪いひとです。

とても悪い。このひとは邪悪ということでいいのではないか。

サマンサ邪悪。

原形をとどめてないな。

今日は学部の授業。1コマだけ、教養センターから依頼されて、学部の授業をしているのだ。生活史の実習的なやつ。実際に学生さんたちに、身近なひとでいいから、生活史の聞き取りをして、文字起こしをして、編集をして、『街の人生』的な原稿をつくってもらうところまでやってもらう。もちろんそれは卒論などで使ってもよい。

ふだん院生さんのゼミばかりなので、ひとつだけ学部生の授業があると、とても新鮮だ。なんかなつかしい。みんな真面目だし純粋だし、反応がとても良い。

まだ3回めぐらいなので、いま生活史の方法論的なところ(構築主義とポスト構築主義)の話をしてるんだけど、途中で脱線して、部落差別の話になった。

ちょうど関電に賄賂払ってどうのこうのというニュースのときに、Twitter に、人権教育について、「差別の存在を植え付けるだけだから、そういう教育自体をしないほうがいい。それよりももう、みんなで黙ってたほうがいい。そのほうが早

く「なくなる」っていう書き込みが目立ってい
たので、ちょっとだけ反論めいたことを書いたと
ころだったので。
そういう話をした。
で、学生さんたちに、どう思うかを聞いたんだ
けど、やっぱり「できれば知らないでいたかっ
た」とか、「黙ってるほうがいいのではないか」
という意見があった。
おじいちゃんやおばあちゃんから子どものころ
に「あそこは『こわい』ところだから」っていう
ことを言われた学生さんもいた。
これって、
「そこにそういう場所があって、差別されている
ことを学ぶ」という出発点から、「だからそこに
は関わらないようにする」と、「だからちゃんと
差別について学ぶ」に分かれる。
多くの学生さんは、つい前者で考えちゃうから、
良心的なやつほど、「だからいっそのこと言わな
いほうがいい」っていう考え方になっちゃうのか
な、と思った。
ちゃんと学ぼう。

十月十一日(金)

同じ映画を何度も何度も観る。昔からの癖だ。
またローグ・ワン観てた。年齢的にスター・ウ
ォーズの世代で、考えてみれば子どものころから
ずっとこの映画のシリーズに付き合ってきたこと
になる。全部観たけどやっぱりローグ・ワンがい
ちばん好きだ。役者さんも脚本も演出も、とても
良いと思う。
ふと気がつくと、スター・ウォーズのTシャツ
を着て、観てた。
ユニクロで買ったやつで、胸のところに金色の
「STAR WARS」っていう、あのロゴが入ってる。
自分でびびった。何やってんだ俺。

スター・ウォーズそんなに好きか。

うん。好き。

いちばん近い陸地から5000kmぐらい離れた、真っ暗な夜の海の上に浮かんでいたいな。半径5000kmは誰もいない。星がきれいだろう。

仰向けに浮かんでいると、耳を波が洗う。

息を吸うと体がすこし浮かび、吐くとすこし沈む。

どこまでも暗い。

十月十二日(土)

台風がやってきた。静岡あたりから上陸して、東京を直撃するらしい。ゆっくりした速度で、じわじわと近寄ってきている。なんとなくみんな調子悪い。おさい先生も寝込んでいる。寝込む前に、キッチンの床に爪楊枝の容器を落としてしまい、数百本の爪楊枝を床にぶちまけておられた。

そして何事もなかったかのように、もとの容れ物に戻していた。

さすがにぜんぶ揃えてはない。上下バラバラである。

その、上下バラバラなんを見て、「キミ、床にぶちまけたね……?」ということを推理した。

これ、使うの俺だけど。

爪楊枝を床に落とすな。

まあいいや。

俺は事務仕事をやろうとして明日でいいやと思い、Amazon プライムでなんとなく『アジョシ』という映画を見始めたら、これがめちゃめちゃ面白くて、最後まで一気に見てしまう。

ウォンビンというひとを初めて知った。かっこよくてびっくりしたけど、元凄腕特殊工作員にしては痩せすぎてないか。

ウィキで調べたら、このあと映画出てないみたいなんだけど、ほんとかな。

間があいた。めちゃめちゃ調子が悪かったのだ。FBやTwitterではほとんど書かないけど、ほんと死ぬかと思った。ていうか死のうと思ってました。

十一月六日（水）

朝はかならずコーヒーなのだが、わざわざ豆を買ってきて手で挽いていた。毎朝。

さすがにめんどくさくなって、電動のミルを買った。かなり長いこと使ってたんだけど、あるとき粉のやつをもらったのをきっかけに、別に粉でええやんということになった。味の違いがわからん。

で、いまは粉のやつをペーパードリップ?っていうのですか?にしてるんですけど、さいきん大学の講師控室にあるインスタントコーヒーを飲んでいるのですが、けっこう美味いよな最近のインスタント。

もうインスタントでもいいのでは、と思っている。

カフェイン入ってたら何でもいいんだよ。飲み食いにこだわってるひとたくさんいるけど、おれぜんぜん違いがわからんのよね。

なに食っても美味い。

マクドとか吉野家とか、うまいなあと思う。

パンは超熟が好き。

十一月十日（日）

新宿の朝日カルチャーセンターというところで講座をしてくれ、と頼まれたので、1日だけならいいですよ、ということになり、1日だけ、2コマ連続で生活史って何っていう話をした。

8000円もするのに、150人も集まって、びっくりした。デスクとっぱらってぎゅうぎゅうになりました。ほんとすみません。

話は面白かったのではないかと思う。

たくさん笑ってもらった。

感想もたくさんもらった。

60代の男性の方で、先日亡くなった妻が岸先生のファンでした。きょうは一緒に来たかったです、という手書きの感想を拝読して、泣く。

ちょっと贅沢して京王プラザに泊まったのだが、早めに行って26階の部屋にチェックインして30分だけ横になってて、窓の外の都庁を見ていたら、いきなり、無音で、静かに、色とりどりの風船がたくさん、たくさん、ふわふわと飛んでいた。

めちゃめちゃぞっとした。

『It』で死ぬやつやん。

朝カルの会場に、邪悪な tbt さんと、某社の担当であるOさんが来ていたので、3人で飲みに行った。

Oさんは「財布に500円しかないけどいいですか」と言っていた。

よく財布に500円で新宿歩くよな……。

と言ったら、「さっきまで1000円はあったんです。だから、タピオカ飲むのにすごい迷いました」と言った。

飲んだんかい、タピオカ。

そしてけっこう積極的にワインお代わりしておられた。

バラしてすみません。

Oさんほんま大好き。ほかにもいろんな天然エピソードがあります。

いずれ書く。

Oさんはもう邪悪ということで良い。

ここをきれいに
はり紙をはらないようにしましょう
万国博準備大阪市民運動

4章

二〇二〇年 一月五日 - 十二月十四日

二〇二〇年

一月五日（日）

いつのまにか年を越していた。年を越したからどうちゅうこともない。年末年始と誰にも会わなかった。あ、院生に焼肉食わしたな。それ以外はずっと家にいた。４作めの小説の続きを書いていたのだ。正月のあいだに１００枚ぐらい書いたかな。

静かなお正月だった。

大晦日はきしさいとう恒例の（ほんとうに毎年恒例になってる）、超ロング散歩。５時間かけて大阪市内を20㎞歩いた。

年末年始の大阪はいつも、静かで穏やかでいい天気だ。

毎年いい天気ですよね。

映画「JOKER」の評判がよくて、俺もはやく観たいんだけど、こないだ一緒に飲んだひとが若干批判していた。

俺もちょっとだけ危惧するところがあって、予告編に「お母さんと仲が良いところ」と、「そのお母さんが入院してるとこ」があって、これひょっとして、お母さんが医者にも行政からも見放されて亡くなって、それが原因で社会全体を恨むようになった、みたいなストーリーだったら、それは確かに簡単すぎる。

まあそんな簡単な話じゃないと思いますが。

とにかく映画館が苦手なので（トイレに行くときに一時停止できないから）、ネット配信を待ってからじっくり観ますので、私のまわりにいる関係者諸君は、くれぐれもネタバレしないように。

もっとみんな俺に気を使ったらええと思うねん。

稲葉振一郎によるネタバレ事件についてはいずれ詳しく書く。

糾弾せざるをえない。

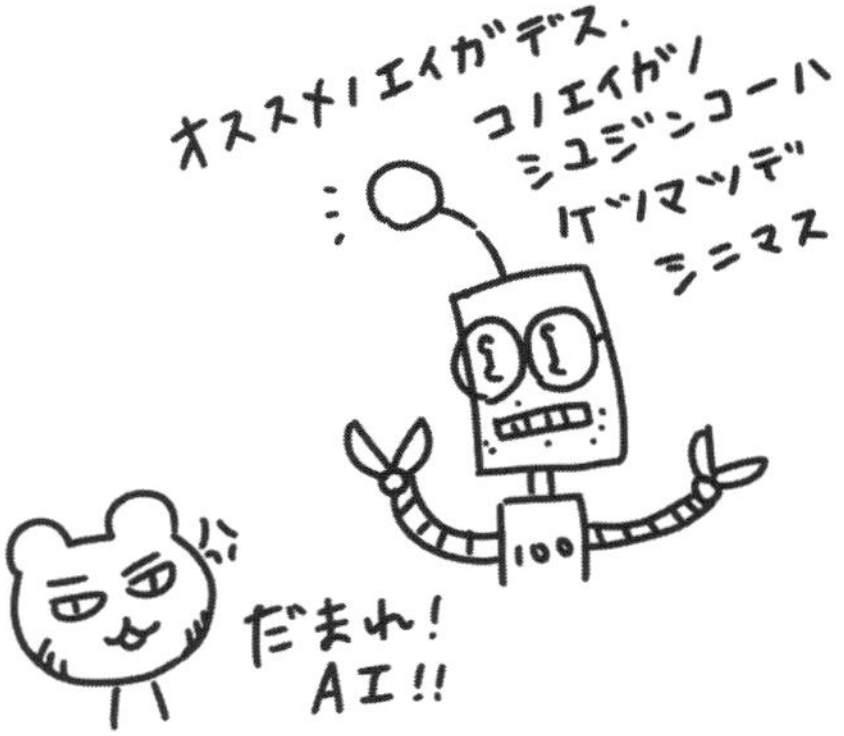
オススメノエイガデス.
コノエイガノ
シユジンコーハ
ケツマツデ
シニマス.
だまれ!
AI!!

一月六日（月）

生のまま食パンを焼かずに、何も付けずにそのままで、飲み物も一切なしでむしゃむしゃ食ってたらおさい先生が泣き出した。

怖かったらしい。

喉の奥に食パンを消化する液を噴出する腺があるねん、と言ったらめちゃめちゃ笑ってた。

まあ確かに生の食パンに何もつけずに水も飲まずにむしゃむしゃ食ってたらけっこう人間離れしてて怖いかもしれんな。

教え子が書店に行って「ビニール傘ください」って言ったら「当店は書店なのでお取り扱いしておりません」って言われたらしい。

あと、『ビニール袋』って間違えてるひと多い。

ネタでたまに『ビニール本』って言うけどあんまりウケない。いまはそういう時代じゃないのか。

あるサイトの読書感想文で、最初から最後までずっと『図書館』って書いてるひとがいて、さすがに笑った。

もちろんぜんぜんOKじゃよ。ありがたいばかりです。

一月七日（火）

今日から出勤じゃよ。

ずっと空気清浄機をつけっぱにしてるんだけど、空気って目に見えないからほんとに効いてるのかどうか半信半疑だ。

でもときどき換気のために窓を開けると、そのたびにぶおーって鳴る。外の空気って意外に汚れているのか。

なんか「外に出るな！　地球の空気は汚染されている……」みたいな感じだ。コスモクリーナーか。

知らんけど。


こないだ甥っ子が、超映画マニアなんだけど、スター・ウォーズの新作を見に行ったのだが、始まる直前にトイレに行きたくなったらしい。

で、急いでトイレから戻って席に着いたら、ちょうど「ジャーン」を見逃してしまったらしい。

「もう黄色い字が流れてたわー」とぼやいていた。

スター・ウォーズで最初の「ジャーン」を見逃すというのは、相当間抜けだ。

水戸黄門でいえば印籠のシーンを見逃すようなものだ。

印籠のシーンなしで水戸黄門見たら、あれはただの大量殺人鬼である。

関係ないけどマイケル・ジャクソンが意外に好きで、なんか自分でもほんとうに意外だ。かっこいいよねマイケル・ジャクソン。

で、若いころのマイケル・ジャクソンを調べようと思って、ずっと「マイケル5」で検索してた。

途中で気づいた。ジャクソン5やろ。
そら出てこんわ。
マイケル・ジャクソン
マイケル・ブレッカー
マイケル・ケイン
マイケル・J・フォックス
ジョージ・マイケル
5人揃ってマイケル5でーす。

俺は四大"きし先生"で
最弱…
ゆーた、のぶお
医者の人、オレ…。
よわぃ。

ひとりだけ、名字なのか名前なのかわからんやつが混じってる。

一月八日（水）

というわけで仕事が始まっている。

しかしまああらためて、大学の事務方の仕事の進め方には違和感しかないな、と。

とにかく、研究のことを何も知らない事務方が全権を握っていて、あのひとたちがハンコ押してくれないと1円もでないし、何もできない。

おかしい。

みんなもう慣れっこになってるけど、あらためて考えると、素朴におかしい。

このままだと、もう新しい仕事を一切やめて、外部資金も取らずに、ただシラバスみたいな最低限の書類だけ形式的に書いて、給料だけもらって、自腹で調査研究してっていうのがいちばん合理的な選択だってことになりそうだ。いやもうすでにそうなりつつある。

むかしの大学のほうがひどかったけど、これからまた逆戻りするんじゃないですかね。みんな新しい仕事しなくなるだろう。

大学教員のひとに聞きたいけど、あたらしいプロジェクトとかやりたいですか？　組織の改編とか、役職とかやりたい？

研究と教育以外のところで仕事多すぎないですかね？

仕事って何だろう。生まれてきたことの罰みたいなもんかな。

カップラーメンをずっと見てると、できるのが遅い。

でもそのあいだに、おはぎにごはんとかあげてると、3分ぐらいあっという間に経つ。

いつも思うけど、むしろカップラーメンが意外に早くできるように、わざと関係ないことをするということを考えている。

そうするとカップラーメンがものすごく早くできるのではないか。

人生も同じで、もし生きるのがつらかったら、わざと関係ないことをして、人生から気をそらしたらいいよ。

研究とかどう？

牛丼屋の朝飯が好きだ。

こないだ東京出張中に、めちゃめちゃ二日酔いで朝7時ごろに浜松町の吉野家に入って、焼き鮭定食と納豆と卵を注文して、カウンターに座って運ばれてきたら、松屋だったのでめちゃめちゃびっくりした。

浜松町、たまたま定宿があるから何度も行くだけの街やねんけど、しょっちゅう通ってるうちにだんだん好きになってきた。東京住むならここに住みたい。チェーン店しかないところが好きだ。殺伐としてる感じ。

でも西のほうに行けば東京タワーと東京プリンスホテル（ここのカフェラウンジが大好き）、東に行けば竹芝桟橋で海も見れる。

いい街だな浜松町。情緒も何もないけど東京タワーと海に挟まれている。

無骨な、無愛想なチーズバーガーが食いたいと思っている。薄っぺらくて、パテとチーズ以外に何も挟まってないやつ。トマトケチャップと、小さいオリーブのスライスだけのやつ。雨のロードサイドの、深夜のダイナーで、薄くて硬いチーズバーガーと、まずいコーヒーを飲みたい。

あ、俺ペーパードライバーだった。

まずはペーパードライバー教習から通わんといかんな……。

そういえば年末に、雑誌『ダ・ヴィンチ』で、拙著『図書室』が、「プラチナ本オブザイヤー２０１９」に選ばれました。めちゃうれしい。

感謝の特別エッセーも寄稿しておりますので、みなさまよければぜひ。

というわけで、４作めの小説、なんとか形になった。やれやれ。もしボツにされなければ、どこかに載るかもしれません。

今年はいろいろ、大きな仕事があります。心身ともにヨレヨレですが、みなさまよろしくお願い申し上げます。

食パンにもびびりましたが、
今、目の前で、岸先生が
クリームシチュー食べながら
牛乳飲んでる
ことに
おどろいて
います。
パンに
バターも
つけてます♡
MILK

三月十八日（水）

いろんなひとと飲んでるといろんな話を聞けてとてもおもしろい。

先日『ヤンキーと地元』という素晴らしいエスノグラフィを出版した社会学者の打越正行は中学生のころ、小説を書こうと思って書いてみたことがあるらしい。

タイトルは、

『混浴露天風呂殺人事件』

だったそうだ。本人によると、西村京太郎を読んでその真似をしてみたということだ。

混浴で露天風呂。

中学生っぽいな……

あと、こないだ立岩真也と飲んでて聞いた話なんだけど、中学生のときに佐渡島の「鬼太鼓座《おんでこざ》」にスカウトされたらしい。

すみません本人に許可を得ずに書いてます。

こういう話が好きだ。

あと、「ボブ・マーリーを生で見たことがある」と言っていた。

なんかこういう話が大好き。

鬼太鼓座で太鼓を叩いている立岩真也を想像すると楽しい。

ちなみに立岩さん、自宅から立命館の衣笠キャンパスまで自転車で通勤しておられるのだが、そのスピードがめっっっちゃ速い。

いちどだけ、正門のなか卯とファミマのあたりで見たことがある。

チャリを漕ぐ音がドップラー効果になるぐらい速かった。

と言うと、いつも「おおげさに言っている。そんなに速くない」と反論してくる。

いや、めっちゃ速かったです。

勝手に書いてますけども。

というわけで、にがにがの担当さんからそろそろ、と言われ、にがにがを書こうと思って、書いている。もはや日付の意味もなんにもないけど。ひとつでええんちゃうか。ぜんぶ1日分。

おはぎが陽に当たっている。南向きの窓辺にソファを置いているのだ。おさい先生はいま目の前で風邪のために出張を休みますというメールを書いている。

きのう、ギターの友だちが家に来て、さんざん

今日さ〜立岩先生に
ミルキーあげたら
ちっ一気食い
してさー
ホント、立岩先生
のこと、
好きだねえ

ビールと白ワイン飲みながらふたりでセッションした。とても楽しかったよ。歌も歌ったよ。クラムボンはコルコバードを弾いたよ。

そのときおさいが作ってくれた食事の残りで朝昼ごはんを食べている。おいしい。

きょうは昼から風呂に入ろうと思ってお湯をためて、そのままほったらかしにしてる。冷めたらもったいないのでそろそろ入らないと。

ここ数日ずっと雨だったんだけど、きょうはとても、とてもいい天気だ。あと死ぬまでどれくらい、こんないい天気の日があるかなあと思う。今年も暖冬だけど今日はちょっと寒いね。雨が降るまえの日は季節外れに暖かかった。季節外れに暖かい冬の日は、その次の日に必ず雨が降る。そして雨が止むと、寒くなる。その通りになった。

ガスストーブのしゅんしゅんと静かに燃える音だけが聞こえる。そして俺がこれを書いているタイピングの音。たまにおはぎのいびきも聞こえる。

今日はどこも出かけたくないなあ。家で仕事しなきゃ。やらなきゃいけないことが山積み。でもこの「やらなきゃいけないことが山積み」の状態って、いつまで続くんだろうね。一生続くんだろう。

はやく定年退職したい。

たまに定年退職するとき「最終講義」みたいなことをやるひとがいるけど、あの意味がよくわかんない。ふつうにいつもどおりゼミやって、おつかれーとか言って、そのまま家に帰りたい。そして、ああそういえば今日が俺の最後の授業やったんやなと思いたい。

どうせ死ぬまで本を書くんだから、その程度でよい。

なんかもう、毎日まいにち意味のわからん仕事をしてて、これほんとになんか意味があるんかと思う。

意味があるのではないか。

カンフーに強くなったりして。


毎日書類を書かされている。白髪のヒゲの師匠にキレる。「お師匠さん！　こんなエクセルばっかり毎日書いて、これが何の役にたつんだよう！」

「ふふふ。これはどうじゃな？」

ばしっ。がっっっ
「はっっ！」

強くなっている。

そんなことはない。

いつも思うんだけど、師匠のところで修行してると思ってたら、ほんとうに掃除をさせられていただけだったりしないだろうか。

「お師匠さん！　こんな雑巾掛けばっかり毎日して、これが何の役にたつんだよう！」

「ふふふ。これはどうじゃな？　ほら、これで窓を拭いてみろ」

「はっ！　毎日床の雑巾掛けをしたおかげで、窓拭きも上手くなってる……！」

掃除が上手くなってるだけである。

敵のチンピラ集団が殴り込みに来てもすぐやられる。

友人のゆきみの話。

ゆきみは異常な人見知りのくせに異常にひとなつこくて誰からもすぐ好かれる。近所のコンビニのやまださん（仮名）という人となぜか仲良くなり（いつも思うんだけど、たまにこういうやつがいる。コンビニの店員さんと、どうやったら仲良くなれるんだろう）、買い物をするたびに一言ふたこと言葉を交わすようになった。

コンビニってたまにくじ引きやってるよね。あれで、箱のなかに手をつっこんで、1枚引き抜いたら、それを見たやまださんがにこにこ笑顔で瞬時に
「あ、それ外れですね！」

と言ったらしい。

ゆきみは、「自分で開けさせてほしかった……

…」

と言っていた。

親切で言ってくれたんだろうけど。なんか笑った。

ゆきみと、そのつれあいのかすみくんの話。

こないだこのふたりが神戸でデートしていたら、カフェで横に座った中高年カップルが、あきらかにどう見てもダブル不倫ぽい雰囲気だったらしいんだけど、女性のほうが、めちゃいい感じで
「……バレンシアガに、乾杯」

と言った。

この話を聞いたとき、私たちはなんでそんなものに乾杯するんだろうと小1時間議論になった。

まあ別にどうでもええねんけども。

いいんだよ。

かすみっていうのは俺のゼミの卒業生です。

どうでもいいんだけど。

バレンシアガに乾杯するっていうのはどういうシチュエーションなのか。

バレンシアガの店でたまたま出逢ったのか。

　夜、路地裏を散歩していると（大阪市内は路地裏だらけで、永遠に歩ける）、家々の窓から、親子丼の匂いや、うどんの匂いや、カレイの煮付けの匂いがする。

　不思議だ。親子丼の匂い、というものがある。醤油の匂いとか、卵の匂いとか、鶏肉の匂いとか、そういう単体の匂いじゃなくて、親子丼の匂いという、固有の匂いがある。家によって作り方もぜんぜん違うだろうに、それでも親子丼はいつも親子丼の匂いがする。

　カレイの煮付けとか、ほんとうに不思議だ。ほかでもないカレイの、ほかでもない煮付けの匂い、というものがある。

　匂いとか味っていうのは、何ていうか、脳に近い感じがする。直接脳のなかに入ってくる感じ。

　匂いは、でも、鼻をふさいで口で息をすれば、なんとか嗅がなくてすむ。味というものはもっともっとずっと生々しくて、それはその対象が必ず舌に触れているからだ。身体的に接触しているものから直接伝わってくる情報。

　音もかなり脳に近い。それがどんなに聞きたくない音でも、手で耳をふさいでもかんぜんに無音にすることは難しい。かすかに聞こえてくる。

　視覚は脳から遠いような気がする。目を閉じてしまえば何も見ずに済む。

鍋のにおい～
シチューちゃう？
たまに意見が
くいちがう

感覚を感じたくないなあ、と思うときがある。

感覚というものはかならず、時間をともなう。ある一定の時間、私たちはたまたま出くわした特定の感覚を感じ続けなければならない。それが怖いときがある。1秒、1秒、ずっとある音を、匂いを、味を感じ続けなければならない。これはとても怖い。

そもそも、何の感覚もなくても、脳のなかに意識があるということが、とても怖い。起きているあいだずっと、1秒、1秒、自分の意識が継続しているのだ。

これは怖いし、とても苦しいことだ。

要するに、時間が1秒、1秒と経過することが苦痛なときがあるのだ。

おはぎにも聞いてみたい。どんな感じか。

たぶん、平気ですよと答えるだろう。おはぎには苦痛はないからね。

だってそのために溺愛してるんだからな。そのために、というか、溺愛していることの結果で、というか。

自由だし。好きなところで寝ている。そして家じゅうに、いかにもおはぎが好きそうな場所がたくさん作ってある。今日はここ、明日はここと、好きなところで寝ている。

そういう動物や人は、「自分であること」の苦痛を、あまり感じずにすむだろう。

ここ好き
そう!!
バッ
ねこ寄せ!!
きしマジック!!
さあ!

だから、閉じ込められて飼われている動物というのが、私の最大の恐怖だ。

猫を狭い部屋の、さらに狭いケージで飼っているひとがたまにいる。

見るに堪えない。ほんとうにかわいそうだし、やめてほしい。

ところで、沖縄の友だちの女子から聞いた話。中学生のとき（だからまだわりと最近の話だ）、地元で「白タクのおっさん」がいたらしい。

ある携帯の番号をみんなで共有してて、遊びに行くときにそこに電話すると、特定のおっさんが迎えに来て、安い料金で那覇まで乗せていってくれたそうだ。

なんか怖いことなかったの、って聞いたら、それはなかったですけど、トランクに大量のエロ本が積まれてました。

めっっちゃ怖いやんそれ。

なんか人間ってほんといろいろだな。

しかしこういうの、どういういきさつでそうなったのかが知りたい。たまたま誰かが近所のおっさんに送り迎えを頼んだら、その番号がクラスで広まって、それが代々伝わっているのだろうか。

本人は白タクをやってるつもりすらないのかもしれん。ただ地域の中学生から電話かかってきて、それで車で送ってあげる。で、すこしだけそのお礼もらっとこか。なんかこれぐらいの軽い感じで始まって、それが軽い感じでずっと続いてるのかな、と想像する。

いまもまだやってるんだろうか。そんな昔の話じゃないから、たぶんいまもまだやってると思う。

そういえば、白タクのおっさんを呼ぶときには、「おっさんが渡してくるお菓子は絶対に食べちゃダメ」ということになっていたらしい。飴をもらったことがあるけど捨てました、とのこと。

子どもたちも、それなりに警戒しながら、でも利用するところはちゃんと利用してる。

しかし何もなくてよかったなと。やっぱりこの話、怖いよね。

怖い話ばっかりしてるな。

打越のエロ小説で思い出したけど、実は俺も書きかけたことがある。そしてそれを自分でも忘れていた。

この話、飲み会なんかではわりと話すんだけど、ネットで書くのははじめてのことだ。

邪悪なtbtさんから小説を書いてくださいと3年間にわたって口説かれてもずっと断ってたのだが、それは私は小説というものを書いたことがないのはもちろんのこと、まともに文学を読んだことすらなく、自分とはもっとも縁遠いものだと思っていたからなのだが、わりと最近まで忘れてて、ふと思い出したことがある。

いや俺、そういえば書いてたわ。小説。

書いていたのだ。自分でも忘れていたのである。わりと最近まで忘れていた。記憶を封印していたのかもしれない。ふとした拍子に思い出してああああ！ってなった。

長い長い日雇い労働者および院生および非常勤講師の時代を経て、２００6年にようやく龍谷大学に就職したのだが、その直前、私はもうテニュア（専任）として大学に就職することをあきらめかけていた。

で、なにか食い扶持を見つけようとしていた。何とかして、どうにかして、飯というものを食っていかなければならない。おはぎときなこという猫もいた。おさい先生の研究もサポートせねばならん。

ということで、もちろん日雇いとか塾講師とかバーテンダーとか、それまでやった経験のあることをすべてやって、何としてでも飯を食っていこうと思ってたんだけど、どうせならちょっとでも楽しそうなことしたいなあと思って、自分にはたぶん文章というものが書けるようだと思ってたから、もちろんたいしたカネにはならないだろうけど、それでもある程度まとまったマーケットを持った「ジャンルもの」なら、ある程度勉強して練習すれば、ある程度の収入になるのではないかと勝手に考えていた。

ポルノ小説はどうだろう。

時代小説や推理小説というジャンルも考えたけどまったく本当に興味がなくて、SFは逆に多少読んでたからそのレベルの極端な高さをよく知ってて、そのほかいろいろ考えて、そうだフランス書院とかあのへんどうやろ。

もちろん、この時点では、あのジャンルの異常なほどのレベルの高さにまだ気づいていない。このジャンルの方がたには大変失礼な話であるけれども。

で、2、3冊ほどフランス書院の文庫本を買ってきて、なるほどこういう感じかと勝手にわかった気になって、よっしゃ書いてみようと思って、それで実は2万字か3万字ほど書いたのである。原稿用紙で100枚ぐらいにはなってたはずだ。

2005年ごろのことだと思う。

完全に忘れてた。ちょっと前に、ふとしたことでふと思い出して、自分でびっくりした。

それで、いろいろその前後のこともつられて思い出したんだけど、ポルノ小説を書くにあたり、おさい先生に「女性が傷つけられるシーンのない作品を書きます」と約束したのであった。

しかしまあ、なにかの規範を逸脱しないとポルノグラフィーにならないような気がして、うーんでもなあ、ただの不倫ものとかつまらんしな、とかいろいろ考えて、息子と母親の近親相姦にした。

これが娘と父親だと途端に暴力的な感じになるけど、逆ならまだええかなと。もちろんおたがい完全に同意しているという設定。

ふつうの恋人や夫婦がふつうに愛し合う話はポルノにはならんような気がするよね。

いやもちろん、このへんが素人の考え方で、これがもしちゃんとしたこのジャンルの作家さんなら、それも立派に作品になるんだと思うんだけど。で、書いたのよ。書き出して自分で書けちゃうことにびっくりした。もちろんペンネームで出すつもりだったことも大きいと思うけど、そもそもこのジャンルにそれほどの興味もないし、その方向での欲望は皆無だし、ほんとに書けるかなと思ったんですが、なんか個々のディテールから構築されたエピソードをつないで、それをさらに場面に織り上げていって、それをさらにさらにまとめてストーリーにして……という、ミクロなものをマクロなものにまとめあげていく作業がとても楽しかった。

高校生の主人公と、若いシングルの母親がふたりで暮らしている。なぜか、わりと裕福な暮らしをしている。

あるとき、ヤクザがオーナーをしている違法地下クラブ（笑）で、母親がステージ上でいろいろそういうことをして金を稼いでいることが発覚する。

これは別に母親としては同意して、仕事としてやってるんだけど、息子はそれを見て傷つくわけです。このへん簡単に書くのが難しいけど。

主人公はナイフを持って、単身でその地下クラブに忍び込む。このクラブはけっこう、薄暗く怪しくも煌びやかで昭和のゴージャスな感じの描写。彼はスキンヘッドの巨漢とステージ上でそういうことをしている母親を見つけ、壇上に飛び乗って男を刺し殺す。

ヤクザと警察の両方から追われることになった二人は、なんとか大阪港まで逃げてきたが、そこでこの両方から囲まれてしまう。真夜中、嵐が近づく。

暴風雨のなか、盗んだクルーザーに乗って二人は沖合へと逃げる。しかしそこにも海上保安庁やヤクザの船が待ち構えている。

雨、風、そして大波。クルーザーの電気系統が故障し、真っ暗な沖合の海上で立ち往生する。迫り来る警察とヤクザの船。サーチライトと拡声器とサイレン。そこで、ヤクザが船から発砲したおかげで、警察の船がそちらに集中する。その隙にできた短い時間で、激しく揺れる真っ暗なクルーザーの操縦室で、二人は結ばれる。

だいたいこういう大まかなストーリーを考えて、その合間にクラスメートの女子とのいろんな出来事とか、ほかにもそういう方面のエピソードをちりばめて書いていって、100枚ぐらいまでなったときに、ぽこっと龍谷大学に就職が決まったのである。

そしたらもう、大学という意味わからん組織の意味わからん仕事に慣れるのに精いっぱいで、そしてまた、就職したということは社会学者として生きていくということで、それなら腹をくくってちゃんと調査して論文と本を大量に書かないといけないと思って、小説のほうはやめてしまったのだ。

それから『同化と他者化』という私の最初の本を出版するための準備にほとんどの時間を費やすことになり、そういうことがいろいろと重なって、いつのまにか自分がそういう小説を途中まで書いたということすら完全に忘れてしまっていた。

あれがどうなったかというと、えーと、たぶんまだウチのどこかにある。実は私はオールド Mac のコレクターでもあって、家じゅうに SE30 やら ColorClassic2 やら LC475 やら PowerBook2400c やら PowerBook5300 やら Performa5320 やら初代ボンダイブルー iMac やらが20台ほどあるのだが、たぶんそのうちのどれかにまだ保存されていると思う……俺が死んだらこれぜんぶ物理的に破壊してくださいね……

ということをいろいろ詳しく思い出しているう

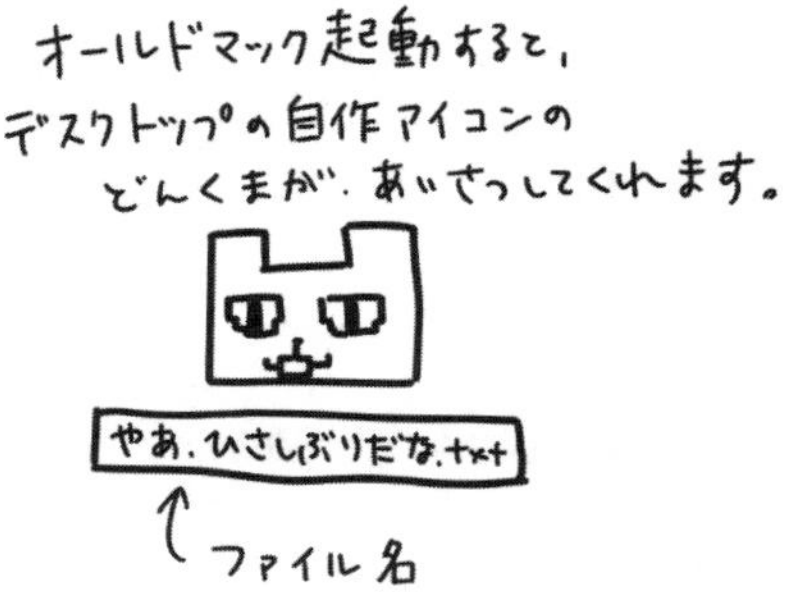
オールドマック起動すると、
デスクトップの自作アイコンの
どんくまが、あいさつしてくれます。
やあ、ひさしぶりだな.txt
ファイル名

ちに、あれもっかい続き書いたろかなと思ってるんですが、さすがに本名はいろいろ仕事上マズいかもなのでペンネームになると思いますが、どこか書かせてくれる出版社いませんか。

　なぜかついったで「床で寝てた」で検索するのが好きで、たまに見てる。

　俺もうっかり床で寝たい。いや、寝てるけど。いまだと寒いからソファでいつも寝てます。


　でもなんか、うっかり床で寝ちゃって、あー寝ちゃったもうこんな時間、体バッキバキやんけシャワー入ろ、それより腹減ったな、っていうことがもうない。

　忙しいから、ということよりもむしろ、なんかそもそもそういう「うっかり」がほとんどなくなったような気がする。

　ソファで寝るときも、疲れたからちょっとだけ横になって、よし起きて仕事だ、そんな感じ。せわしない。

　いやまあ、みんなもゆとりや余裕があって床に寝てるんじゃないだろうけど。でもなんか羨ましくて、いつも検索して、床でうっかり寝ちゃったひとを見るたびに、ああ俺も床でうっかり寝たいなと思う。

　さて仕事。

　こないだ起きたらひどいめまいで、ベッドから起き上がれない。びっくりした。

これまでいちどもめまいなんかなったことないんだけど、最近たまーになるようになって、こないだ散歩中に地面が大きく揺れまくって、歩けなくなってその場にしゃがみこんでしばらく休んでた、ということもあった。

こないだのんはこれまででいちばんひどかった。なんかその前の夜から、いまから考えたら調子悪かったんだろうと思うけど、ささいなことでイライラしたりしてた。で、朝起きて、ふつうに起き上がったら、世界中がゆっくりと大きく大きく揺れていた。トイレにも行けなかった。

なんとか頑張って起き上がって、リビングの椅子に座ったんだけど、猛烈なめまいと頭痛と吐き気でどうしようもない。

午後の診察時間になるのを待って、近所の耳鼻科にいった。

耳鼻科っていつも思うけど、子どもが多くて面白いよね。そこはアレルギー外来なんかもやってるとこで、よけい子どもが多い。

待合室に小さな子ども用のスペースがある。そこに2歳ぐらいの男の子がいた。

若いお母さんが、もうひとりの、もうすこし大きな男の子を連れている。お兄ちゃんのほうの診察に来たみたいで、待ってるあいだ、弟のほうを子どもスペースで遊ばせている。

年子ぐらいの男の子ふたりかー、大変やろなと思って見てた。

そのうちお兄ちゃんのほうの診察の順番が来たので、お母さんは弟のほうも一緒に連れて診察室に行こうとしてるんだけど、この子が子どもスペースからまったく動こうとしない。

お母さん、優しく「ほらもう行かないと。もうママ行っちゃうよー、○○くん（お兄ちゃんのほう）と一緒に、お医者さんのお部屋に行っちゃうよー」というと、置いてかれると思った子どもはめっちゃ泣き出した。

「ほらー。な。だから、一緒に行こうな、な。靴はいて。行くでー」

と優しく言うと、その子はガン無視して遊びだす。

お母さんはまた「ほらもう行かないと。もうママ行っちゃうよー、○○くん（お兄ちゃんのほう）と一緒に、お医者さんのお部屋に行っちゃうよー」と言うと、また置いてかれると思って、めっちゃ泣きだす。

もっかい「ほらー。な。だから、一緒に行こうな、な。靴はいて。行くでー」って言うと、穏やかな表情になってガン無視して当然のように遊びを続行する。

このターンを5回ぐらい繰り返してた。しかし育児って大変やな……理屈とか理由とか正当性とか妥当性とかが一切通用しないんだな……。
・お母さんと一緒についていくために遊びをやめる
・遊びを続けるためにお母さんと離れる
どちらか一方を選ばないといけない状況になっている。ふつうはここで、私たちはどちらかを選択することになる。

どちらも選択しないのである。

これは新しい。

使えるのではないか。
・めんどくさい書類を書き、そのかわり予算を支出してもらう
・書類書くのめんどくさい。予算は支出してもらわなくて結構
ふつうはどちらか選ばないといけない。

そうか。

どちらも選ばないという手があったか。

ダメかな。

最後はおとなしく靴をはいて、お兄ちゃんとお母さんと一緒に3人で診察室に入っていった。

で、めまいですが、いちおうＭＲＩも撮ったん

だけど、何ともない、という所見だった。むしろ「きれいな脳」って言われた。この歳になると微小脳梗塞の跡がたくさんあるひとも多いらしい。それがまったくないねんて。

まあ、過労とストレスですね、と言われた。しかし仕事っていうのはアレだよな、過労になったりストレスを感じたりしないものは仕事じゃないよな。

仕事っていうのは、それは過労とストレスだよ。考え方おかしいかな。

いま「微笑脳梗塞」って変換されましたけども。「あのひとずっとにこにこ笑ってると思ったけど、脳梗塞だったみたいね」

めっちゃ怖いやろそれ。

いま思いだしたけど、おさい先生が学生のとき、いまでもそうだけどすごい酒に弱くて、サークルの合宿で悪酔いして横になってたとき、友だちが缶ジュースを買ってきてくれたらしい。


ミルクセーキの。

これは辛い。

関係ないですが、おさい先生の先生は野口道彦先生といって、部落問題の社会学の第一人者で、この分野を切り開いた方。ほんとうに何でも知ってる。現場のことも知り尽くしている。

でも、ある日、ゼミに遅刻してきたときに、「目覚まし時計が壊れてました」という言い訳をしたらしい。

これも本人に許可を得ずに書いてます。

すごい。

もし俺なら、本当に目覚まし時計が壊れていても、「はぁ？ うそやろ？」と思われるに決まってるので、嘘でもいいから何か別の言い訳を考えてしまうだろう。

目覚まし時計が壊れてたせいで遅刻するひとは実在するのだ。

下手すると食パンを口にくわえたまま曲がり角

でぶつかり合う女子高生と転校生も実在するかもしれない。

　こないだ、梅田の茶屋町のホテル阪急インターナショナルの2階のカフェでお茶してたんですよ。あそこ、吹き抜けの上になってて、コーヒー飲みながら1階のレストランを見下ろせるんだけど、それが好きでよく行く。

きゃ~
ちこく、ちこく~!
パン
(水なし10秒)
パク、ゴクン!
もうパン食べ終ってる.
ドン!!
ホント、パン大好き。

　下は「ナイトアンドデイ」っていう、ビュッフェ専門のレストラン。

　広くてきれいなレストランで、金色の照明がテーブルや食器やグラスに反射してきらきらしてる。

　そのなかを、たくさんのお客さんが、皿やトレーを持って、それぞれ自分のテーブルとずらりと並んだおいしそうな食べ物とのあいだをいったりきたりしてる。

　なんかとても幸せそうな、おいしそうな、舞踏会を見てるみたいな気分になる。

　こないだもまたそれを見下ろしながらお茶を飲んでいたら、あきらかにまわりから浮いてる4人組がいた。若い女の子で、みんなすらりと背が高く、顔がとてもとても小さくて、地味だけど上品な、仕立ての良さそうな服を着ている。ふたりはロングで、ふたりはショートカットだ。

　この4人がきゃーきゃー言いながら、楽しそうに、笑いあって、ときおりお互いハグとかしなが

「○○のマネして」「△△でボケて」と
リクエストすると、たいてい何でも
チャレンジしてくれる 岸先生
ありがとう!!
キャー
きしー
ポンッ
あくしゅしてー
"アイドルがファンに指先で握手するやつやってくれました

ら、テーブルと食べ物のあいだをいったりきたりしている。

まわりのお客さんたちも、遠慮がちに、みんなその4人組を見てた。

どうも隣の梅田芸術劇場（シアター・ドラマシティ）に出演中の、宝塚の女優さんらしい。

ほんとうにそこだけ舞踏会みたいになっていた。

三月二十二日（日）

連休の最後の日ももちろん仕事だ。自分で選んだ好きな仕事だから何も文句はない。むしろ幸せである。こんなにたくさんいろんなところで書かせてもらってほんとうに幸せだ。

この連休は、ちょこちょこネトフリ見たり映画見たり、ひさしぶりにロング散歩（17km（笑））したりした以外はだいたい家で仕事をしている。

仕事っていっても校正ばっかりだけど。『新潮』の小説、『文藝』のエッセー、あと共著の沖縄の本。こちらはほかの著者のパートにもだいたい目を通す。こないだ購入した iPad Pro が大活躍してる。これと Apple Pencil でかなり校正作業も楽になった。

おはぎも iPad Pro 使えばいいのに。

おはぎがこれで映画観たらIMAXシアターやな。

ソファに座って、紙コップにカリカリを山盛りに入れて、ひとつぶずつポリポリ食べながら映画観てたらかわいいのに。

『101匹わんちゃん』とか観ながら「犬、くたばれ!!」とか言ってたらかわいいのに。

おはぎはそんなこと言わないけど。

でもほかの犬とか猫がめちゃ嫌い。

自分も拾われたくせに、ほかの捨て猫を保護すると涙目になって怒る。

「そんなもの拾ってこないでください！！」

おまえも拾われたんやで……

犬とも仲良くしたらいいのになー。犬と猫いっしょに飼いたい……

犬ッコロと遊びたいのう。

床でゴロゴロしながら抱き合ったり甘噛みしたりしたい。

人間が甘噛みする方。

いまおはぎはソファで丸まって寝てる。

寝てるだけでほんとうにかわいい。


猫のまとめブログ い。

いま、猫が話題！

かわいさは？　毛並みは？　ごはんは？

調べてみました！

結論「猫はかわいい」

いかがでしたか？

あなたも猫を飼ってみては？


これついったでも書いたかな。

しかしおはぎがソファで寝てるとぜんぜん猫に見えない。たぬきにしか見えない。たぬきとかレッサーパンダとかなんかそういうどうぶつ。

ひさしぶりにヨドバシ行ってきた。ひととモノが多くて疲れた……。阪急百貨店に寄ってお土産につい要らんものを買う。嶋屋のポテト。めちゃ美味いよな。あと焼き鯖寿司。おやつとしては明らかに多すぎるけど。

まあええがな。

連休は天気良かったけど、今日もめちゃ良い天気だったけど、このあと雨降るんだよね天気予報によると。だから洗濯はやめておこう。休みのあいだに毛布を4枚ほど洗って干した。快適ですわ。

晩ご飯食べる前はお腹減って仕事できない。晩ご飯を食べた後はお腹いっぱいで仕事できない。いったいどうしろと⁉

前回は「もう日付の意味ないな」と思ってわざと1日だけで書いたんだけど、今回は普通に日記にしようかなと思ってるんだけど、そうするとこんなダラダラした、何買っただの、何食っただの、どこ行っただの、そういう文章になるんだけど。

こんなもの読んでおもしろいか?

おもしろいと思う方は1を。

おもしろくないと思う方は2を。

そのほかの方は3を押して、最後に#を押してください。

四月十四日(火)

8年ぐらい前に学生しょくんと万博公園に遊びにいったときに、ふと油断してるところをおもいきり写真に撮られたのであった。

ほんまに油断してた。視線の先に小さい子どもがいて、つい顔がゆるんでるところを撮られた。なんか花にかこまれて微笑んでて、死の世界である。

しかもこれ、この年のゼミの卒論文集の表紙にされてしまった。

それで、文集の製本を注文するときに大学生協からわざわざ電話かかってきて、「表紙はこの、先生がお花に囲まれて微笑まれてる写真でよろしかったでしょうか?」と聞かれた。

拷問か。


けっきょく日記が続かない。まあいいやどうせ

俺なんか……

薬を飲まずに寝ると、夜中の3時から朝6時ごろにかけて必ず目が覚めてしまう。そういうときはだいたい必ず、とても嫌な気分だ。

我が家では「どうせ俺なんか病」と言われている。どうせ俺なんか……

何やっても中途半端やからな。

いろんなことやってみてるけどぜんぶ中途半端。

まあいいや。

まあ、われながら中学生みたいやなと思う。

いい歳していつまでもこういうことでくよくよする。

中学40年生。

ところでおさいは子どものころ、ミンキーモモというアニメが好きだったらしい。どんな話？って聞いたら、「12歳の子どもが18歳のおとなになる話」

たいして大人になってへん。

46才のおっさんが
52才のおっさんに
な～れ♡

この歳になると12歳も18歳も一緒だ。

みんな子どもだよ。

おれも子ども。

52歳児。

しかしおはぎももうすぐ二十歳やな。

きなこに会いたいな。

死だけはこの世界で絶対やな。


いくらカネを積んでも、どんなに努力しても、絶対にきなこには二度と会えない。

折り合いのつかんことばっかりやなあ。

五月四日（月）

月イチ日記になっとるな。

というわけで非常事態宣言が出て、大学の授業もとりやめになり、家にいる。散歩ぐらいしかすることがないので、合わない靴でロング散歩してたら、「足底腱膜炎」っぽいものになってしまい、激痛で歩けない。1年でもっとも天候がよい時期に、どこへも行けない。

ほんとに毎日いい天気。

そして昨日と今日は薄曇りで、これがまたロング散歩にはちょうどよい天気なのだ。かんかん照りのなかだと何時間も歩けないからね。

家にいる。

昨日は少し歩いた。

酒も飲むけど甘いものも好きで、それで太る一方なんだけど、トーストにジャムとかマーマレードとかをのせるのが好きなんだけど、さいきんどこのスーパーでも「甘さひかえめ」「大人の甘さ」みたいなやつばっかりなの。「果実の味を生かした上品な甘み」とか。

俺は激甘のジャムが食べたいんだよ！！　大人の甘さのジャムなんて要らねえんだよ！

子どものジャムをくれ!!

子どもの甘さ。

バタートーストにはちみつ大量に塗ると、こんなうまい食いもんはないって思うな。

こういうのがいちばん幸せなんだよ。

はちみつバタートーストに乾杯。

しつこいようですが、なんでバレンシアガに乾杯したんだろうな。

世の中わからんことだらけやな。


ずっと家にいるとプラごみがすごい量。自炊するということは、プラごみを出すということである。

これまで知らんかった新しい言葉がどんどん飛び込んでくる。濃厚接触、quarantine、オーバーシュート、実効再生産数、エンベロープ。

六月二十一日（日）

完全に月イチ日記だ。

出張にも行けないし大人数で飲み会もできない。ほんとに散歩ぐらいしかすることない。そしてよく雨がふる。散歩もできないとほんとに気晴らしがない。

それでもちょいちょい歩く。こないだ淀川の河川敷を歩いていた。梅田やミナミにひとが少ないぶん、河川敷は、野外だし距離が取れるし、逆にひとが増えた気がする。

サッカーをして遊んでいた男子高校生が叫んだ。
「失敗したンゴ」
……ンゴって、口に出して言うんや。
関係ないですが、日時を決めて知らないひとどうしで淀川の河川敷に集まって、ディスタンスを確保しながら飲んで、そのままお互いの名前も聞かずに解散する、というオフ会をやりたい。
口に出して言うといえば、ラングドシャっていうお菓子、ぜったい口に出して言っちゃう。ラングドシャー。ラング・ドシャアアアア
ドッシャアアアアアアアア
シャアアアアア
そういえばこないだおさい先生が「サンテグ・ジュペリ」って言ってた。しかもそれを指摘されると「そんなこと言ってない」って言い張ってた。ぜったい言うてた。しかも「ジュペリ」のところが「リ」にアクセントがあってそれ自体が関西弁みたいになってた。
サンテグ・ジュペリ。
ドッシャアアアアアア
ドシャアア

七月二十日（月）

今日から真面目に日記書く。

酒は飲みたくないけどうまいものを食いたい夜、というものがある。ノンアルコールビールでも飲めばいいんだけど、なんか気がひける。そんなにたくさん飲めないしね。

実際にお店やってるひとから見てどうなんだろう。ノンアルの客って、迷惑なんだろうか。

飯をたくさん食う自信はあるのだが。

日本も台湾みたいに、小吃の店がたくさんあったらいいのに。

夜中に書斎を抜け出して小腹を満たして、すぐに帰ってまた仕事を再開する。そういう夜がほし

い。

まともな飯を食う時間がないときにコンビニに行って、でもぐるって一周してそのまま何も買わずに出てくることが多い。

なんでコンビニに並んでる食いもんってあんなにまずそうなんだろう。

夜中だと居酒屋とかになっちゃうし、居酒屋だと酒を飲まないといけない。

牛丼屋以外で酒を飲まずに飯を食う方法はないのか。

ここだけの話だけど、おれが「お忙しいところ恐れ入ります」ってメールで書いてたら、それは「おい」しかタイピングしてない（単語登録）。あと「お世話になります」は「おせ」しか入力してないし、「よろしくお願い申し上げます」は「よろ」しかタイプしてません。内緒の話な。

「まことに申し訳ございません」も「まこ」で出てくる。

便利。

あと、「らい」で「ライフストーリー」と「ライフヒストリー」の両方を登録してあるので、たまに間違える。

クラムボンはデパスを処方してもらったよ。

こないだ大阪の地元の友だちが、女子中高に通ってて、中学生のときに先生が怒ったときによく「お前ら飛田に売るぞ！」って言ってた、ていう

「おせ」「まこ」「よろ」しか入力してへんけどな…。
Re:どんくまです
大変ごていねいなメールをありがとうございました。

話を聞いた。

ひどすぎて笑う。

むかしの学校はひどかった。俺も普通に殴られてたし。

あまりに理不尽なことで殴られるので一度だけ殴り返したことがある。

100倍になって返ってきた。

ただの殴り合いである。

ついったのプロフィールんとこ見てていつも思うんだけど、「4歳と6歳の2児の母です」「父です」っていうのは多いけど、「37歳の男性の妻です」「51歳の女性の夫です」っていうのはぜんぜんないな。

配偶関係はアイデンティティにならないのか。

「25歳公務員の男性の姉です」とか。

わざわざ書かない。

こないだ、最後のスター・ウォーズ観た。考えてみたら小5のときに観てからもう40年以上の付き合いで、子どもからおとなになってもう初老にさしかかるまで、言うたら人生をずっとこの映画とともに過ごしてきたようなもので、もういろんなアレがアレして後半40分ぐらいはずっとボロ泣きしてた。

いやあ、最後がこの作品で良かった。まあ評価や好き嫌いはひとによると思うけど、おれは10歳のときに観たこの映画が、52歳でこういう終わり方して、ほんとに良かったと思う。

ジョージ・ルーカスをはじめ、この映画をつくってきたすべての方がたに心からお礼を言いたい。

そういう気分。

七月二十二日(水)

何人かで飲んでるうちにみんな酔っぱらってきて、路上で相撲をとった。

久しぶりにそういう飲み方をした。

しばらくお酒要りません。
ちょっと前についったで書いてちょっとバズったんだけど、家で一緒に暮らしてる犬とか猫の名前って、めっちゃ変な呼び方するよね。
おはぎは、だんだん「おは」から「おぴ」に変わっていって、それが
おぴる
おぴるばん

朝食用パンのことを
「朝パン」→「朝ンパ」ってよんでる。
あさんぱ
買ってきたヨー。
ちょうじゃく

オピルバン首相
……になって、単に「首相」と呼ばれている。
そのほかにも、「おは」が「おはっぷ」になり「おはっぷ岬」になっている。
ほかにも「怪獣オバンギ」とか「パギ之進さま」と呼ばれる場合もある。
ぜんぶ返事する。
きなこは、「きな」が「きにゃ」になり、
きにゃり
きにゃりこす
きにゃりこす予備校
……になった。なんで予備校なのかはわからない。
あとほかにも、きなこが「きにゃった」になり「にゃった」になり、
にゃった
にゃったにゃんきち
にゃったにゃんきちにゃったたった

……になった。そのほか、

きにゃり

きんにゃりこんにゃり

にゃり

にゃり山

にゃり山運送（なぜ運送会社なのかはわからない）

にゃり止まぬにゃり山

とか言うてました。

zoom ばっかりしてる。1日8時間ぐらい zoom するときもある。

こないだおさい先生が zoom のシンポジウムを真面目に見てたんだけど、登壇者の関西のおっさんがＨＩＶを「えっちゃいぶい」って発音してて爆笑してた。

しばらくずっと自分でも意味なく「えっちゃいぶい」って言うてた。

こないだ、先端研のゼミで、真面目な（当たり前だけど）ゼミ発表を聞いてた。

家族がスーパー銭湯に行く話が出てきた。

………スーパー銭湯に？　家族が？

家族割でもあるのだろうか。

日本型近代核家族の、何かこう、レジリエンス的な、ケアの論理のコモンズが居場所で、とかそういう話か。

ぜんぜん違った。

日本の家族のうちの「数％」がどうのこうの、という話だった。

七月二十四日（金）

近所の耳鼻科に行ったら、子どもがいっぱいいた。みんなアレルギーやねんな。でもいつもより少ない。感染を避けているのだろうか。

5歳ぐらいの男の子がいて、グズってダダをこねてた。

俺の自粛生活
ボク、ネムイ…
朝起きて
食パン♡
冷蔵庫あけて
食パンたべて
10秒ぐらいで
やあ! 遠隔でうちあわせして…
食パン♡
冷蔵庫あけて
お昼食べて
サンドイッチ…
やあ! 遠隔でうちあわせして…
食パン♡
冷蔵庫あけて
食パンたべて
時間ないから生で…
遠隔で授業して…
や、あ…。
食パン
冷蔵庫あけて
食パンたべて
つ、つらい…。
遠隔で面談して…
や…やあ….
たおれて…
ゴハン食べて
やさしい味だね
わりとしっかり歩いて
風呂入りながら音楽ききます
ビール♡
冷蔵庫あけて
ボク、ネムイ…
おやすみ〜 おつかれ

若いお母さんがイライラしてる。

「もう、あんたそんなんやったら、もう置いて帰るで！　ひとりで帰りや！」

とか言われてる。

そしたら男の子が、

「おれ5歳やで？　ひとりで帰れるわけないやろ！」

と言ったので、待合室にいた者全員が「そりゃそうだ」ってなった。

ちょっと前にトイレットペーパーが急に店頭から消えたときに（なんかもうすでに懐かしい感じすらするけど）、ついったでみんな「トレペ」って言ってて、あれは東京の略し方なんだろうか。はじめて見たような気がする。

たしかにトイレットペーパーって、日常用品にしては名前が長すぎる。

トレペ。

みんなさすが。きびきびしている。

ウチは、
トイレッペ
って言うてます。
なんかもっさりしてるな……
でもリズム感はいいよ。
トレペより語感いいかも。
しかしこんなどうでもいい話ばっか書いて人前に晒してもいいのかな。
いいと思う方は1を。
よくないと思う方は2を。
そのほかの方は3を押して、最後に#を押してください。

十月十六日（金）

例によってまた間が空いている。まあ、そういうものだ。ほんとはもっとたくさん書きたいんだけど、仕事が忙しくてね。

「仕事が忙しくて」って、自分の好きな仕事しかしてないんだけど。

にゃにゃにゃ
にゃーにゃにゃ
にゃにゃにゃー
おさい先生がメークしながら何か歌っていた。

よく聞くと「犬神家の一族」のテーマだった
(※文末に追記しました)。

なんでそんなもん鼻歌で歌うんだろう。

あの、あれ面白いですよね、Twitterで、犬神家の一族と八つ墓村を間違ってるひとを、淡々と無言でRTするアカウント。

ああいうのがほんとの「Twitter」だと思う。

で、こないだなぜかおさい先生と一休さんの話になって、あれ確か天皇の隠し子か何かだよな、と、おぼろげであやしげなうろおぼえの話をしていた。

え、そうだっけ。

たしかそうだったはず。

じゃアレやん。ぜんぜんとんちで切り抜けてへんやん。

うん、そうやねん。

あれ実は、まわりの人たちもみんな、一休さんのとんちでギャフンってなってるかんじだけど、ほんとはみんな天皇の隠し子だって知ってて、わざとギャフンってなってるフリしてるだけなんじゃないか。

実はぜんぜんとんちで切り抜けてなかったんじゃないか。

みんな忖度してた。

忖度さん。

思わぬところで一休さんの孤独に思いを馳せた。

ほんとに隠し子だっけ。違ったかな。

これ違ったらもうぜんぜん話が成り立たないな。

まあいいや。

これ、まわりの人間もけっこう辛いよね。天皇の隠し子だから気を使っている、ということすら出してはいけない。あくまでも純粋に、一休さんの自称「とんち」それ自体に心から感心して笑っている演技をしないといけない。

　辛すぎる。

　一休さん孤独やな。

　俺みたいやな。

　違うか。

※ウェブで公開後に「もしかして……」と思ってあらためて調べてみたら、「にゃにゃにゃにゃ　にゃーにゃにゃ　にゃにゃにゃにゃー」は「犬神家の一族」ではなく「八つ墓村」でした。まさか自分も間違うとは思いませんでした、すみませんでした……。

十月十七日（土）

　冷たい雨。秋も深まってまいりましたな。日も短くなった。いま朝9時で、コーヒー飲んでる。おはぎも起きてきて、もういちど一緒に寝ろと騒ぐので、おさい先生がソファに横になると、おさい先生と背もたれのクッションのあいだの隙間に入って、そこでゆったりとしている。おはぎはこ

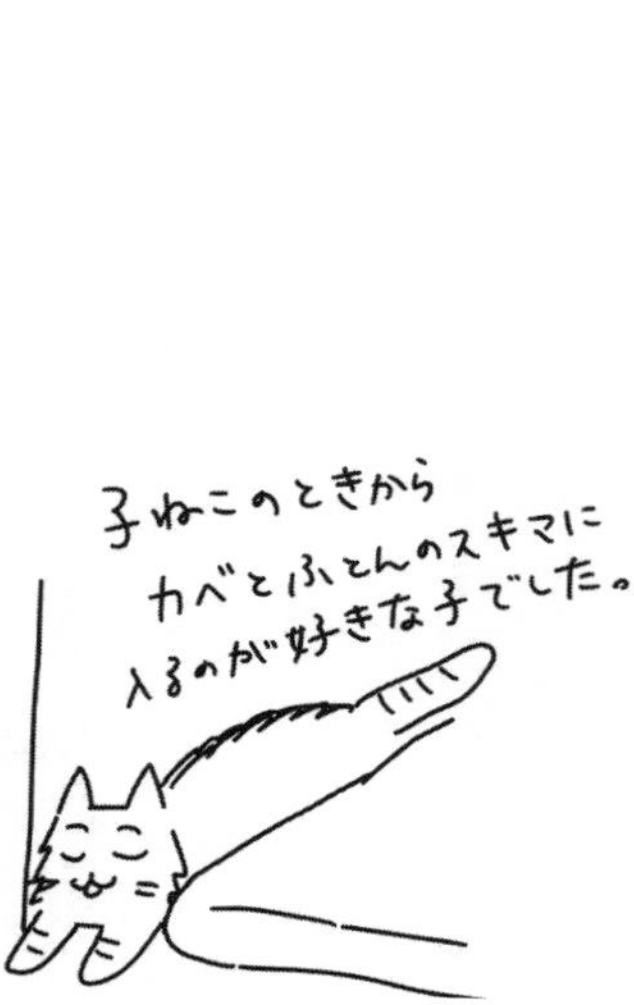
子ねこのときから
カベとふとんのスキマに
入るのが好きな子でした。

こに挟まれるのが大好きで、ソファに誰もいないときでもここで寝て私をクッションで挟めと要求する。あーはいはい、と、仕事中でもソファまで行って横になってやると、うれしそうに隙間に挟まって寝る。

静かだな。

住宅密集地なので、隣の家の瓦に当たる雨の音がよく聞こえる。

十月十八日（日）

朝から豚まん。スーパーで買ってきた安い豚まんでも、ちゃんと蒸し器で蒸すとたいへん美味しい。

蒸し器で何かが蒸されているところを見るのが好きだ。湯気が弱火にしゅうしゅうと沸いていて、その湯気が朝日にあたって白く光って、静かに踊っている。幸せだなと思う。


そういえばこないだTwitterでうっかり551の蓬萊のことを肉まんと言ってしまい、多数の大阪人のみなさまからツッコミをいただく。

なんで肉まんなんて言っちゃったのかなって思ったんだけど、たぶんアレだな、さいきんコンビニで肉まんよく買うからだな。

冬のコンビニの肉まんはうまい。

よく散歩の途中に歩きながら食べる。

コンビニの肉まんも、関西圏は豚まんっていえばいいのにね。

ていうか大阪人ほんまうるさいわ……

豚まんでも肉まんでもどっちでもええがな……

十二月十四日（月）

またまめっちゃ間があいた。

おさい先生と「まうまう団」を結成したのだ。

仕事に行き詰まったときに「まうーまうー」と叫

ぶことが主な活動である。

けっこう気が晴れるからみんなもまうまう団に入ってください。

とか言うてたら、こないだ夜中におはぎが「まうーまうー」って言った。

よしよしおまえもまうまう団に入れてやろう。

おはぎはよく喋る。どうも長毛種の猫はみんなよく喋るみたいだ。そのかわりいままで一度も「にゃー」と言ったことがない。

「わんわん」とか「ぬあう」とか「あぬーなんなん」とか、そういう感じでよく喋る。

一度など、非常に明瞭に「8時半」と言った。

いや、そう聞こえたのではなく、たしかに「8時半」と発音したのである。

おはぎ、賢いぞ。

さすがまうまう団。

まうーまうー。

5章

二〇二一年一月十二日－二月四日

二〇二一年

一月十二日（火）

間が空いてもええやないか。

しかしほんと誰とも会ってないし、街にも出てないから、おさい先生としか喋ってない感じする。

あとは対面授業と対面会議で。

教授会のときに立岩真也が黒いマスクしてる。黒いマスクにもじゃもじゃのロン毛なのでまるきりウィンターソルジャーである。

ソ連で洗脳されたのか。

あの読みづらい文体のなかに暗号が隠されている。

あんまり立岩さんのことばかり言うてるとそのうち叱られるな。

ファンやねん。まじで。

同僚をファン言うのもおかしいけど。

なんていうか、先端研来るまで面識なかったけど、そりゃもう若い頃から憧れておりました。

紙背から天才のオーラが出とるね。

文章読みづらいし。

結局そこか。

会議も授業も対面で、ほんまに対面やってええんかなと思う。

こないだ1コマだけやってる学部の授業で、喋りながらなんとなく腰に手をあてたら、ベルトがぐるっと一ヶ所ねじれてた。

なんかベルトがメビウスの輪みたいになってる……。無限に太ったらどうしよう……

って言ったけどまったく受けなかった。

こないだも、
ああ僕ももう53歳ですよ。キミらからしたらもうほぼ死体やろ。

って言ったけどほんとうに受けなかった。

って友だちにぼやいたら「さいきんの学生さんはみんな上品やから、そういうギャグでは笑わない」とご指摘いただいた。

人生なにごとも勉強である。

ちゃんと真面目に授業もやってます。

夜中にとつぜん、オウムの声で「オウム返し！オウム返し！」って叫んだらおさい先生がゲラゲラ笑ろてた。

あと猫なで声で「猫なで声ぇ〜〜ん」って言ったり、犬の遠吠えの声で「負け犬ぅうううううう。負け犬ぅううううう」って言ったりとかしてた。

そういう毎日。

これって赤いフォントで「赤」って書いたり、緑色のフォントで「緑」って書いたりするようなもんかな。

一月十三日（水）

これまでいろんなクソリプくらってるんだけど、わりと印象に残ってるのが、
あーどっかに猫をなでるだけの仕事ないかな。贅沢は言わない。年収５００万ぐらいでいい
って Twitter に書いたら、
いまどき年収５００万円なんて贅沢すぎませんか⁉
みたいなのが来て、あれはほんとうに、どう言えばいいかわからなかったな。「ツッコむところはそこじゃない」っていうレベルじゃない。
じゃあ猫をなでる仕事はあるのかよ。
こないだ「ほえづらかくな！」っていうときの「ほえづら」ってどういう顔だろう、という話になって、じゃあやってみて、と言われて、顔をあげて目をむいて口を大きく縦に開けてみたのだが、自分でもこれは何か違うんじゃないかと。

よく考えたらそれは「ホエザル」のイメージである。

ホエザルとほえづらは違うやろ。

一月十五日（金）

2016年まで在籍した前の大学で、教務課っていう、授業関係の担当部署にさんざん迷惑をかけてたんだけど、その部屋の外が吹き抜けになってて、2階まで壁が高くそびえてたんだけど、その壁の高い高いところに、トンボが止まってた。

ぜんぜん動かない。

来る日も来る日も、教務課ですみませんすみませんこんどハンコ持ってきますと頭を下げて謝りながら、ああまた今日もトンボおる、あれまた今日もトンボおるなと思って見ていた。

あ、あれ、死んでるんか。

そのままずっと、半年ぐらいそこにいた。

いつのまにかいなくなった。

教務課に行くたびに壁を見上げて、死んだトンボがそこにいるのをいつも見ていた。あのトンボは俺だな、と意味なく思ってた。

打越正行が一時期、手作り弁当を作って軽のワゴン車で沖縄国際大学の前で売ってたっていう話が好きだ。

何したって人間飯食っていけるもんやな、と思う。まあ、そんな簡単な話じゃないこともわかってるんだけど。どっかでそう思う。

俺もジャズミュージシャン→バーテン→日雇い労働者→塾講師バイト→大学講師というコースで、まあ、いろいろやりました。

一月十七日（日）

「体が目当てだったのね！」とか「俺の財産が目的だったのか！」とかよくありがちですが、誰しも何らかのものを目当てにはするんじゃないかと思う。

優しさとか。人格とか。

優しさ目当て。

「お前は俺の優しさが目当てだったのか！！」

「結局お前は俺の人格しか見てなかったんだな……」

どこかでも書いたけど、人柄が好きっていうのは、それはそれでしんどいやろなと思う。ずっと優しくしていないといけない。

重いんじゃないかそれ。

顔が好き、って言われるほうが楽だよね。自分は何もしなくていい。

まあそれはそれでしんどいかな。

いずれにせよ、人から好かれるというのも重くて、しんどい。

よくSNSで「ああ酒飲みたいな」って言ってるひとがいて、俺もしょっちゅう書くけど、そういうときはだいたいさみしいときだよね。

大北栄人さんのネタで「冷蔵庫をなんとなく開けて閉めることの意味のなさ」っていうのがあったけど、あれもたぶんちょっとさみしいときなんだろう。

1995年の1月17日から26年。

途中でタバコ屋が、つぶれて、焼けて、がれきになってるところの、家の前をおばちゃんが掃除しとったんですわ。

あれは忘れんわ。

家の前にようけタバコ落ちてるんですわ、散乱してて。

おばちゃん、これお金置いとくさかい、ひとつもらうでって言うたら、お金いらんからなんぼでも持ってってって。ぜんぶ持ってってって、って。

（http://sociologbook.net/?p=1235）

一月十八日（月）

カート・ヴォネガットが生きてたら、いまのアメリカの政治状況を見てどう思うだろうか。

一月三十一日（日）

朝帰りっていつからしてないかな。最後にしたのは何年前だろう。あの自己嫌悪と罪悪感と疲労と眠気と、楽しかった満足感の混ざった独特の気持ちがなつかしい。

そして家に帰って寝るんだけどそんなに夕方まで寝る体力はもうなくて、3時間ぐらい寝たらもう次の日の普通の日常が始まって、しぬほどしんどい。結局その夜は早く寝て、そのまた次の日になるまでリセットできない。

学部の仕事から離れて大学院にうつったこともあり、オールで飲む友達もだんだんいなくなって、そういう店も少なくなり、自分自身も年老いていって、死ぬ間際に「あああれが最後の朝帰りだったな」とはじめて気づくんだろうけど、それがいつか思い出せない。その朝帰りの最中に「これが人生で最後の朝帰りだ」と気づくことは不可能で、そしてあとから思い出すこともできず、結局「最後の朝帰り」はもう、この宇宙のどこにも存在しない。

とかいってまたやるかもしれんけど。

しかしさすがに50すぎたらあかんやろ。

そういえばよく学生さんたちが、3回生ぐらいになると「もう私ら年やんな、もうオールとかできひんな」って言ってたけど、いやそんなハタチかそこらで歳をとるはずがなく、いやそれはたぶんオールっていう遊びに飽きちゃっただけやで、といつも答えていた。

しかしもう本当に、なにもかもすごいスピードで頭の後ろに過ぎ去っていくな。飛び去っていく。

何も残らない。

きなこを見送って、次はおはぎだろうかと思う。毎日愛しくて可愛くて溺愛してるけど、永遠には生きない。

二月一日（月）

パソコン、とくにノートパソコンを使ってると、自然に首が前に出る。あごを突き出す感じになって、肩がこってしゃあない。

意識的に、頭と首を後ろに引くようにしている。あごが上にあがる。首がラクだ。

でもそうするとなんか、パソコンを上から見下ろして「ああん⁉」って喧嘩売ってるみたいになる。

上から目線で見下してごめんな、MacBook よ……。

これからは MacBook に寄り添って、その気持ちを理解するようにしたい。

でもそうすると肩がこるんだよね。

他者理解は難しい。

二月二日（火）

何回も同じこと書くようだけど、むかしのことをどんどん忘れていってて、ほとんど何も覚えてない、ぼんやりとした景色とか音とかしか思い出せないんだけど、そういうことを私のかわりにおさい先生が全部覚えてて、なんか文章を書くときに「あれ、ほら、あれいつどこで誰だっけ」っていうとだいたい「あれあれやで、あのときあそこで、誰さんがおったで」と答えてくれる。

外付けハードディスクみたいだ。俺の記憶のバックアップ担当。

ただし同期はできない。いちいち聞くしかない。おさい先生が亡くなったら俺の記憶もぜんぶなくなるのだ。

それでよい。

こないだそのおさい先生が突然「リアリズム・マジック！」と叫んだ。

ラテンアメリカの文学は「マジック・リアリズム」という言葉で語られることが多い。ガルシア＝マルケスとかね。

それを逆にしたらしい。

リアリズムにもとづく手品である。

人体切断とか、えらいことになる。

「さあ、いまからノコギリで胴体を切断します！」

「キャー！」

とかいって、何のタネもなくノコギリで切断する。

阿鼻叫喚である。

血と内臓が……

二月三日（水）

こないだYouTubeでオタマトーンがバズってて、たまらんくなって思わず注文したのである。

そしてめちゃめちゃハマってる。

だから書類の締め切り守れないのは僕のせいじゃありません。

オタマのせいです。

しかし癒されるなオタマトーン。

めちゃ楽しい。

弾いてるとき、自分の顔とオタマの顔がシンクロする。おもわず自分もオタマの顔になるのだ。

ヤザワの顔みたいな感じ。

そういえばヤザワをカラオケで歌うおっさんは全員ヤザワの顔になるよね。

で、いま我が家で、「オタマトーンの真似」が流行っている。

自分の手でほっぺたをはさんで押さえて、口を開けて「ぷわ〜」と叫ぶ。
これ意外に癒されるのでおすすめです。
こういう意味のないことをして生きていきたい。
大学辞めてオタマトーンで飯食われへんかな

…………

二月四日（木）

こないだ何かの映画観てて、コールドスリープは寒そうでイヤやな、という話になった。とくにおさい先生は冷え性なので、冬眠するときもコールドスリープしたくないと主張した。

たしかに目が覚めたとき体が冷え切ってそうだよね。

まあ、当たり前だけど。

で、コールドスリープよりホットスリープのほうがいいよね、という話に。

しかしよく考えたら、毎日布団の中におはぎが入ってきて一緒に寝ている。布団のなかはいつもホカホカである。

知らなかった。知らないうちにホットスリープをしていた。

おはぎときなこを拾ったのは2000年だ。

ホットスリープをしているうちに、いつのまにか21世紀になっていた。
猫を飼うとタイムワープできるな。
気がつくと俺も50を過ぎている。
わーい。

28

6章

二〇二一年八月二十日―十二月三十一日

二〇二一年

八月二十日（金）

にがにが日記も第3期である。

いや、何期とかないけど。

おさい先生の話ばかりで恐縮だが、子どもの頃は大変なおてんばさんで、女子のスカートめくりをする男子をしば、もとい、つかまえたりしていたらしい。

それでついたあだなが「女アマゾネス」だった。

どんなんや。

ていうかアマゾネスの頭に「女」要らんやろもともと女やからな、アマゾネス。

どんなんやねん。


関係ないけど牛乳が好きで、何にでも牛乳を合わせる。ビッグマックとか、カレーとか、炒飯とか。

炒飯に牛乳、おいしいよ。

そしたら「ミルクドリンカー」って言われた。

昨日。

八月二十二日（日）

ホテルで缶詰の一日。外国からの観光客が皆無になってホテルはガラ空き、料金も半額以下に。

自宅や研究室でひとりで仕事できないタイプで、しょっちゅうコワーキングスペースを使ってたけど、いまだとマスクしないといけない。なんとなく嫌やなと思ってたら近所の安いビジネスホテルがさらに格安になっている。

というわけでたまに使ってる。もちろん夜は自分の家に帰って寝る。

安宿ええな。シャワーとか入れるし。たまに寝ちゃうけど。あかんなー。と思ったけどよく考えたらそれが本来の使い方だった。

真夏だけどなんとなく秋っぽい。暑みのなかにも涼しみがあるね。

真夏みのなかの秋み。

ホテルみで缶詰みで仕事み。

なんか2週間ぐらい雨降ってたよな。今日は久しぶりにいい天気だけど、雲が多い。

ホテルで缶詰のときはコンビニでワンダのモーニングショットとマカダミアナッツのクッキーを買う。

缶コーヒーをうまいと思ったことは生涯でいちどもないけどカフェインと糖分を手軽に摂れるからホテル缶詰のときはいつもこれ。

関係ないけど、学内でいろいろな役職とか委員会とか当たってるひと、すごい大変で忙しくて消耗してるけど、なんかいつもわりと少し楽しそうに語るんだよね。

いやー大変ですわ。もう大変で大変で。めっちゃ大変。

楽しそう。

実際には楽しいとは思わんしラクな仕事では絶対ないだろうけど、やっぱりああいうのって実はそれなりに「やりがい」があるんだろうなって思

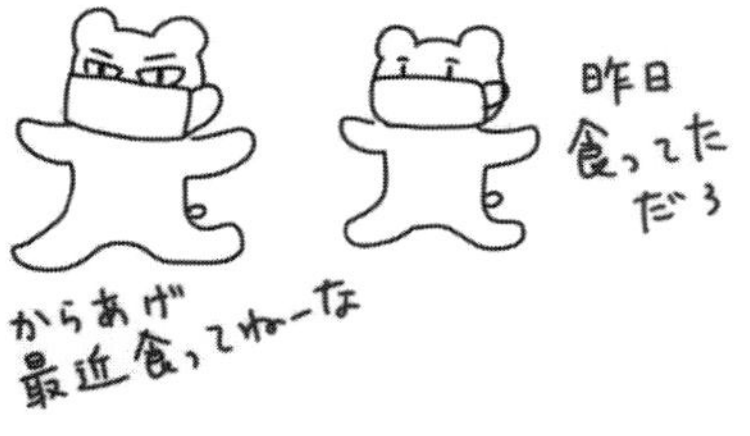
昨日
食ってた
だろ
からあげ
最近食ってねーな

う。
俺はそういうの一切当たらないな……。この歳で当たらないということはもう一生当たらないんだろうな……。
まあ、良かった。
こういうときは仮面ライダーのテーマで歌うようにしている。
フリーライダー
フリーライダー
ラーイダー
ラーイダーーー

八月二十五日（水）

チャーリー・ワッツが亡くなったらしい。ロックというものをまったく通過したことのない人生だったので、つい最近、ちゃんとロック聴こうと思って、とりあえずストーンズのいちばん有名なやつをAppleMusicで聴いてみて、けっこう良いなと思ってたところじゃった。

あのほら、ブラウンシュガーとか入ってるやつ。

断片的に知ってる。

断片的に知ってるものの社会学。

高校のときはＡＲＢとか日本のロック聴いてたけどあれはバンドでコピーするために聴いてるって感じだったなあ。ロックというジャンル自体にはハマらんかった。高校のときから家で聴くのはウィントン・ケリーだった。

おさい先生（元ロック女子っていうかバンギャ（笑）、現ラテン音楽）からも教えてもらって洋楽ロック、AC/DCとか、を聴いてるけど、聴き方がもひとつわかんない。

でも、それじゃいかんと思って、最近はApple Musicでロックを聴くようにしてる。エアロスミスとか。ガンズアンドローゼズ。

どういう心構えで聴いたらいいのかわからん。

と思ってたんだけど、あるときふっと、「友だちと海沿いをドライブしてる」感じで聴いてみた。そのつもりで。

とても良かった。

知らないジャンルはまずはシチュエーションから入るといいかも。

しかしボサノバをビーチで聴くやつは許さん。べつに許さんってことないけど。

ボサノバは冬でも夜でも聴こう。

まあ、こないだ聴いたけど。沖縄のビーチで。

自分が聴いてるやん。

そういえば沖縄のビーチで聴いたグレン・グールドのゴルトベルク変奏曲はほんとうに良かった。

自然の中で聴くとまた違うね。

なんかインテリみたいで嫌になるな。

九月一日（水）

ひさしぶりに京都の祇園のライブハウスで平野トリオで演奏した。平野達也さんピアノ、弦牧潔さんドラム。もうまったくウッドベースを弾いてないのでこの日はエレベで勘弁してもらった。

わりとお客さん来てくれたなあ。

エレベ弾きやすいしラクだけどやっぱりちょっと全体のサウンドは薄くなるね。

しかしウッドベースもそろそろ潮時かな………。18で始めて、あいだに20年ぐらいブランクはあるけど、それでも合計して15年ぐらいは練習してるはずなんだけど、ちっとも弾けるようにならない。練習も苦痛だし。

ここ10年ぐらいこっそり弾き語りの練習をしてるんだけど、歌ももちろんめちゃめちゃ下手だけど、でも「楽しい」って思えるんだよな。

まあしかし音楽はほんとうにできなかった。できないまま死んでいくんだなと思う。

音楽とかスポーツとか数学とか文章とかって、生まれつき決まってるよね。

もちろん楽しく真面目に頑張ればそれなりに伸びしろはある。

あるんだけど。

九月四日（土）

年齢も年齢なのでそろそろ老後の話をすることが多い。

うち、子どもできなかったしね。

けっこう深刻な問題。

年をとったときの自分を想像する。

「ワシは牛乳が好きなんじゃ！　もっと牛乳を飲ませろ！」とか言ってるんじゃないか。

という話をしていて思ったんだけど、別に俺たちが年を取っても、いきなり語尾に「じゃ」が付いたり、自分のことを「ワシ」って言ったりしないんじゃないか、と。

でも、想像のなかの年をとった自分は、だいたい「ワシは牛乳が好きなんじゃがのう」って言ってる。

ひとはどの時点で「じゃがのう」とか言い出すのか。

80歳の誕生日とかに突然語尾に「じゃ」が付くようになるのか。
ならへんちゅうねん。

仁義なきブーム
神戸のもんいうたら
ネコ一匹通さんけん!
ネコはとおしたれよ。

九月五日（日）

『文藝』に論文っていうか、論文じゃないけど、エッセーでもない、何ていうか「論考」を書く。

生活史とは何か。生活史調査は何をしているのか。

それは、当たり前だけど、聞く、ということをしている。それでは、聞くということはどういうことか。

質的調査は「当事者の声を搾取してる」っていう議論が、その昔は盛んだった。当時から違和感があった。

むしろ、自分がやっていることは、「自分が『聞く』という体験をしたこと」を書いてるんだなと思っていた。

そして、聞くという体験を通じて、私たちは語り手の人生に飲み込まれていく。

おおよそ、そういうことを書きました。

生活史を書く、ということは、生活史を聞くという経験を再現している、ということだ。

九月十六日（木）

東京。今日から怒濤の東京出張。毎週東京行きます。

昼間に東京駅について、わざと3駅ぐらい手前で地下鉄をおりて、筑摩書房まで散歩。天気もよく、涼しくて、とても良い気分だった。

神田川を渡る。屋形船がたくさん。

はやくこれみんなまた乗れるようになりますように。

隅田川沿いが公園になってて、とても良い。

なんかこのへんビーズ屋さん多いなと思って、あとからGoogle Mapで「ビーズ」で検索してみたら、浅草橋のあたりにたくさんピンが立った。手芸屋さんかな。たくさん集まってる。

なんか歴史的経緯があるんだろうね。

街はおもしろい。

歩く歩く。歩け歩け。

さみしいさみしいと思いながら歩く。

iPhoneで写真もたくさん撮る。

もし東京で暮らすなら、このあたりで暮らしたい。

さみしくて良い。このへん。

新幹線で
食べるの
楽しみに
してたのに…。
買った
サンドイッチが
まずくて悲しいと
報告してくる

隅田川沿いの公園を歩いているとちょうどお昼どきで、会社員のひととかOLさんとかが弁当持ってたくさん出てきて、みんなひとりで静かに座ってお昼ごはん食べてた。

このへん良いですよね。

僕も住んでみたいです。このへんで働いてみたい。

それで昼休みにお弁当持ってここで食べたい。

そういう人生もあったかもしれない。

筑摩書房で東京新聞の取材、そのあと『東京の生活史』の現物がやっとできあがったので、聞き手の方々に直接手渡しをする会。めちゃめちゃたくさん来ていただいた。ひとりひとりお礼を言って、お話をする。

語り手の方も来てて、「おお、あの語りはあなたでしたか」ってなった。感動した。感動というか、感激。

考えてみたら最初から最後までぜんぶ zoom とメールで、聞き手150人、語り手150人のうち、直接対面したひとってほとんどいないいんだよな。

すごい本作ったと思う。

みなさまほんとうにありがとうございました。

そのあと代官山蔦屋書店に移動して、声優・ナレーターの加藤有生子さんと朗読会。

朗読会って初めて。

加藤さん、朗読の途中で泣いてた。聞いてる方の蔦屋書店の宮台さんも泣いてた。

俺は「あ、朗読だとプロに勝てない」と思って(笑)、途中から「読み上げる」ことをやめた。まずひとつの文章を「見て」(読むのではなく)、その内容をゼロから自分の言葉で「喋る」ようにしてた。

聞いてる方の何人かは、途中まで岸政彦の話だと思ってたらしい。

なかなかねえ、生活史はね。

重いよね。

お渡し会は18日もあった。この日もたくさん聞き手のみなさまが来てくれた。

ほんとありがとうございます。

九月二十四日（金）

21日、22日と大阪で個人的に個人書店さんに挨拶まわり。個人的に好きな書店さんばかり。toi books、LVDB BOOKS、blackbird books などなど。

個人的にサイン本作りにいったり担当の書店員さんに挨拶しに行ったりするのが好きで、なかなか忙しくてできないけど、でも売ってくれるひとがいて成り立つ商売だから。

売ってるんですよみんな。なにかを売っている。

買ってもらって、それではじめて飯が食える。

この日はまたまた東京。東京でまた書店まわり。

13時にジュンク堂池袋本店。大阪出身の若いスタッフさんがいて、めっちゃネイティブの大阪弁聞いてすごいうれしい。

岸先生、〇〇ですよね！

おお、そうやで！　そこに10年住んでたで！

私、〇〇なんですよ！

マジかー！　俺、〇〇にもおったで！

やばっ！

この、最後の「やばっ」っていうのがとても大阪だった。池袋でネイティブ大阪。めちゃめちゃ笑ろた。

まあ「やばっ」って大阪だけじゃないと思うけど、その発音が大阪。

なんかね、ネイティブ大阪の子って、「あいうえお」とかの発音も違うんだよね。俺にはできないのでほんとうらやましい。

大阪人になりたかった。

九月二十五日（土）

前日に続き、東京で書店回りしてました。

おもいがけず、その途中の1軒で、前に勤めていた大学の卒業生の方がいらした。

ところで、食パンを食べるのが異常に早いのだ。とくにトースト。

食べるのが早すぎて、いつもおさい先生が目を白黒させている。

下手すると、トーストをキッチンからテーブルに持ってくるあいだに半分食べてる。

まじで4口で食う。

だから何。

あと、同じこと何度も書くけど、牛乳が好きで、冷蔵庫を開けてそこにあると飲んじゃう。

なんかちょっとさみしいときに、意味なく冷蔵庫の扉を開けるよね。

開けて、何もないと、ただ閉める。

そこに牛乳があると飲む。

うちでは牛乳は「すぐになくなるもの」の代名詞になっている。

「やっと春休みに入ったと思ったらもう3月や……」「まるで牛乳みたいやな」的な。

あとスープストックトーキョーの冷凍スープはたくさん取り寄せて冷凍庫に常備してある。

こないだおさい先生のスープを温めて皿に移すときに大半をこぼしてしまい、大層怒られたことでした。

しかし「目を白黒させる」って、かわいい表現だよね。昭和のマンガっぽい。明智光秀あたりの。

十月一日（金）

「昭和のマンガっぽい」って書いた直後に「明智光秀あたりの」って書いたら面白いかなと思ったんだけど、単純に意味がわからん文章になったな。

「なんか60年代のフランス映画みたいだね。明智光秀あたりの」

「なんか最近の北欧のジャズっぽいね。明智光秀とかの」

「社会学のそのへんの議論って、たぶん明智光秀あたりがすでにしてるんだよね」

おもんないかな。

おもんないなー。

緊急明けの沖縄に数日間滞在。良い天気で、真夏だった。

ウチに細田さん宛の宅配便がめっっちゃ届くのである。

誰か知らん。そんなやつはおらん。でも住所はたしかにウチである。

誰やねん細田。

どうもなんかメルカリで何かやってるっぽい。細田。

近所のひとが住所の番地を間違えたんだろうと思うけど。細田が買ったかオークションで落としたか何かしたものが全部ウチに来る。

郵便配達さんに何度か事情を説明して、二度と持ってこないようにお願いする。

そのうち本当にウチに細田がいるんじゃないかという気がしてくる。

いたりして。

屋上とかに。

めちゃ恐い。

十月九日（土）

梅田のラテラルで、友人の社会学者、丸山里美さんとトークイベント。当日の模様はウェブサイト「せかいしそう」でお読みいただけます。あと、もうすこししてから本にもなる予定。

とにかく面白かった。

「人間を理解する」とはどのようなことか。

ほかのフィールドワーカーの友人たちも、みんなそうだけど、がっつり現場に入ってる調査屋さんって、現場に対してどこか距離があるというか、冷静に見てるとこあるよね。

全身でコミットしながらも醒めた視線で見てる。両方あるからできるんだろうなと思う。

おはぎが便秘っぽくて、どきどきハラハラしてたけど、3日ぶりにうんこした。でかいの。

おさいと拍手した。ぱちぱちぱち。おはちゃん偉かったねー。

いいなおはぎは。

トイレしただけで絶賛され喝采を浴びる。

関係ないけど、ローランドさんの「俺ぐらいになると、朝シャワーを浴びる前に喝采を浴びてる」っていうネタが好き。

ローランドおもろいよな。

関係ないけど眼鏡を新調した。なんかちょっとロイド眼鏡的な、丸っこい、なんかさいきん流行ってるやつで、さいきん流行ってる眼鏡って嫌やなあと思ったんだけど、なんとなく四角いやつにも飽きてたので買っちゃった。

家でかけてみたらおさい先生がニヤニヤ笑いながら「マルクス・ガブリエルみたいやな」って言った。

捨てようかなこれ……。

いやガブリエルには何のアレもないんですが。

十月十一日（月）

また東京。浜松町で取材、そのあとゴールデンラジオに出演して、そのあとすぐに赤坂に移動してチキさんのセッション出た。ラジオハシゴ。

そういえばゴールデンラジオに出演するときに阿佐ヶ谷姉妹にお会いできたのが、人生でいちばんうれしい出来事でした。

大好きなんですよ阿佐ヶ谷姉妹。

「あれ、夫婦じゃないわね」っていうネタが好きです。

梅田で飲んだ帰りにべろべろに酔っぱらって歩いて帰るのが好きなんですが（40分か1時間ぐらいかかるけど）、こないだ飲んで帰るとき、なんか途中でやたらと腹が減って、コンビニ寄っちゃった。

ダメだな。

むかしっから歩き食いが大好きで、ついついい昼間でもやっちゃうときがある。あれ、しないひとは絶対しないけどね。俺、好きなんだよね。歩き食い。

コンビニでおにぎりを2つも買ってしまう……。

ああ、ダメなやつだ。

夜中の大阪の街を、黙っておにぎりを食べながら歩く。鮭と、塩。

うまいよね。

ちゃんとコンビニの袋をもらって、ゴミはそのなかに入れる。

歩いてたらまた別のコンビニの前を通る。

絶対あかんで、絶対あかん。

と思いながら入る。

またおにぎり2つも買ってもうた。

終わってるやん俺………。

また歩きながらおにぎり2つ食べた。ちゃんとゴミは袋に。

うまかった。

合計4つも食った…。

家に帰ってからめちゃめちゃ胃もたれしてぜんぜん寝られへんかった……。

十月十八日（月）

この日は人生長いこと生きてたらこんなこともあるんかっていう一日だった。だいたい歌が下手なのが人生最大の劣等感だった私が、なぜ銀座で弾き語りをすることになったのか。そしてなぜ予約で満席になってしまったのか。そしてなぜ事故で新幹線が6時間も止まってしまうのか……。

ほかにもほんとにいろんなことがあった、なんか奇跡のような一日だった。

詳しくは来年の弾き語りライブでまた喋ります（笑）。

けっこう飲んだ。

明智光秀ばりに。

十月十九日（火）

意外に二日酔いせず、花田菜々子さんと対談、古田徹也さんと対談、そのあと文学関係で小さく飲み会。

最近小説がまったく進まない。1年以上指が止まってる。

なんかね、書きたいことはたくさんあるんだけど。やっぱり社会学とか生活史とかの仕事がまた最近増えてきたので、なんか脳がフィクションの方向に行けないんだよな。

もともと小説ってほとんど読まなかったんだけど、社会学の世界に入ってから一切読まなくなった。

さいきん仕事でまたぼちぼち読むようになったんだけど、『東京の生活史』からまた本業の仕事が増えて、そうするとまた読めなくなった。し、書けなくなった。

　まあ、そのうち何かのスイッチが入ったらガーって書き出すと思うんだけど。

　とつぜん白いシャツが着たくなって、無印とユニクロで安いやつ何枚かお試し的な感じで買ったんだけど、やっぱり膨張色っていうか、デブがよけいデブに見える。

　あのさー、おっさんってさ、だいたい黒いTシャツ着てるだろ。あれ、ちょっとでも細く見えるようにしてるんだよね。涙ぐましいよね。

　ラーメン屋の店長とかが、手ぬぐいでハチマキして、黒いTシャツで腕組んでる写真がよく店先に飾ってあるけど、あれもちょっとでも細く見られたいからだと思うと、なんか圧迫感も少しはマシになるよな。

　明智光秀もいろいろ悩んでたんだろうか。

十月二十三日（土）

白いシャツ似合わんかなー大丈夫かなーやっぱり似合わんかなーって鏡の前でくねくねしてたらおさい先生からめっちゃ笑われた。

めんどくさいよな俺は。

着たかったら堂々と着ればいいのにね。

自分の外見がほんとうに恥ずかしい。

わざわざ
メッセージで
聞いてくる。
オレ、白シャツ
似合わない？

梅田のラテラルでなぜか独演会。ソロトークイベントじゃった。たくさんお越しいただきまして……。ほんとうにありがとうございます…。

大阪について3時間ほど独りで喋りたおす。よう喋るな俺は……。ほっといたらもう何時間でも喋ってるな。

いくらでも喋りたい。いくらでも喋るぞ。無限に喋る。

人類が滅亡しても喋ってると思う。

でも、すごい悲しいことがあったの。

近所に新しくできた和食の飲み屋さんにひとりで入ったの。

おでんがウリ。

だからおでんを食べたの。大根とかいろいろ。

で、なんかヌルいなと思ったのよ。出汁が。

寒かったし、アツアツのおでん食べようと思って入ったんだけど。

なんか出汁がヌルい。

なんかなー、と思って、まあでもいいやと思って、シュウマイ頼んだの。おでんの。

おでんに入ってるシュウマイが好きなんだよ。

そしたら、中が凍ってたの。

さすがにちょっとこれ、って言って、替えてもらったんだけど。

店を出るときに「お代は要りません」って言われた。

いやそれとこれとは違うから、次からちゃんとしてくれたらいいから、って言ったんだけど、どうしても受け取れない、って言われて。じゃあ、まあ、ああそうですか、と。

で、余計行きづらくなった。それから行ってない。

こういうときどうしたらええんやろね。

まあでも凍ったおでんは辛かった。

で、大根とかの出汁がヌルいのも言ったら、30分ぐらい前におでんの鍋の火を落としてたらしい。

「そんなに早く冷めると思ってませんでした」って言われた。

いやー………。

氷水
そうだねー
もう秋だね
すっかり
寒くなったね

十一月三日（水）

また東京。又吉直樹さんとのトークイベント。配信になっちゃった。

めっっっちゃ面白かった、ほんと面白かった。

又吉さんにお会いするのは3回めだったけど、当たり前だけどほんと頭の回転が深くて速く、上品でセクシーな人だなといつも思う。

軽くお食事をした。

ほんと楽しかった。

こないだおさいと、この2年でほんと生活変わったよな、生活っていうか、感覚が変わった、という話をしてて、
ほんと俺も最近飲みにいかなくなったわ。

って言ったら真顔で驚かれた。

ようそんなウソつくよなっていう顔で見られた。

なんかめっちゃ恥ずかしかった。

緊急出てないときは、よう飲みに行ってます。

そういえばこのへんで、俺としては珍しく、カーキの、ちょっとミリタリーっぽいジャケット買ったのよ。何ていうか、ちょっと「男っぽい」感じの。

おお、男っぽいなこれ。

と思って喜んで着てたら、姪っ子から「ポケットたくさんあって便利そう」って言われた。

そこかー。

十一月二十九日（月）

このあたりで大阪の枚方でカツセマサヒコさんとトークイベント。若い女子がたくさん来ていた。みんなカツセファン（当たり前）。

いろいろ話をしてほんと面白かったです。

あと、ラジオのアトロクに出演したんだけど、さすがに東京移動がしんどくなってきたので zoom にしてもらったんだけど、あとからやっぱり現地に行けばよかったと大後悔。

そしてまた東京へ。

結局東京行ってる。

打越正行さんのゼミにゲストとして招待されていたのである。それで、今年後半はいろいろイベントが続いたので日程を何度も変更させてもらっちゃったんで、ほんと申し訳なかったのでまた東京行ったのだ。

和光大学の最寄りの駅のホームに降りたときに、新潮社の tbt さんから電話かかってきた。

なんかイベントか何かの件かなと思って出ると、『リリアン』が織田作之助賞の候補になりました。と言われたので、

……断ってええかな……

と答えたら「いやいやいや」と言われた。

仕方なく承った。

ノミネート型の文学賞って、候補になったときに、それを受けるかどうか確認の電話がかかって

くる。

で、これまで3冊しか書いてないんだけど、芥川賞、三島賞、三島賞、三島賞と連続で候補になって全部落ちたので、もう候補自体にうんざりしてて、正直もうほっといてほしいと思っていたので、次に何かの候補になったら断ろうと思っておりました。

まあ、それもおとなげないし、ていうか候補にしていただくだけでもありがたいので、ありがたくお受けします、とお返事した。

どうせダメやわなまた。

オレの
小説も歌も
「味がある」
しか言われへん。
むう…。
岸味彦
味だけや…。

十二月一日（水）

梅田の茶屋町の毎日放送へ。なんと地元大阪でラジオ出演である。西靖さんと谷口キヨコさん。いやーー……。めっちゃうれしい。長いこと生きてるとほんと何があるかわからんね。

西靖さんもキヨピーさんも、ずっとテレビとかラジオのなかの人だと思ってたんだけど、生きて動いていた。

当たり前ですが。

東京の有名なひとにお会いするよりも、やっぱり地元の大阪でメディアに出てるひとに会うと「ぬおおおっ」ってなるね。

45分ほど喋り倒しました。

西さんめっっちゃお洒落さんやし、キヨピーさんほんま生で聞くとめちゃめちゃ声きれい。

おさい先生とお初天神でお食事して、そのまま歩いて帰った。

ケンタッキーが好きなんだけど、あれ2つが限界だよね。

っていう話をしてて、おさい先生がたくさん買ってきてくれたんだけど、やっぱり2つが限界だよね、って言いながら3つ食った。

で、朝起きたら、冷蔵庫のチキンがひとつ減ってたらしい。

おまえ4つ食うてるやん。ってめっちゃ叱られた。

敵は本能寺やな。

違うけど。

ケンタッキー4つ食うてまうねん、本能で。

関係ないけど、京都に「本能寺文化会館」っていうのがあって、いつも見るたびに、本能なのか文化なのかどっちかにしてほしいと思う。

なんか社会学っぽいネタやな。

明智光秀あたりが好きそうな。

おもんないのにしつこいな。

十二月十五日（水）

2週間ほど沖縄出張。沖縄社会学会第4回大会とか、沖縄タイムスで来年から始まる大きなプロジェクトの打ち合わせとか、いろいろ。

この2年ぐらいぜんぜん沖縄に行けなかったのではりきって行ったんだけど、久しぶりだったせいかなぜか途中で精神的にしんどくなり、デパスの量が増えた。

そして沖縄戦の聞き取りをおひとりすることができた。

それもまた、これまで誰も聞いたことのないようなお話だった……。

こういうのどう書けばいいんだろう。

まあとにかくお酒をよく飲みました。

十二月十七日（金）

夕方、洗い物したあと眠くなってソファでおはぎと寝てたら tbt さんから電話かかってきた。

織田作賞の件ですが。

あーーー忘れてた……。そうか今日選考会じゃったわい……。

受賞しました。

まじかあああああああってなった。

どうせまたムリだろうと思ってたので、ほとんど忘れてた。忘れてたってことはないけど、あんまり考えてなかった。

いや、これ、あんまり書かんほうがええかもしれんけど、まあ人生でめったにないことなんで、書かせてください。

めちゃめちゃうれしかった。

まあ、もっとメジャーな賞もあるんですが、正直、大阪で長年暮らして、大阪を題材にした小説を書いて、大阪にちなんだ賞をいただいて、めちゃめちゃうれしかった。

候補、引き受けてよかった（笑）。

十二月二十二日（水）

クリスマス前の西梅田、毎日新聞本社。でかい応接室に通されて、文芸部の担当記者さんからインタビューされる。織田作之助賞受賞記事のための取材だ。織田作賞、主催のひとつが毎日新聞だからね。

応接室に立派な銅像があったので、これは誰ですかと聞くと、

知りません……。

と言われた。

笑ろた。

毎日新聞本社ビル、壁一面がガラスで、そこから見える梅田の夜景がほんとうに美しかった。

この夜景をずっと覚えておこう、と思った。

そのあと北新地のビストロでおさい先生とお祝い。安いシャンパンを1杯だけ飲む。

まあほんと、長く生きてるといろんなことあるね。

十二月二十七日（月）

織田作賞に続き、クリスマスに紀伊國屋じんぶん大賞までいただく（『東京の生活史』）。いろいろ連絡とか告知とかお礼とか。

織田作賞とじんぶん大賞、同時受賞で、いろんな方からお祝いをたくさんいただく。大きな花束とか酒とか酒とか酒とか酒とか。友だちってほんとにありがたい。

とりあえずいまウチにめっっちゃ酒あります。上等なウィスキーと日本酒とドンペリ。ドンペリもらったよ（笑）。上間さん打越さん上原さんありがとう。

「仲間」って感じだ。みんな好きだ。

この先もう二度とこういうことはないであろう……。

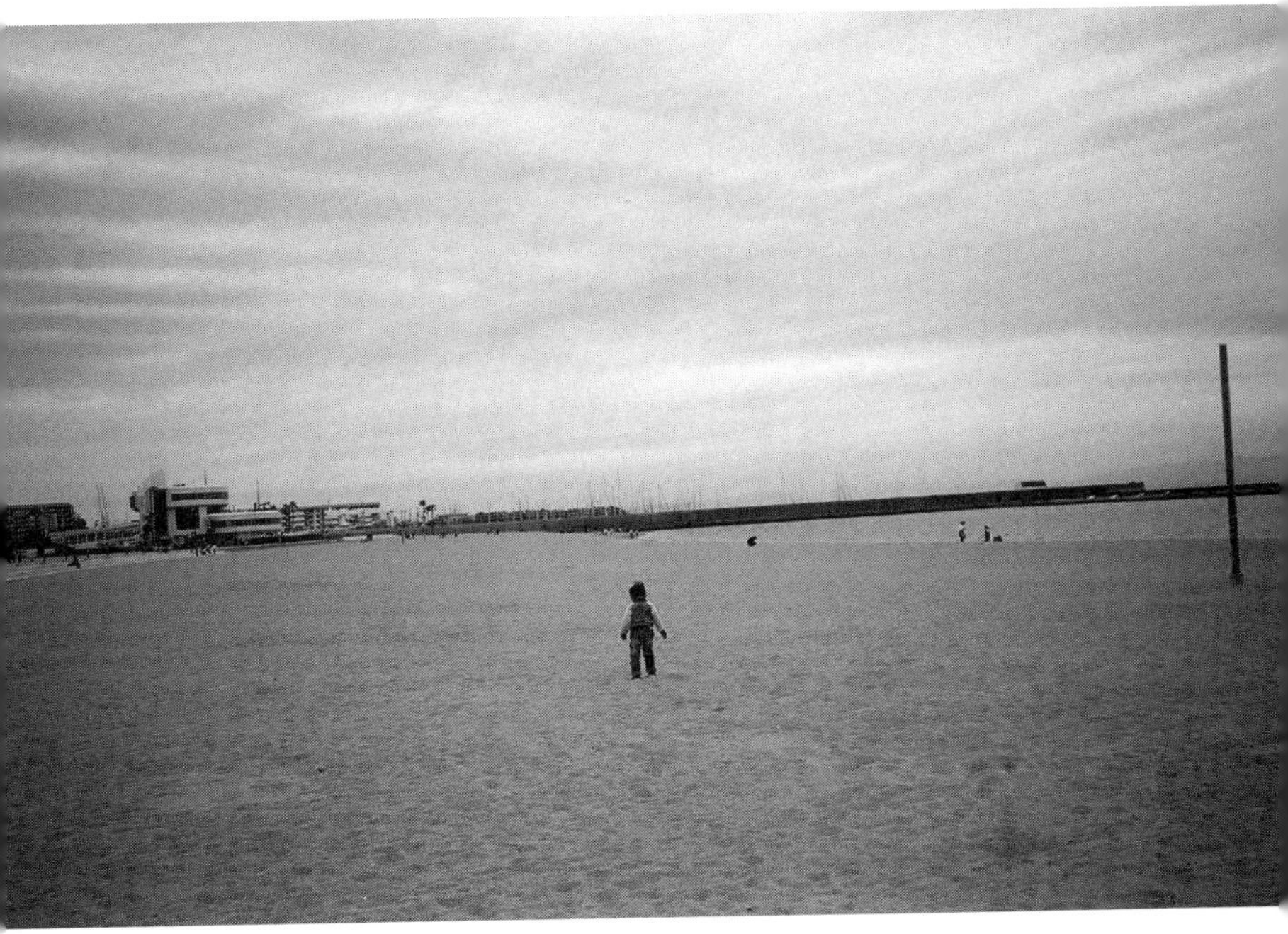

ありがたく頂く。

そして、久しぶりに研究仲間というか、社会学関係の友だちと集まって忘年会。十三の火鍋屋。ニューカマー系の店で、安くてうまくて面白かった。普段食べないような味と匂いのものばかりだった。若い院生も来た。

いま関西で社会学関係の研究会に入ってて、その忘年会。みんな面白いし、みんな好きだ。社会学者としてもみんな一流だし、ひととしても面白い。

で、事件が……。

途中でトイレに行ったんだけど、ウォシュレットが止まらなくなった。

ブシュー。

ブシューーーーー。

うおおおい。どしたどした。どうしたんやお前。

必死で「止」ボタンを押す。何度も押す。二度押しとか長押しとかしてみる。

一切ダメ。

そのあいだも水が出まくっている。

もはやお湯ではなく、すでに水になっている。

どうしよう。ほんとうに止まらない。

立てない。

いま立ち上がったらそれこそ大惨事である。

そのあいだにも常に勢いよく出続ける水。しかも冷たい水。

ぶしゃーーーー。

どうしようどうしよう。

反対側を振り返ってみると、コンセントが見えた。これだ。

左腕を精一杯伸ばす。ギリギリで届く。

四角いコンセントをつかみ、思いっきり抜く。

ぴたっ。

あああああああよかった………。

問題はその後。

何事もなかったかのように席に戻ったけど。これ喋りたい。喋りたい。みんなに喋りたい。

めっっっちゃウズウズする。

でもみんな楽しくおいしく食事中である。

そんなときにこんな話できない。

なんかもうウギャーってなってめっっっちゃ混乱した。

しかし、なんか困った出来事が起きたときに、突発的に「そこらへんにあるもの」でアドリブ的に切り抜けることが、実は非常に得意なのだ。

アレだ。ジェイソン・ボーンとかイコライザーとかが、ホームセンターで売ってるようなものを集めて爆弾作ったりどこかから脱出したりするような感じ。

ああいうの好き。

いやしかしまいった。

人生最大にまいった。人生最大に困った。

いま思い出しても冷や汗でてくる。

ぶしゃーーーーーー。

しかも席に戻ってもその話ができない。

もう、もう、もう…………　ウギャーーーー

十二月三十一日（金）

ひさしぶりにおさい先生が実家に帰られたので、おはぎとふたりで年越しである。適当に食い物を作って掃除して、あとはゆっくり小説の続きを書こうと思ってたけど、結局なんかダラダラと事務仕事をしてたらいつのまにか年を越していた。

今年はいろいろめでたいことが多くて、良い年じゃったわい。

来年もきしさいとうおはぎきなこをよろしくおねがいします。

おさい先生のどんくま観察日記

じゃあ、
講演
行ってくるわぁ
手ぶら

せっかく無塩ナッツ
買ったのに
"ソルトきじ"が
塩入れてくる

モシモシ〜?
エヘヘヘ♥
公園で
飲んでるー
酒

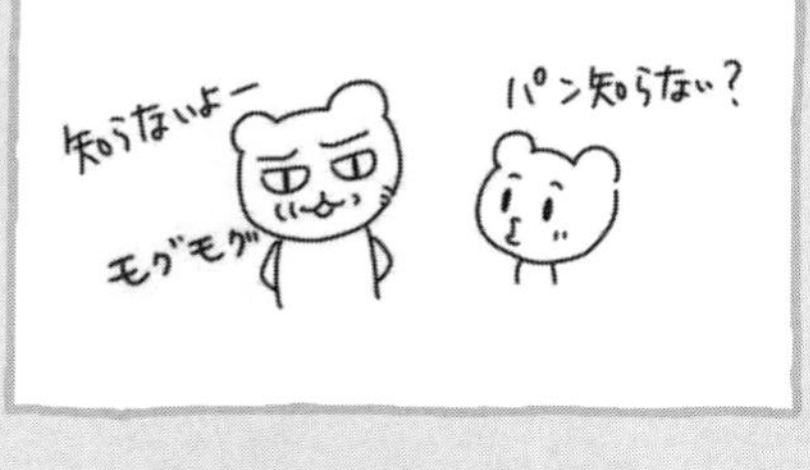
パン知らない?
知らないよー
モグモグ

ワクチンで38°の熱
でも、からあげ食べたい。
ヨシ！
現場猫ってこうやっけ？
どんくまイーツ
のーこーせっしょくのひとに食べ物届ける
ねえねえ、太った？
聞いてくる。やたらと。
太った…。ホッペタが…。
どんくまの教え
ソーセージパンはソーセージとパンを別であたためるとうまいぞ。
MILK

7章

二〇二二年 七月二十九日 ― 八月四日

二〇二二年

七月二十九日（金）

来週の沖縄出張のためのＰＣＲ検査。すぐに結果が出るところをいろいろ検索して、東三国のところに行く。東三国の駅ってほんとおりる用事がほとんどない。

昼飯は、いろいろ検索して見つけた有名な中華で名物の麻婆豆腐。ややハズレ。

コロナは無事陰性。沖縄で高齢者の方に聞き取りをするので、このあたりはちゃんとしておきたい。もちろん那覇空港に到着したらそこですぐ改めてＰＣＲ検査をする予定。

おはぎさん（高齢猫）、そこらじゅうに粗相してたのが、トイレを増やしてペットシートをたくさん敷いたら、なんとかおしっこはトイレやシートにしてくれるようになったけど、うんこは普通に廊下にしてる。毎朝踏んづける。

とてもかわいい。もうすぐ22歳。

クリス・プラットの『ターミナル・リスト』見た。とても良かった。男臭い話だった。シリアスなクリス・プラットとてもよい。コンスタンス・ウーも良かった。あと撮影がとても良かった。

男臭い話に飢えている。「政治的な正しさを確保した上で強い男が暴れる話」をもっと観たい。

東京から来た友だち（ＰＣＲ陰性）と北新地で飲む。ワイン、バー、スナック。酔っぱらって泣きながら安室奈美恵を絶唱していた。この年代の女性にとっての安室ちゃんという存在の大きさを知る。

七月三十日（土）

zoomで立命館先端研の院生紀要の草稿検討会。執筆希望者の原稿を複数の教員が合評して、投稿前に少しでも改善してもらう。至れり尽くせりである。

先月、京都大学への移籍のオファーがあった。正式に決まるのは10月らしいので、もちろんそれまでは誰にも言わない。ていうか、別に何も決まってない。

みんながんばれよ、と思いながらいろいろコメントする。

自宅の近くに仕事部屋を借りて「事務所」と称している。きのうの友だちが改めて事務所に来て、いろいろ研究の相談をする。お土産にお菓子をいただいた。

事務所、「大阪社会学研究センター」みたいなふざけた名前つけたろかと思う。青色申告のときの屋号にしたい。青色申告よう知らんけど。

七月三十一日（日）

来年出る「所有権」に関する編著本の原稿を書く。年末に出る予定の編著『生活史論集』のゲラの初校。出身大学である関西大学の広報誌に写真付きで載るインタビュー記事のゲラの初校。京大でやってる非常勤の講義のレポート提出者、200名近く、全員に受け取りの返事。これで一日が終わる。

京橋でひとりで軽く飲む。

八月一日（月）

引き続き先端研の院生紀要の草稿検討会をzoomで。

そしておはぎ22歳の誕生日である。2000年におはぎときなこを拾ったとき、俺も32歳だったのに、いつのまにか54歳になってしもた。おさい先生は27歳だったのが49歳。信じれん。きなこは2017年に突然亡くなったけどそれでも17歳といえば長生きだ。俺は30代、40代、50代を、おさいは20代、30代、40代をおはぎときなこと共に過ごしたわけで、だから本当に家族以上の存在だ。

たまらなくかわいい。

八月二日（火）

沖縄出張初日。いい天気。大阪より涼しい。沖縄タイムス本社会議室にて、『沖縄の生活史』の聞き手の方がたへの相談会。対面と配信の両方で。コロナの合間で、たくさんの聞き手の方が対面で参加してくれた。

終わったあと、写真家の上原沙也加氏と飲む。その作品を『沖縄の生活史』の表紙に使わせていただく予定になっている。同時に生活史の聞き手でもある。

沖縄にはたくさんの素晴らしい写真家がいるが、上原さんはそのひとりで、日常的な、でもちょっとさみしい感じの作品をたくさん撮っていて、とても好きだ。

八月三日（水）

沖縄2日め。『文學界』２０２２年11月号のジャズ特集のために、沖縄ジャズ界のレジェンド、サックス奏者のテリー重田さんの生活史を聞き取る。奥武山《おうのやま》にある神社、沖宮《おきのぐう》の「沖の茶屋」というカフェで聞き取りをした。沖宮、はじめて入った。

夜は那覇の友人と飲む。聞き取りが早めに終わったので16時に BLUE BOOKS cafe で待ち合わせをしたんだけど、行ったらもうひとりで先に飲んでたのでびびった。おれの友だちはみんなよく酒を飲む。

カフェの入り口に何冊か本が飾ってあって、俺の本（『はじめての沖縄』）も置いてあった。うれしくて店員さんに許可を得て写真を撮った。大阪や東京で置いてても「おっ」と思うぐらいだけど、沖縄で見かけるとほんとうにうれしい。

八月四日（木）

沖縄。3日め。昭和レトロなパン屋さん、前島のかめしまパン。ホテルから近いので朝イチで歩いて買いにいく。そのまま散歩。朝の那覇はとても良い。

とまりんで船着場の海をみながらパン食べてたら食べすぎて気持ち悪くなった。

前日に続いて沖縄ジャズレジェンド、ドラマーの上原昌栄さんに聞き取り。宜野湾の某ホテルにて。ロビーに噴水があり、語りを録音していて水音が気になったので、レコーダーを手に持って口元に近づけてそのまま聞いた。こういう、機材の使い方に慣れてるの、自分でも場数踏んでるなあと思う。

晩は那覇の波平雄太・紀乃夫妻と飲む。いつもワインなんだけど、珍しくクラシックな沖縄料理屋さん、「酒仙ふくろう亭」にて。いままで頂いたなかでもっとも美味しい沖縄料理屋で、お店には珍しい泡盛がたくさんあって、かなり飲んでしまう。

終わりがけにまた別の、琉球新報の友だちが合流。そのまま雄太の家に行ってワインやらウィスキーやら何やら。例によって雄太が途中で寝てしまい、お開き。

増刷の夏。『大阪』（柴崎友香さんと共著）が3刷、『はじめての沖縄』が10刷、『断片的なものの社会学』が16刷になるとのお知らせが来る。

明後日、俺は55歳になる。もうこのまま仕事して死んでいくだけの人生である。

おはぎ日記

2022/10/28(金)

おさい先生は授業とか学校回りとか。覚えてない。さいきんお互いのスケジュールを把握しなく(できなく)なってきた。今日も10時から柴山さんと『大阪の生活史』の聞き手の選考会議。これまでになく難航しているのは、私が大阪の人間だからだ。出てくる地名や事項にいちいち愛着がある。語り手候補について、「住之江の団地に住むシングルマザーのたこ焼き屋さん」などと書かれると、落とせない。結局また抽選になりそう。

昨日は私がリビングのソファで寝る番だった。一昨日京都のホテルに缶詰になっていて、その前もリビングなので、3日連続で自分のベッドで寝てない。交代制なので仕方がない。

おはぎはもう、自分がどこにいて、誰といて、何をしたいのかもわかっていないようだ。ただランダムにリビングの床を徘徊し、その場で排泄をしてしまう。

粗相の処理もすっかり手慣れてきた。おしっこの場合は、まず小さい方のペットシーツを逆さまにしてかぶせて水を吸わせて、そのあとキッチン用のアルコールスプレーを大量にふりかけ、ペーパータオルでごしごしするのを何度か繰り返す。杉の無垢板の床なので、そこだけ逆に真っ白にきれいになる。２階のリビングの床はすっかりまだら状になっている。固形物の場合はそのままビニール袋に入れて、そのあとの床を同じようにアルコールで拭く。

粗相の処理、ぜんぜん嫌にならなくて、自分でもびっくりする。喜んで拭かせてもろてます。

おはぎ、ぐるぐると徘徊して、疲れたらその場にしゃがんでいる。ソファに自分で登れないので、低いところに寝心地のよい座布団を敷いているのだが、自分でそこに行くことができない／をしない。徘徊に疲れたらその場で小さくしゃがんでいる。抱き上げて座布団やソファで寝かしつけるとはじめてスヤスヤと寝る。

真冬が心配である。暖房を点けていても床は冷たいだろう。自分で座布団のところまで行ってくれたらいいんだけど。

残り物のごはんを食べるときも、水を飲むときも、ただランダムに徘徊していてたまたま出会ったときにそうしてるっぽい。

記憶や意志がどんどん抜け落ちている。抱っこをするとしがみついてくるけど、でもたぶん俺が誰かも、もう分かってないんだろうと思う。

昔みたいに、俺を見上げて、俺の目を見て、なにかを訴えることをしなくなった。俺がソファに座ってるのを見たら飛んできて、自分もソファに登って、くっついて座っていた。

昔っていっても３ヶ月前ぐらい。急に認知症が進んでる。

かわいい。

2022／10／31（月）

土曜日は織田作之助賞受賞記念講演会みたいなやつで、四天王寺の大きなお寺で喋った。畳敷きの大広間。司会は噺家さんで、天王寺区長とか市会議員（代理だったけど）とか来てて、なんかいろんな意味で大阪感というか地元感があった。地域社会って感じだね。東京でぜんぜん感じないやつ。学生のときに付き合ってた彼女が会場に来ててめちゃめちゃびっくりした。せっかくなのでお茶でもということになり、天王寺のマリオットのカフェラウンジへ。ゆっくり喋るのは35年ぶりである。人生長いこと生きてるなあ。

夜は『文學界』ジャズ特集の執筆者によるトークイベント。オンラインだったのが残念。私、村井康司さん、柳樂光隆さん、そして編集長の丹羽健介さん。村井さんと柳樂さんの知識量すごい、って、プロの評論家なので当たり前ですが……。

もう何週間も休みがなかったので、仕事山積みだったけど、日曜日は無理して出かけた。なんとか午前中に急ぎの分だけ終わらせて、14時ぐらいからフィルムカメラもって、おさい先生と阪急の神崎川駅で降りて、川沿いを歩く。尼崎まで行ったところで、対岸の戸ノ内からエイサーの音が聞こえてきたので、大きな「モスリン橋」を渡って行ってみた。公園ではなく路上で、地元のエイサー団体が「道ジュネ」っぽいことをしていた。

戸ノ内をぶらぶら歩く。さすがに表札が「当銘」さんとか「比嘉」さんである。沖縄系のひとが多い地域だ。

秋晴れの、深い藍色の青空。日向は汗ばむ陽気だけど日陰の風は涼しい。

尼崎は静かで、どこまでも歩ける。たくさんの川に挟まれたたくさんの中洲。大きな橋をいくつも渡る。広い国道と、狭い路地。家と町工場と倉庫と家。マンション。コンビニ、パチンコ、建売住宅、知らない会社のビル。猫。古い神社でトイレを借りる。

尼崎は郊外だな。空が広かった。

どこかの河川敷を歩いているうちに日が暮れた。金色の夕日。

阪急の園田の駅前のコメダでフィッシュバーガーを食べ、あまりの大きさと美味しさに驚く。

こういうのがいちばんいいですからね。

なんぼあってもいいですからね。

おはぎが心配なので早めに帰る。

よい秋の日曜の一日だった。

おはぎにごはんをあげ、疲れ切った我々は1時間ほど寝てしまう。目を覚ましたあとも断固として仕事をせず、『台北女子図鑑』の続きを見て風呂入って寝た。

ただ大好きな台北の街並みが見たいというそれだけでだらだら見ていた台北女子図鑑、無意味なセックスシーンやイケメンとは決して言えない俳優陣や無理のあるストーリーなどを我慢してたのだが、6話め7話めになって急に面白くなった。監督や脚本家が交代したのかな。

イーシャンは幸せになれるだろうか。

おはぎ、起きているあいだはただひたすらリビングの床を自動的に徘徊している。ときどき抱き上げて膝に乗せると、人間の手を舐めながら落ち着く。そしてたまにガブリと噛みつく。激痛であるがかわいいので我慢して噛ませる。血が出るときもある。痛くて楽しい。

徘徊していて、そのうちにスピードをあげて一箇所でぐるぐる回りだすと「ジョボー」(おしっこジョボジョボの意)のサインである。ジョボらないうちに猫砂のトイレやシートのある場所に連れていくけど、なかなかすぐにはしない。

猫トイレを15年以上置いている場所の、トイレのまわりに、最近はペットシーツを敷き詰めている。こないだから、おはぎがぐるぐるしだすとそこに連れていって、そしておさい先生の折りたたみ式簡易卓上パーティション(なぜか自宅で使っていた)を流用した「おはぎガード」でまわりを囲んで、そこから出られないようにする。

ペットシーツの空間に閉じ込められたおはぎは、ますますスピードをあげてぐるぐるしだす。そしてそのうちシートの上でジョボーする。

こうなると成功である。

ただやはり夫婦共働きで出かけるときも多く、あるいはいちおうリビングのソファで交代で寝るようにしているのだが、夜中に粗相されたらそれに気づかないことも多くて、まあ一日に一度は無垢板の床をアルコールとペーパータオルでごしごしと拭き掃除することになる。

でも最近、この囲い込み作戦のおかげで、床掃除の回数も減った。

もうすでに、猫砂を入れている猫トイレの、5cmぐらいの段差も自分で登れなくなっているので、いっそのことトイレを撤去して、トイレのスペースだったところに全面的にペットシーツを敷こうかと考えていて、さっきもおさいとそのことについて話し合ったところ。

さいきんは二人の会話の大半は「おはぎ対策」である。毎日少しずつ、以前はできていたことができなくなっていっているので、そのたびにどうするああするこうすると、相談することも増

えている。

そういえば今日、千葉雅也と合同でやってるゼミがzoomであったのだが、足元のおはぎを抱っこして画面に映すと、千葉さんが「ふさふさですねえ」と言った。

あしたの教授会で、先日立命館大学に提出した私の退職願が審議される。

2022／11／2（水）

きのうの教授会で私の退職届が「審議」されたのだが、居場所なさというか肩身の狭さというか気まずさが半端なかったな……。

退職が了承され（当たり前だが）、研究科長（良いひと）がなかば冗談っぽく「何か言い残したことは」って聞いてくれたので、俺も冗談で、「龍谷大学から立命館、立命館から京大へと、転職するたびに給料が下がります！」と元気よくボケたのだが、これが岸政彦史上1、2を争うほどスベった。

いまだにこれを書きながら恥ずかしくて死にそうになる。

なんであんなこと言ったんだろう俺………

しかもおはぎの世話をしないといけなかったので教授会を途中で退出した。「いたたまれなくて逃げ出した」みたいに見えてたと思うが、まあ半分合ってるなそれ。

立岩真也と一緒にやってる合同ゼミは阪急電車のなかからzoomにログインして、院生の報告を車内で聞いた。どうしてもコメントしないといけないことがあったので、高槻市駅と茨木市駅でいったん電車を降りてホームからスマホにむかってコメントを喋る。帰宅するのにえらい時間がかかった。

おさい先生に急に出張が入って、それで教授会を中座してゼミもスマホでログインして帰ってきたのだが、帰ってみるとおはぎは元気にリビングを徘徊していた。

そして床にジョボーしていた。

アルコールでごしごし。

おさい先生とスケジュールを調整して、どちらかがなるべく家にいるようにしてるけど、やはりお互い忙しく、日中数時間ほどおはぎがひとりになることがある。

心配でたまらない。

いますぐどうのこうのということはないけど（食欲もあるし、トイレも快調だ。床がトイレになってるけど）、それでもやはり、22歳の猫をひとりで置いとくのは本当に心配。

ソファの上り下りは完全に不可能になったので、ソファの横に座布団を敷いているのだが、その座布団にもよう登らんくなった。

ていうか、そもそも、徘徊していて疲れたら自分の寝床に自分で行って自分で寝る、ということができれば、数時間ぐらいひとりにしても、床にジョボーされても、何の問題もないのだが、この「寝床で寝る」ことすらできなくなっている。さんざん徘徊して、疲れたら、その場でしゃがんでじっとしている。その状態でそれなりに寝ているのかもしれないけど。

だから、これから冬が来るのが怖いのだ。

いちおう、小さなペット用のホットカーペットも買ってある。ジョボーが怖いので防水仕様である。

杉板のフローリングは、冬は冷たいだろうと思う。ガスストーブつけっぱなしにするわけにもいかんので、この冬はおはぎのためにエアコンと加湿器つけっぱなしで部屋を暖めて外出することになると思うのだが、それにしても徘徊に疲れて冷たい床の上でしゃがんでるおはぎを想像すると哀れで、だからこの冬はほんとうにどうしようと悩んでいる。どうしよう。

ところで安請け合いした細かい仕事がそれなりに溜まりまくって、これが本当にだるい。適当に書いたものがダメ出しされたりして、余計だるい。カネにもならんのに何やってるんだろう俺。

昨日はおさい先生がソファで寝る番だった。きょうは俺。

2022／11／4（金）

月火水木と授業やら会議やら面談やら何やら、金曜日はやっと一息つける日で、この金土日は意地でも予定を入れなかったので3日間かけてやっと溜まりに溜まった仕事を片付けることができるぞと（それもおかしいけどな。いつ休むねん）、楽しみにしていたのだが、昨夜飲んだベルソムラが効きすぎて昼過ぎまでぼんやりしてしまう。いや疲れていたのだろうか。ほんとうにいろいろ疲れた。

昨日は祝日だが授業日で出勤。朝イチで毎日出版文化賞受賞のニュースが解禁になったので、SNSで告知して、いろいろ連絡したり、あるいはおめでとうメールにお返事したり。受賞はもちろん嬉しいのだが企画部門というところが残念だ。これは全集とかが取る賞で、要するに出版社や編集のための賞のようだ。ありがたく頂くが、自分の研究と表現のつもりでやっていることなので、微妙な気分にはなる。

贅沢な、恩知らずな話だが、おはぎ日記は正直な気持ちを書くと決めているので、書きます。副賞100万円で何しよう。とりあえず口座に入ったら、そのままだらだらと酒を飲んだりしているうちになくなってしまうのだろう。

来年度から給料が激減するので、貯金せなな。

授業は講読のゼミで、それが終わったあと私が主指導になってる院生さんたちによる自主ゼミ。立命館の先端研は集団指導体制なので「岸ゼミ」というものはないのだが、それだと責任の所在が不明確になり、結局うまく論文にならないということがだんだんわかってきて、今年度から私が主指導になってる院生さんのうちで希望するひとに集まってもらって、自主的なゼミを始めたのだ。

始めたとたんに他の大学に移籍することになっちゃったんですが……。

そのあと飲み会。久しぶりに15名ぐらいでわいわいと飲み会をして、楽しかった。中国人の留学生さんたちもたくさん来てくれて、はじめて授業以外で喋った。

西院の駅まで移動して4名ぐらいで2次会。2軒めに行くのも久しぶりである。

飲み会って、楽しいね。楽しいんだな、飲み会。

たまにはやりましょう。

おはぎさん、一昨日ぐらいからずっとシートにジョボってくれていて、助かっている。速いテンポで同じところをぐるぐる回りだしたらそのサインで、おはぎガードで囲い込むと、そのうちそこでジョボーする。

　こないだついに猫トイレを撤去した。けっこう大きなやつで、中にぱんぱんに入ってた猫砂を捨てるのが大変だった。5つぐらいのゴミ袋に小分けにして出した。大阪市は資源ごみとプラごみ以外は分別ないから、いつものごみと一緒に出せる。

　空っぽになったプラスチックの猫トイレを風呂場で洗って、玄関の物入れにしまう。

　何年かしてひっぱりだして、これ使ってたなあと懐かしく悲しく思うんだろうか。

　さっきおさい先生が、たまたま流れてきた猫タワーの広告を見て泣いてた。もうこういうの買ってもおはぎは登られへんねんな。

　おはぎを交代でひざに乗せながら、プロジェクタで台北女子図鑑と仮面ライダーブラックサンを観る。仮面ライダー、1話だけ観たけど、ヘイトスピーチや差別やカウンターデモやいろいろ出して頑張ってるけど、演技も脚本も演出も何もかもチャチで、たぶんもう観ないだろうなあ。

　なんで日本のドラマや映画はこんなにダサいんだろうな。

　いちいち声を震わせて「あわわわ……」って言う演技ばっかり。そんなにいちいち喘いだりせんでええねんで。

　しかしヘイトスピーチとカウンターデモは「懐かしさ」を感じるほどであった。あれモロに当時の在特会と桜井誠やな。

　おさい先生が「Amazonで買えたから買うた」という理由で、映画『It』のペニーワイズの小さいフィギュアくれた。いろんな変異体で4つ。

気持ち悪くて飾りたくないんだが………

西成彦と小泉義之に移籍の挨拶のメールを出す。おふたりともすぐに心のこもったお返事くれて、なんだかホロリとする。

2022／11／9（水）

きなこの命日。「5年前の今日」っていう言い方には何の意味もない。そもそも記念日というものにほとんど意味を感じない。ただ、あの日も今日みたいに、怖いぐらい晴れ渡っていた記憶があり、風も気温も湿度も、空の青さも、今日みたいな日だったなと思う。2017年。

前の日まで普通に元気で、その夜もごはんをよく食べていた。なぜか3階の階段の踊り場までごはんのお皿を持っていって、そこで食べさせた。あれなんだったんだろう、たぶん夜ご飯をちゃんと食べてなくて、でも3階で泣いてて、だからそこまでごはんを持っていったんだろうと思う。ちゃむちゃむと音を立てて食べる姿がかわいくて、iPhone で写真を撮った。その写真が最後の写真になった。

きなことおはぎと、私とおさい先生と、3階の寝室でいつものように寝ていた。夜中にふと目を覚ますと、私のベッドの枕元の下の床で、きなこがうろうろしていた。抱き上げて布団に入れて一緒に寝ようと思ったんだけど、きなこは抱っこされるのが嫌いで、差し伸べた手をするりとかわして逃げた。私も眠かったのでそのままにした。その頃はきなこもおはぎも元気で、自分で好きなところで寝ることができた。ベッドで一緒に寝たかったら自分で来るから、まだうろうろしたいんだろうと思って、私もそのまま寝た。おはぎもいつものように、私とおさい先生の枕の間の狭い空間で寝ていた。

いまだに、いまだに思う。あのとき無理してでも抱っこしてきなこを布団の中に入れて一緒に寝てたら、また違った結果になっていたのではないか。

何の根拠もない話で、悔やんでも仕方がないので、あまり考えないようにしてるのだが、それにしてもあのときああすれば、と考えてしまうのをやめられない。

夜中の真っ暗な寝室の、枕元の下の床で、私の指をするりとかわしていったきなこの背中を、眠い目でぼんやりと見たのが、生きているきなこを見た最後になった。

次の日の朝、つまり5年前の今日、いつもより寝坊して、8時ごろ目を覚ましたら、珍しくおさい先生が先に起きてて、おはぎも一緒にいなくなってて、私はひとりでベッドから起き上がると、とりあえずすごいトイレに行きたくて、そのとき寝室の押入れの中段で、きなこがあどけない寝顔で、すやすやと寝ていた。いつものきなこの、お気に入りの場所だ。押入れの中段はけっこう高いけど、いつも自分でジャンプしてそこに行って、積んである布団のいちばん上の、いちばんふかふかなところで寝るのだ。その朝もきなこはそこで寝ていた。夜中に私の枕元まで来ていたけど、そのあと自分でそこまで行って、いつものお気に入りの場所で寝ていたのだ。

トイレに行きたかったけど、あまりにもかわいかったので、頭と背中を撫でると、ぬいぐるみや剝製や毛布を丸めたもののような手触りだった。

きなこがもう動かなくなっている、ということを把握するのに、かなり時間がかかったと思う。強く押したら目を覚ますんじゃないかとか、ゆさぶったら起きるんじゃないかとか、大きな声で呼んでみたら、ほんの少し時間を逆に戻して、何もかも元通りの世界になるんじゃないかと思って、きなこきなこと大声で呼びながら何度も何度も撫でてみたけど、もうどうしてもだめだということがわかってくると、なぜ？　なぜ？　という、疑問というか、叫びというか、混乱というか、どうしてだろう、なぜこんなことにと、私は大声で泣き叫んでいた。

おさい先生はなかなか3階にやってこなくて、でも叫んでる俺の声は聞こえてたやろ、と後になって聞いてみると、何かそういう「悪いこと」が起きてるっていうことを思いたくなかったんじゃないかな、と答えた。なぜすぐに来なかったのか、自分でもよくわかってないようだ。

俺も、誰も、よくわからないままだ。

おさいも寝室までやってきて、泣き続ける私を見てようやく事態を悟ると、彼女もきなこを撫でながら大声で泣いた。

おはぎも2階のリビングから3階の寝室にやってきて、わけもわからず足元をうろうろしていた。あのときはおはぎも、耳も聞こえていて目も見えていた。足腰も元気だった。私たちが泣く声を聞いて、やってきたんだろう。

尿意に耐えきれなくなったのでいったんトイレに行った。戻ってきて、積んである布団のいちばん上ですやすや寝ているきなこを触ると、やっぱり死んでいた。

いきなりこんなことがあるんだね。

きなこを抱き上げた。身体は固くなっていたけど、下になってたお腹はまだ温かかった。その下の布団もまだ温かい。そしてすぐに冷たくなっていった。

きなこが好きだった、ブランケットを敷き詰めた籐のかごにきなこを入れる。

最近聞いた話。そのとき私は、なぜかベランダに出て、きなこを朝日に当てたという。自分ではまったく覚えてない、ほんとうに記憶にない。

え、俺なんでそんなことしたん？　とおさいに聞くと、こうしたらきなこがまた動くんじゃないかって言うとったで。と言った。

2階のソファに連れてきて、そこでまたふたりで泣いた。

小学校1年生のときから飼っていてずっと一緒に育ったミニチュアシュナウザーの「エル」が、大学1回生のときに亡くなった。あのときと同じぐらい泣いた。

わんわん、えーんえーんと、たぶん泣き真似をしてるような、演技をしているような、大げさな泣き方だったと思う。

ほんとにあんな感じになるんだよ。

続きはまた書く。

昨日の夜中のおはぎ当番は私。一緒に寝てたけど3時ごろおはぎがソファを抜け出した。私も眠かったので、すぐに「おはぎコーナー」に囲い込んで、そのまましばらく見てた。しばらくぐるぐると反時計回りに回っていたが、わりと早くにジョボーっておしっこした。でもその日は便はまだだったので、先に自分だけソファに戻った。おはぎはしばらくリビングを徘徊してたけど、真ん中でまるで電池が切れたように動かなくなっていたので、よいしょと抱き上げてソファに連れ戻したらすぐ寝た。私もデパスを飲んで、そのまま一緒に寝た。そしてデパスのせいで寝過ごした。

ソファをベッドにするのもいろいろ工夫をしている。

続きはまた書きます。

今年の今日もほんとにいい天気やな。おはぎはいまもリビングをうろうろしている。昨日もうんこしてないし、はやくうんこしてほしい。今日は京大の非常勤の授業なので、出かける前にはやくしてほしい。

2022／11／13（日）

きのう今日と茨木の追手門学院大学で日本社会学会だったらしい。近いし久しぶりに行こかなと思いながら面倒で事前予約しなかった。当日になって何とかならんかなと思ったけど体調が非常に悪くて結局寝て過ごした。

木曜日の朝、まだ元気だったんだけど、昼頃にかけて急激に心身の調子が悪くなったのだ。どこがどう悪い、ということもなかったのだが、とにかく頭に靄がかかって何も考えられないし、身体がずっしりと重い。これが鬱なのかな。ここ3年ぐらい精神科に通ってデパスをもらって飲んでるんだけど、鬱というよりパニックで、だからちゃんと鬱になったことがまだない。これかなあ。

と思いながら、どうしても仕事に行くことができなかったので、大学院の授業は直前に休講にさせてもらった。12月まで院生さんの報告のスケジュールを組んでいるので、もういちど組み直しだ。何人かの院生さんからお見舞いのメールをいただく。みんなありがとう、すみません。

木曜日は終日気分も体調も悪くて何もせずただぼんやりとしていた。キンミヤの瓶が届いたので夜は友だちからいただいた蜜柑を絞って炭酸で割る。キンミヤはいくら飲んでも二日酔いしない。

　思い切って金土日と休みに設定する。そのためにいくつかメールで事務連絡。何もできないのでなんとなく積んであったイーユン・リーの『千年の祈り』を読んだら、これが良すぎて何か余計しんどなった。切ないよなあ。

　しかし新潮社クレストは本当に良いですね。全冊揃えたいです。映画も小説も海外のものが好きだな。

　というわけでこの金土日ほんとに何もしてない。ネトフリで『ワールドウォーZ』を観る。前にいちど観たことあったけどもういちど観たくなって観た。とても良い。「だるまさんが転んだ」のシーン、ほんとうに秀逸だと思う。ストーリー展開も早くて、設定も説得力があり、おもしろい映画ってこれだよこれって思う。なんで日本でこれが作れないんだろう……。そして今日はネトフリの『グレイマン』を観た。非常に楽しめました。良いと思いました。クリス・エバンズ頑張ってるよなあ。路面電車のシーンすごかったね。

　ずっとネトフリの画質が悪いのが悩みだったのだが、いろいろ調べて、アカウント設定で「自動」ではなく「高画質」にして、なおかつ Chrome ではなく Safari で観たら、驚くほどきれいになった。Chrome、動画の画質悪いみたいだな。

　ていう週末。仕事山積みなんだけど仕方ない。

　ここ数日、おはぎが小さい半径でぐるぐる回りだしたらすぐにおはコーナーに入れておはガードで囲む、ということをしているので、ずっとシートにしてくれてる。ただ便のほうは前触れが

ないので、いつものように、目を離したスキに床でしている。しかし固形物は処理が簡単なので、おしっこをシートでしてくれるだけでありがたい。

と思っていたらおさい先生がちょっと目を離したスキに床でジョボー。やられた。

おはぎ、認知症だけど身体はほんとに元気で、お通じもよく、お腹を壊すこともなく、食欲をなくすこともないし、介護も楽でよい。

2歳か3歳ぐらいのときに3階のベランダから落ちても大丈夫だったからね。当時住んでいたマンションというかアパート、古くて汚かったが（風呂のガス湯沸かし器が風呂場の中にあって、ハンドルをガチャガチャ回すタイプのやつだった。俺の年代でもほとんど知らないと思う）、安くて広くて日当たりが良くて、よいアパートだった。4階建ての、上から下までみんな知り合いで、家族で仲良くしてた。あれは奇跡的なアパートだったと思う。とくに隣のご家族にはほんとにいろいろお世話になった。「給水塔」というエッセーのなかでちょっと書いたと思う。

ベランダの手すりは幅2㎝ぐらいの細いやつだったけど、若いおはぎときなこは器用に両隣の家まで、そこを歩いて遊びに行っていた。ほんとに両隣のご家族にはお世話になった……。よくおはぎが隣の家の息子さんの部屋のベッドで勝手に寝ていた。おはぎを探してると、奥さんが「おはちゃん来てますよー」と呼んでくれて、平謝りで迎えに行くこともあった。きなこもよく両隣の家のベランダまで探検しに行って、よそん家の物置の陰でのんびりと寝てることもあった。

その日も、いつものようにおはぎが幅2㎝ぐらいの手すりの上を（繰り返すが3階だ）すたすたと歩いていくのが見えた。あ、おはぎが隣に行く。お隣の方にはたいへん申し訳ないけど、楽しそうにしてるので、そのまま行かせてあげようと思って（ほんと申し訳ないです）、ちらっと目を離して、また戻したら、おはぎが消えていた。さすがにその幅の手すりの上だから歩くのもゆっくりなので、そんなに早く隣のベランダに到着するわけがないと思ってベランダに走り出てみたんだけど、どこにもおはぎはいない。両隣に行っておはぎ見てませんかと聞いたけど知らないと言う。

これは落ちたな、と思って、真っ青になって1階までおりていって、ベランダ側の建物の隙間に入っておはぎーおはぎーと呼びながら探してたら、たくさん並べてる植木鉢の間で、普通にしてた。普通にいた。おはぎ！　おはぎ！　とパニックになって抱き上げて家まで連れてかえって、体中触ったけどどこもなんともない。ちょっとだけお腹が赤くはれてた。すぐに医者に連れてったけどどこもなんともなかった。

すごいぞおはぎ。3階から飛び降りても平気だ。

しかしあのときはほんとうに心臓が止まるかと思った。

ほかに、「おはぎ一晩失踪事件」というのもあった。また書くね。

言うてるあいだに今年も終わろうとしているなあ……。仕事ぜんぜん終わんない。一生終わらないんだろうけど。「ああ、あれせな、これせな」から解放される日が来るんだろうか。

中堅の社会学者と院生さんが集まって関西でやってる研究会（社会問題研究互助会）があって、そこで打越正行さんが報告することになり、事務局のおさい先生がメールで、告知をするので正式な肩書を教えてくださいと聞いたら、「〝社会学者〟でお願いします」と言われたらしい。おさいが笑ってた。社会学の研究会だから、ほぼ全員が社会学者だわな。

2022/11/28（月）

千葉雅也と合同でやってるゼミに吉見俊哉と松田素二が「授業参観」に来た。いやよう知らんけど外部審査委員とか外部評価委員とかそういうやつ。そういうのがいまの大学にはあるのだ。だいたいまあ、偉い先生がなるやつ。研究科長やら事務長やらぞろぞろ引き連れて8人ぐらいで大学院の狭い教室に入ってきた。「やりにくいわあ」とわざと言ったら笑ろてた。「授業に関係ないものは出ていってもらおうか！」と言ったらもっと笑ってた。スベらなくてよかった。いやスベってたのかもしれんけど。

大学ってほんと内部でいろんな仕事あるよね。

しかし吉見俊哉と松田素二の前で院生さんに論文指導するの本気でやりにくかったです。

吉見さんとは北田暁大の結婚式以来。松田さんとは4、5年前に京大で非常勤やらせてもろたときに挨拶に行って以来。

終わったらまだ昼過ぎ。2コマぶちぬきなのでいつも早く終る。さいきんおはぎの介護のためにおさいと散歩をまったくしてないので、この時間はなるべく歩くようにしている。衣笠から西院までゆっくり歩く。路地裏に七味唐辛子屋さんがあったりするのが京都っぽい。どうせ高いだろうから買わない。西院に猫がいる喫茶店を見つけたのでひとりで入ってみたが猫はいなかった。ママさんに猫のことを聞いたら、なぜかその猫のポストカードをくれた。また猫がいるときに行こうと思う。

17時ごろにもう真っ暗になる。なぜか12月はとても懐かしい気持ちになる。こたつが嫌いで、大阪に来て一人暮らしをするようになってからいままでこたつというものにほとんど入ったことがないし、もちろん持ってもいないのだが、なぜか12月になるとこたつに入りたくなる。夕方、学校が終わって、家に帰って、シュナウザーのエルといつもこたつで一緒に座ってた。俺があぐらをかくといつもその真中でエルが寝ていた。足が痛くなるまでずっとエルを足のなかに抱っこしていた。エルが起きると靴下を脱いで丸めて放り投げると喜んで走っていって、くわえて戻ってくる。靴下を取り返そうとすると、エルはわざと嫌そうにして逃げていく。俺の靴下をくわえたまままこたつのまわりをエルはぐるぐると回って逃げて、俺はそのあとを追いかけてこたつのまわりをぐるぐると走って回る。夜はあんまり一緒に寝なかったな。でもいつも俺が散歩に連れていっていた。特に俺が中学生になってから、高校を卒業して大阪に来るまで、だいたい夜は、俺がエルを散歩させていた。こっそりタバコが吸いたかったからだ。夜遅く、エルを散歩させながら、1本か2本タバコを吸っていた。近所に巨大な工場と汚い運河があって、いつもそのまわりをエルとふたりで歩いていた。運河の向こう岸にゆらゆらとゆれるマンションの灯り、高速道路のオレンジ色の明かり。

俺が小学校にあがったのと同時にエルがうちに来た。日本に最初に入ってきたミニチュアシュナウザーの家族のなかのひとりだったということだが、なぜそんな貴重な子犬がうちに来たのかはわからないままだ。買ったのではない、という話だったが、とにかく犬がうちに来るとか飼うとかそういう話を一切聞いたこともなかったが（末っ子の小さな子どもだったのでそういう議題からは除外されていたのかもしれない）、ある日とつぜんエルが来た。まだ小さな子犬だった。来た当日のことはよく覚えていない。でもうちの居間は半分板敷きで半分絨毯で、その絨毯のところは走れるけど、つるつるすべる板敷きのところが怖くて、絨毯のきわのところでわんわん泣いてた場面を覚えている。

エルはすぐにトイレも覚えて、ちゃんと散歩中に外でするようになった。歳をとって身体が動かなくなるまで、いちども粗相をしたことがない。

尾は短く切っていたが、耳は切らずに、垂れ下がったままにしていた。

俺が7歳のときにうちに来て、一緒に大きくなり、俺が大学に入った夏に死んだ。

計算が合わない。たしか15歳で亡くなったと思ったのだが、計算が合わない。12歳？　13歳？　そんなに若かったのだろうか。

癌だった。

いまだに、たまに夢に見る。エルの前にも犬はいたのだが、自分が物心ついて友だちになったのはエルが最初だったから、たぶん一生忘れることはないのだろうと思う。いまでも、街でミニチュアシュナウザーを見かけると、目で追ってしまう。テリア特有の、あの特徴的な口ひげや、やや太った体型、前足の肘のところの匂い、小さなしっぽの動き、散歩中にティッシュで包んだ排泄物の感触、耳のなかの温度、冬の鼻の冷たさ、甲高い鳴き声（よく鳴いた）を覚えている。

最後はかわいそうな別れ方をした。謝っても謝っても謝りきれない。そのあとに拾ったねこと一緒に、ほんとうにかわいそうな飼い方をしていた。

きなこに関しては、全力で溺愛し、完璧に快適な暮らしをさせていた自信があるから、純粋に悲しいだけで、罪悪感はない。エルとねこのことを思い出すと、自分を責めるどす黒い感情で胸がいっぱいになる。どうしてちゃんと、合理的な飼い方ができなかったのだろうと思う。

ペットショップの前を通りがかっても、自分を責める気持ちが激しく湧いてくるのを止められない。あの小さな、狭い檻に入れられて見世物にされ売り物にされる子犬や子猫がいるのも、ぜんぶ俺のせいだと思う。みんな助けてあげられなくてほんとうにごめんなさいと思う。どれくらい売れ残って殺処分されているのだろうかと思う。

こたつの話から一気にここまで脱線してる。

2022／12／6（火）

寒くなった。昨日も千葉雅也との合同ゼミが早く終わったのでまた衣笠から西院までひとりでゆっくり散歩する。寒かったがとても良かった。京都の街はなぜだか懐かしい。単に建物が古いからだね。

あと夜になると街が暗いよね京都は。街中でも暗い。街灯が大阪市内よりだいぶ少ないような気がする。

街の雰囲気って、情緒とか歴史とか地域文化とかじゃなくて、単に建物の古さとか街灯の数とかで決まると思う。

いちど、沖縄の友だちが、「古い御嶽《うたき》には独特の匂いがあって、それがとても良い匂いがする」って言ったから、大真面目に「たぶん固有のカビがいるんだろうな」って言ったらめちゃめちゃ叱られたことがある。

笑ったけど、心外だった。「御嶽に固有のカビがいて、それが良い匂いがする」って、めちゃめちゃロマンチックな話だと、いまでも本気で思う。

関係ないですが、大阪の喋りが面白いのって、あれはけっこうかなり、在日コリアンの文化も入ってるんじゃないかと、わりとほんとに思ってる。根拠ないですが。

オモニハッキョ（在日1世のオモニに日本語の字を教えるボランティア。猪飼野でもう40年ぐらい継続している。おさい先生が10年ぐらい通っていたので、俺もたまに遊びに行っていた）行くと、おばあちゃんたちがノリツッコミとかしてる。

なんかあの、世の中を「ボヤく」感じの笑いのとり方。

大阪良いなあと思うよほんとに。みんな来て住んだらいいのに。大阪楽しいよ。

どこにも記録が残ってなくて、おはぎはいつから粗相するようになったんだろうと考えていて、でも春ごろは普通に俺がソファに座ったら喜んで飛んでやってきてたから、認知症になったのはこの夏か秋かな、と思ってTwitterを遡って検索したら、4月のあたまにもう粗相してた。

あ、そうか、もうそんなになるのか。

俺とおさい先生が3階の寝室に行くとおはぎも付いてきてベッドまで自分で登ってきて一緒に寝る。という生活をずっと続けてきたのだが、そういえば3階の寝室で寝ているとき、おはぎが起き出して、それまでは2階のトイレまで自分で行ってたんだけど、間に合わなくて3階の廊下で粗相するようになったんだった。

あのときは、粗相はしてたけど、それでも自分で階段やベッドの上り下りができてた。

それで3階の廊下にペットシーツを敷いたり、新たに猫トイレを買って設置したりしてた。

でもやっぱり粗相するから、4月ごろから毎日おしっこの始末をしていたんだよそういえば。

ぜんぜんちゃんと記録を取ってない。取ればよかったかなとも思うけど、一日いちにち、毎日まいにち、これまでできてたことができなくなっていく過程なので、やっぱりあんまりそういう記録は取りたくない。

最初はアルコールスプレーとペーパータオルを大量に使って拭き取って掃除していた。無垢の床板だからすぐ吸い込んじゃうんだよね。せめて臭いだけでも消そうと、がんばってアルコールで拭いていた。

で、そのうち、小さめのペットシーツを裏返しにして、それで吸わせてからアルコールとペーパータオルでごしごし拭くようになって、だいぶゴミが減った。

だんだん最適化されていく。こっちが。

そして、あれはいつだったかなあ。夏前ごろかな。足もだいぶよぼよぼしてきたなと思ってたんだよな。3階の寝室で一緒に寝てて、夜中におはぎが起き出して、うろうろ徘徊してたんだと思う。おさい先生の書斎（3階にある）のデスクの下に入って、そこでデスクの脚のあいだに挟まって動けなくなっていた。

朝になって、おはぎがいない。どこやーどこやー、おはぎーおはぎーと探していたら、おさいの書斎のデスクの下で脚に挟まって、そこでおしっこまみれになっていた。抜け出せなくなって、そこでおしっこしちゃったらしい。そしてたぶん、そのままの状態で、3時間も4時間も立ちっぱなしで、そこにいたのだ。

すぐにおはぎの足を洗って、ごめんなごめんなと謝って、それからはおさいの書斎のドアを閉めて寝るようにしてたんだけど、これも今年の話なのにうろ覚えだけど、夜中に階段の途中で動けなくなってて、そこでおしっこしちゃって、また長い間ずっとそこにそのままになってたことがあった。

これはいかん、ということになり、そしてたぶんその頃にはもう、自由に階段やベッドの上り下りもできなくなっていて、それからおさいと1日交代で、2階のリビングのソファで一緒に寝るようになったのだ。

ただ、この頃はまだ3回に1回ぐらいはトイレでしてたと思う。でもそのうち、トイレの5㎝の高さが登れなくなって、あれも夏ごろかな。砂もトイレもぜんぶ捨てたんだよね。

あしたは京大の非常勤の院ゼミだったけど院生さんでコロナ陽性が出ちゃったらしく、休講になった。土曜日が琉球沖縄歴史学会のオンラインシンポジウムに登壇するのだが、あたらしく出た『沖縄県史 各論編7 現代』のレビューをしないといけないんだけど、800頁ぐらいあるんだけどね。どうせえちゅうねん。というわけで明日の水曜日と金曜日がちょうど空いたので、2日でなんとかシンポ報告の準備せな。何喋ったらええんやろ。

久しぶりに飲み歩きたいなー。24時間体制でおはぎの介護してるっていうこともあるし、もっと単純に、忙しくて飲みにもいけない、ということもある。立命館やめて京大に移籍するので、けっこう院生さんとかと飲み会多いけど、まあそういうのは半分仕事だし（笑）、あとどうせ京都だから、帰ってくるあいだに酔いも覚めてしんどくて眠くなってる。

大阪で飲み歩きたいんだよ俺は。お初天神と曾根崎と堂山と北新地で飲み歩きたいんだよ。

あの自由の感覚。iPhone と財布だけ持って手ぶらで家の玄関を出たときのあの感覚。だれもいない沖縄の離島のビーチで、シュノーケル1本でひとりで冬の海に潜っていくような、あの自由と孤独と不安と、そしてやっぱり自由の感覚。

子どもがいたらこんなこともできなかっただろうなと思う。子どもができなくてよかったとは思わんけど、でもやっぱり、子どもができなかったから、こんな歳になってもいくつになっても、手ぶらで好き勝手にひとりで飲み歩きができるんだなと思う。

まあしかし、それも仕事が忙しすぎてぜんぜんできてない。

職場が遠いんだよな……。どうしても授業がある日は京都から帰ってきたらどこにも寄り道する気がなくなる。

まあしかし、2006年にやっと就職してから、龍谷大学瀬田キャンパスに11年↓立命館大学衣笠キャンパスに6年↓来年から京都大学、ときて、定年まであと10年はたぶん京大にいると思うから、京都（と滋賀）で27年間働くことになり、ほんとうにもう、俺は10年後に定年退職したら絶対に大阪市内から出ないぞ！　出ないぞ！　でも神戸は行く。神戸は好き。

2022／12／17（土）

えーと何してたかな。10日の土曜日は琉球沖縄歴史学会のオンラインシンポジウム。新しく出た『沖縄県史』現代編の合評会。たいへん光栄というか恐れ多い話で、あの伝統と権威ある沖縄県史のレビューを俺に任せていいのか……すごい「無茶振り」では……と思ったけどほかにたくさん若手からベテランまでいたので、だいぶ安心した。3時間ぐらいやってたんちゃうかな。ひさしぶりに個人事務所で長時間 zoom した。iPhone のテザリングでもぜんぜん大丈夫やな。

5月ごろに自宅の近所に仕事部屋を借りたのである。たいへん快適で、水道代込みで4万9000円で、南向きに大きな大きな窓があり(本が焼けちゃうけど)、目の前は駐車場で空も広く、とても快適だ。床一面に大きな赤いカーペットを敷いた。本棚は手作りである。自作本棚のプロデュースはもちろん田野大輔。

なかなか自宅で仕事ができないタイプなのだが研究室は京都の衣笠というド田舎にあり、これまでほんとうに難儀していたが、これで好きなだけ仕事ができる。

と思った瞬間おはぎがこういうことになり、おさい先生がいないときは自宅でおはぎの介護をしないといけないので、せっかく借りた事務所もぜんぜん使ってない。まあ、いまのところは「書庫」という位置づけだ。

事務所借りたとたんに、まさか年収が下がることになるとはね……。確定申告で経費にはするけど。

立命館から京大に移ったら、たぶん年収200万ほど下がるっぽい。月15万ぐらい下がるかもしれん。

自宅の住宅ローンも完済してるし、おさい先生もまだテニュアトラックだけどいちおう就職できたし、別にいいんだけどね。事務所の部屋そのものは本当に心から気に入っているので、定年まで10年ぐらいは使おうと思う。

定年するんだな。

こないだリアルに定年のことを考えていたらだんだん鬱みたいになってきた。いま55歳だが、いまのところ体力の衰えを感じたことはない。むしろ、酒だけでいえば、いままでの人生のなかでいまがいちばん強い。いくらでも飲める。

これから死ぬんだよ。

まず2017年にきなこが亡くなり、そしておはぎももう長くないだろう。おさいは身体弱いからたぶん俺より先に死ぬ。本人も独りでこの世に残りたくないと言っている。したがって俺がたぶん最後に残るんだろう。

淀川が見える古い小さな安アパートで独りで暮らしたい。近所の猫にえさをあげるのだ。もう先が長くなくなると自分では飼えないからね。

そういうことを考える。定年まであと10年。そこから20年ぐらいは「老人」としての人生が続くのだ。

普通に事務所借りたっていう話をしてたのにいつのまにか死ぬ話になってる。

12日の月曜日は毎日出版文化賞の授賞式だった。場所は椿山荘。ずっと「つばきさんそう」って読んでた。始めて行く場所である。スーツで手ぶらで行くか、着替え持っていくか直前までさんざん悩んで、やっぱりジーパンにタートル来て、スーツの上着だけ着て、あとはかばんに入れて持っていく。手ぶらで新幹線乗りたかったけど、どうしてもスーツが嫌だった。

毎日新聞さんに「これ交通費出るの?」って聞いたら「すみません出ません……」とのことだったので、自腹で行く。さすがに出張費の申請はできないし。

ギリギリの時間に現地到着。なんかでかいホテルの宴会場。いろんな関係者のひとや友だちが来てくれてうれしい。

授賞式は退屈だったが、まあ式なんてあんなもんだよね。結婚式とか卒業式とか入学式とか。

そういえば龍谷大学時代、アホらしくなってきたので2年めぐらいから入学式とか卒業式とかを一切サボってた。卒業式も、式そのものはサボって、その時間にゼミの連中と写真を撮ったりして、あとは謝恩会と飲み会。フォーマルな式、苦手だ。

龍谷のゼミの卒業生のみんな元気かな。ゼミ、楽しかった。たくさん友だちみたいになって、何人かはいまでも仲良くしている。

いまは立命館の大学院だからそもそも入学式も卒業式もない。いや、あるのか知らんけど。結婚式ももう、大学の先生なんかちょうどいい「飾り」だから、30回ぐらい呼ばれてスピーチしたけど、いまだに「○○家と○○家」みたいになってるし、新郎側の主賓のスピーチもいまだに「○○くんはしっかり働き、○○さんはそんな○○くんを支えて温かい家庭を築いてどうのこうの」だし、「夜はがんばって日本の少子化にはどめをかけてください」っていうのが上等なジョークだと思ってるみたいだし、もういたたまれなくなって、最近はずっとお断りしている。

何回か、「結婚とは自立した個人と個人の自由意志にもとづく契約なので、嫌になったらいつでも解消してください」というスピーチをしたら、さすがに場が凍りついてました。

何の話だ。そうだ、毎日出版文化賞の授賞式の話だった。

コロナで立食パーティーみたいなものも中止だし、普通に受賞して普通に会場を出た。友だち数人と、担当編集の柴山さんと、あと新潮社の田畑さんと、東京ステーションホテルまで移動してお茶を飲む。帰るひとは帰り、俺と田畑さんと友だち2人の4人で銀座に移動してけっこう飲む。スタートした時間が早かったので、19時半には酔っぱらっていた。4人でぶらぶらと銀座から東京駅まで歩く。街路樹に灯りが点いててきれいだった。

東京はきれいな街だな。夜はとくにきれいだ。

新幹線のなかで死んでた。日帰りキツいわ。

なんで泊まらなかったのかというと次の日院生さんの修士論文の構想発表会（中間報告会）だったから。そのあと教授会で、まあ教授会だけだったらサボって前の晩に東京に泊まろうと思ってたんだけど。さすがに院生さんの構想発表会には出ないといけない。

昼イチで発表会からの教授会、からの立岩真也との合同ゼミ。終わったら19時半。

死んでた。

立岩さんが新刊2冊くれたので、その場で俺の名前入りでサインしてもらう。

推しのサインもろたー。

立岩真也は私の若い頃からのアイドルで、その立岩真也からメール来て、会いたいというので会ったら、その場で「ウチに来ませんか」って言われて、俺もその場で「行きます」言うた。あれは京都グランヴィアのカフェラウンジだったな。２０１６年。

その前も何度かお会いしたことがあったけど、あの立岩真也と二人でお茶を飲んでいる、というだけでももう、死にそうなぐらい光栄だった。

その立岩真也から「ウチ来る?」言われたらそら行くわな。

天才なんだよ天才。

こんなひと他にいないですよ。真性の天才。純粋な天才。

まあ、その5年後ぐらいに京大から「ウチ来る?」って言われて「行く」って言っちゃったけど。

ピンボールの玉みたいな人生だな。

そして昨日は梅田で弾き語りライブだったんだけど、もう眠くなってきたので寝ます。続きはまた書く。

おはぎのこと書いてないな。あいかわらずかわいいですよ。

最近はシートでトイレをさせる技を（人間側が）覚えてきて、ぜんぜん床に粗相しなくなった。ジョボった時間を記録するようになり、ほぼ6～8時間おきにおしっこをすることがわかってきて、そのくらいの時間におはぎトイレコーナーに放り込むと、しばらくぐるぐると回って、ジョボーってする。

3日ぐらい便秘になってたんだけど、抗生剤を飲ませるのをやめたら治った。毎日でっかいうんこしてくれている。うれしい。

おはぎがうんこしてるとうれしくて写真や動画に撮る。おさい先生もうれしいみたいで、よく写真や動画を送ってくる。iPhoneのなかに、おはぎがうんこしてる写真や動画がたくさんある。

最近、ますますおはぎの介護体制が整いつつある。臨時ベッド、ぐるぐる、大判ペットシーツ、抗生剤、なぜか自分で寝ないなどなどの事柄についてはまた書く。

しかしなんかアレだな、忙しいと書く暇がなくなるんだけど、寝る前に書くおはぎ日記が、なにか「安らぎの時間」みたいになってる。日記を書くという行為はメンタルにけっこう良いらしいが、実際になんかこう、心が落ち着く。

そのわりにはにがにが日記の方は早々にネタ帳みたいになっちゃったんだけど。

そういえば昔日記付けてたな。大学生のころからわりと30歳ぐらいまで、途中で長い間抜けたりしてたけど、最初は手書きで書いてて、Ｍａｃ買ってからはＭａｃで、日記を書いてた時期がけっこうあった。

安らぎのひととき。

おはぎ日記。

こんなん読んでおもろいかな……。

書いてるほうは楽しいけど。

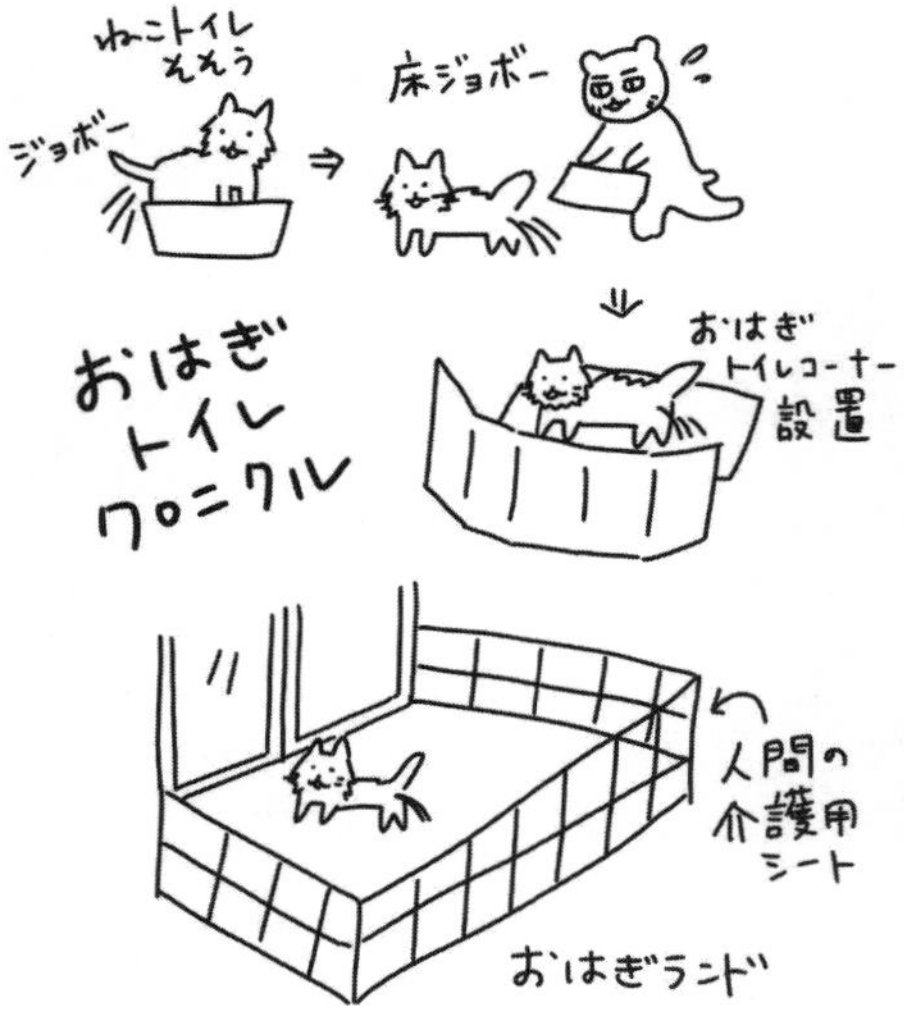
おはぎ
トイレ
クロニクル
ねこトイレ
そそう
ジョボー
床ジョボー
おはぎ
トイレコーナー
設置
人間の
介護用
シート
おはぎランド

２０２２／12／18（日）

朝。日曜日の朝。おさい先生は大阪市大の研究会に行きました。おじいさんは山へ柴刈りに行かずに今日も家でおはぎ介護係。

おはぎさんはソファを改造した簡易ベッドでまだ寝てる。昨夜は私がおはぎ当番だったのでここで一緒に寝てました。

そして布団のなかでジョボられた。

でも大判の介護用シート敷いてるから平気。俺のジャージも掛け布団も無事。えらいぞおはぎ。まあほんとにえらいのは俺たちだけど。

俺は精神的に非常に未熟で、自分でも分かってるんだけど、狭量で偏狭で偏屈で頑固で、よくひとと喧嘩するし、ひとのことを嫌いになったり嫌われたりするし、ひとがやってることを平気で罵ったりするんだけど、自分が好きだなと思う相手には優しい。みんなそうだと思うけどね。

近所のクリーニング屋のおばちゃんめっちゃいい人で、行くたびにいろいろ話をする。北陸から大阪のこの街の小さな呉服屋に嫁いでもう50年近く、呉服屋は儲からなくなって途中からクリーニング屋になって、私たちが引っ越してきたときは旦那さんもいてご夫婦でされてたんだけど、数年前に旦那さんも亡くなり、おばちゃんひとりになった。

行くといつも、ほんの少しだけ立ち話する。毎日新聞を取っているらしく、一面で大きく私の人物像が記事になったときも、織田作之助賞のときも、今回の毎日出版文化賞も、いつも「記事見ましたよー」って言うてくれる。

うれしいのでいつも私もにこにことおしゃべりしている。

先日、おさい先生がひとりでクリーニング屋に行ったら、おばちゃんが、旦那さんいつもにこにこして温厚で優しいひとやね、と言ってたらしい。

笑った。どっちかというとトゲトゲしいほうなんですが。

そういえばいままでいちどもおはぎにもきなこにも怒ったことがなくて、特におはぎには高齢になってから粗相しても何しても怒ったことがなくて、たぶんおはぎも俺のことを、いつもにこにこして温厚で優しいひとだと思ってると思う。

俺のことをそんなふうに思ってくれるのは、世界でおはぎとクリーニング屋のおばちゃんだけだと思います。

えらい寒波が来てるらしくとても寒い。でもお外は良い天気。空が青い。2階のリビングから青い空が見える。日当たりの良い家だなと思う。

この家を建てたのは2007年。龍谷大学に就職した次の年。どうしても自分の家が欲しくて、最初は中古マンションをリノベするのでもよかったんだけど、おはきなのことをいろいろ考えて、一戸建てにしたのだ。

猫のために家を建てました。

大阪市内の、梅田にもほど近い、駅にも近い。駅のすぐ近くなのに1本路地裏なので、車も人も入ってこなくて、とても静かだ。狭小3階建てなので掃除機とか大変だけど。

さきに土地を買ってから自分でかなり詳しいプランを作った。シンプルなローコストであること、床は無垢板で壁は白。8畳ぐらいの大きなルーフバルコニーが付いてること。屋上にも出たい。3畳ぐらいで良いので私とおさい先生は別々の書斎が欲しい。リビングとキッチンは2階の日当たりのよいところ。スペースがないので逆にトイレを1階と3階の2箇所に作る。

実際の設計図と施工管理は大学の後輩の建築家にお願いした。のべ床130平米で1500万で建ててくれました。そのかわり網戸もないし風呂はバスタブ置いてるだけで追い焚きもできない。玄関ドアもキッチンも安アパートに付けるいちばん安いやつ。カワックとかそういうのも要らない。そのかわり日当たりと風通しを確保したい。住宅密集地なので南側にわざと1mほど空間をとった。そのぶん狭くなったけど、2人暮らしだし。

そして、1階と3階に猫ドアを付けたのだ。簡単なフラップでええよって言ったんだけど、駅裏で住宅も店も密集してるところなので、開口部は耐火仕様にしないと建築許可がおりないということで、家全体で使った人間用のサッシと同じもので、20㎝角ぐらいのものを特注で作ってもらった。正直ここがいちばんカネかかったです。

デンキのカサもないので、天井に裸電球を直付けしてます。

なんかでも15年も住んでると、いろいろボロくなってきている。特に、予算がなくてペアガラスじゃなくて普通の一枚の安いサッシにしたので、結露でカビがひどい。なんとかしなきゃと思ってるんだけどなあ……。こういうところの掃除ってほんとにやる気がおきないんだよな。見ないでおこうと思ったら見ないで済むからね。

とりあえずお客さんをお招きして飲み会するときは、今後は事務所のほうになると思います。おはぎもいるしね。

2階のリビングに小さな中庭みたいなのが付いてて、そこから光が差し込んでくる。

中庭に雀がやってくるので、パンくずをあげてたら、いつのまにか大群が来るようになった。

これを書いているいまもたくさん雀が遊んでいる。

よく見ると手すりもベランダ部分も雀の糞だらけである。

最初は俺の姿を見ると飛んで逃げてったけど、さいきん逃げなくなってきた。

雀ってほんとかわいいな。

動物好きだな俺は。

でも動物も好きだけど動物の肉も好きなんだよな。

スズメさんの視点
パンくずおじさん
もう、またパンあげて!
ぐるぐる
ドケチ
ルンバ

ウチにいる小さな動物はまだソファの簡易ベッドの布団から出てこない。あと1、2時間で次のジョボータイムのはずなので、そろそろ起きてきてほしい。

しかしよく食ってよくうんこしてよく寝る子である。元気だな。

さっき自分のインスタ見てて、3月ごろにアップした写真だと、まだソファに自分で登ってきて自分で甘えてきて、目を合わせて鳴きながら何かを訴えかけている。

そういうコミュニケーションが一切なくなった。おはぎから、意思や人格というものがどんどんなくなっていく。

ただ目が見えなくなっているだけだろうか。

自分でソファから降りたりはできるので、おおまかには見えているみたいだ。そもそもひとを探して泣いたり甘えてきたりをしなくなったので、やっぱり目が見えなくなってるだけじゃないと思う。

認知症ってそういうものかもしれんけど、むしろ子猫にどんどん戻っている感じだ。子猫って、見た目はかわいらしいけど、外界の刺激に反射的に反応してるだけだよね。1、2ヶ月して意思や人格みたいなものが出てくると、ほんとうに家族になる。

家族になって22年一緒に過ごして、いまおはぎは生まれたばかりの子猫みたいになっている。もう、抱っこされたり一緒に寝たりしても、うれしいとも幸せとも思ってないのかもしれないけど、せめて苦痛を感じないように過ごさせてあげたい。

俺のこういう優しさをわかってくれるのはおはぎとクリーニング屋のおばちゃんだけである。

2022／12／19（月）

寒い寒い。

おさい先生も忙しく、24時間介護体制がそろそろ限界になってきた。金曜日に梅田で弾き語りのライブをしたあと、土日月火水と5日間連続でおれひとりで留守番になり、一歩も外に出られない日が続く。

おはちゃん〜
ナデナデ〜
なでてくれてありがとう。だれか知らんけど
ゴロゴロ

そのかわり木曜日は対面授業のあとで京都でちょっとだけ飲もうと思う。

おさい先生は4月にテニュアトラックの就職をしたので、今回はじめて共通テストが当たった。寒がりなのでいまからカイロ買ったりホットコット（だか何だか知らんけどそういうやつ）を買ったりダウンジャケットを買ったりしている。

共通テストを怖がりすぎでは。

単にいろいろ買い物をしたいだけ説。

いやほんとうに寒がりなんですが。

金曜日は梅田ラテラルで弾き語りライブ。今年は春に京都の祇園でやって、9月に銀座でやって、10月に那覇でやって、12月に梅田ラテラルでさしてもろて、みんなどこも満席で、ほんとうに何ていうか、本来お金取れる歌じゃないんですが、みなさまほんとうにありがとうございます。

しかし忙しかったな……。ずっと授業やら会議やらで、あっという間に当日になって、しかも当日は京都の立命館大学で博士論文の口頭試問があった。「zoomになりませんか」って聞いたら「なりません」言われた。しかたないので現地へ。13時からスタートして、90分ぐらいやってたかな。知的障害者の政治参加という非常に大切なテーマで、私も勉強になりました。口頭試問が終わったら速攻で帰宅。そのまま急いでもっかい着替えて支度して、ギターをケースに入れて、歌詞やらセットリストやらをプリントアウトして、足乗せ台（あれ何て言うんやろ）もケースに入れて、念のための自前のギターアンプ（Roland AC-60）をキャリーにくくりつけて、お留守番のおさい先生にほな行ってくるわー、はーい行ってらっしゃい、コロコロとアンプを引っぱりながらギターをかついで大通りに出てタクシー拾う。

堂山というか太融寺でタクシー降りて、コロコロとアンプを引っぱりながらギターをかついでラテラルへ向かう。

プロのPAの方がいて、サウンドチェックを丁寧にやってくれた。驚くほど音がよい。会場の音もモニターの音も素晴らしい。

歌はまあ……下手だな……。こんなものでチャージとか取ってほんとうに申し訳ないです。せめて、と思っていろいろトークもするんですが、その部分はウケますけども。でもなんか、話をしだすと歌のほうに頭が戻らない。歌のときは歌、話は話で、それぞれ脳の独立した部分を使ってる感じ。もとから話をするのが大好きなので、そっちに一生懸命になっちゃうと歌のほうに気持ちが戻らない。

まあしかし歌は下手ですよ。もう最後にしよかなといつも思いながらやってる。でもお客さんたくさん来てくれるしな……。今回も満席でした。今回はバンドではなく、ギターの琴太一さんと二人で。琴さん弁護士で独身でイケメンでギター上手くて性格も温厚で、あいかわらず「琴さん争奪戦」みたいになっていた。悔しいので壇上から琴さんのギターの値段をバラす。まあいつもバラすのが定番のネタになってるんですが。

終わってからいつものように「常連さん」や友だちと会場で飲んで、夜中にみんなで堂山の揚子江ラーメンいってからタクシー拾って帰る。揚子江ほんまにうまい。

同じこと何度も何度も書くけど（そういえばこの日記、そもそも書いたあと自分で読み返さないので、たぶんほんとに同じこと何度も書いてると思う）、歌が下手、というのが自分の人生の最大の問題というか劣等感で、それにしてはよくライブとかやってるよなと、ほんとうに心の底から思う。なんでわざわざ恥をさらすようなことやってるんだろう。

実はここ10年ぐらい、ひとりでこっそり弾き語りの練習をしていた。ジョアン・ジルベルトに憧れて、たったひとりで完結する「表現」をしたいとずっと思っているのだ。音楽というか、歌というか、「表現」。世界、というか。

ネイティブの日本語で歌える歌じゃないと駄目だし、ギター一本なので、静かにしんみりと歌える歌じゃないと駄目だし、コード進行もアレンジしやすいように簡単なものじゃないと駄目だし、歌っててこれいい歌だなと思えないと駄目だし、選曲、コード進行のアレンジ、ギターの弾き方、声の出し方と音量、そういうのをトータルで考えていって、なんとなく自分のスタイルかなというものができてはきてるんだけど、「歌が下手」という致命的な弱点がありましてな……。

ソルフェージュとか習おうかな。

悩みすぎやねんな。

やるならやる！　やらないならやらない！

男らしくないぞ！

そうやねん。

ところで、などとうじうじ悩んでいたら、知らん読者の方から Twitter のDMでこんなメッセージをいただきました。

岸さん

こんにちは。

〇〇と申しまして、10月の銀座のライブお邪魔しました。

岸さんは音楽のプロではない、とのことで、どなたも批評をしないいんだなと思い、オーディエンスの一人としてお話しさせてください。

私は岸さんの本を数冊拝読していて、ライブには熱烈な岸さんのファンに誘われて伺いました。

率直に言って、歌・おしゃべりはあの時間、お金をかけたことに後悔するレベルでした。

また、岸さんのお話は楽しいものの、オーディエンス全員が岸さんのファンで、岸さんのおっしゃることには全てウケる、という構図が寒々しく感じました。

これは岸さん側に原因があるわけではないとは思いますが、なんだか岸さんが信奉者に囲まれた裸の王様になってしまいつつあるのではないかと思い、僭越ながら心配になり、ご連絡させていただく次第です。

突然失礼致しました。


いろんなひとがおるなあ……

2023／1／3（火）

いつのまにか正月である。

2023／1／13（金）

正月から10日以上過ぎとる……。この1週間ぐらいダイエットのためずっと夜は鍋を食っている。かしわと白菜。出汁は昆布と干し椎茸。「精進出汁」というらしいが、鍋も長年にわたり試行錯誤してきたんだけど、ウチの鍋はこれが定番になりつつある。具も肉やら鶏やら魚やらごてごて入れるのではなく、鶏のもも肉とつみれだけで、あとは白菜と青梗菜。たまに豆苗とマロニー。

鍋のなかは出汁と具だけで、味付けは無し。各自（といっても二人しかいないが）が取皿のなかで自由に味付けをする。おさい先生はわりとポン酢とか醬油とかラー油とかいろいろ試していろんな味にするのが好きだが、私はずっと塩だけで、さいきんそれも入れなくなってきてて、味付けなしの出汁だけで食べている。こだわってるのではぜんぜんなくて（俺は楽器とかオーディオとか文房具とか服とか食事とかにこだわりを持ったことが一切ない）、ただ単にそれがいちばん美味いからである。塩とか要るか？とか考えてたら要らんのちゃうかと思えてきた。

ただまあそういうのがいちばん鬱陶しいこだわり方なのかもしれない。

要らん。余計なもんは要らん。

『東京の生活史』でも、語り手の余計なプロフィールみたいなものは一切付けなかった。『同化と他者化』は、博士論文をもとにした４５０頁の学術書だが、脚注がひとつも付いてない。

て考えたら俺なりに相当こだわってるな。こだわらないというこだわりかた。めんどくさいな俺。

まあ、という感じで、なんしかこの1週間ぐらい、朝昼は普通に食って、夜は鍋とかにして炭水化物を摂らない、ということをしてきたのだが、かなりお腹がへこんできた。皮下脂肪じゃなくて内臓脂肪なので痩せるのも早いのかもしれん。リバウンドするのも早いけどね。

まあ、無理のない範囲で、太ったり痩せたりして生きていきたい。

どんぶり飯をたらふく食いたい夜もある。

と書いてたら酒が飲みたくなってきた。キンミヤのレモンサワーでも作るか。キンミヤうまいよな。余計なものが一切入ってない感じ。

そんなに簡単に痩せねえよ。

2023／1／14（土）

静かな雨の土曜日。さいとう先生は二日間センター試験？　共通テスト？　の仕事に動員され、朝5時半起きで出かけていったので、私はこの二日間は家に缶詰でおはぎさんの介護だ。しかし共通テストも、まあ人生かかってるから仕方ないと思うんだけど、受験生も大変だけど試験監督に動員される教職員も大変で、おさい先生も泣きながら超分厚い試験監督マニュアルを読んでいた。そういうマニュアルがあるんです。なんか通常の試験スケジュールだけじゃなくて、不測の事態に備えていろいろ細かいことが書いてあるらしい。香水の匂いがキツいやつがいたらどうするとか、貧乏ゆすりが激しいやつがいたらどうするとか。

これはほかのひとに聞いた話ですが、会場の暖房を切るらしいですね。エアコンの音がうるさいから、という理由で。

きっついな。

規則厳しすぎないですかね。

職場としての先端研の素晴らしいところは、独立大学院なので「学部の入試」にはノータッチだから、一般入試も共通テストも動員されることがないのだ。これだけはほんとうに助かった。

龍谷時代は一般入試によく駆り出されてましたが、一度だけセンター試験に当たったことがあったんですが、運良くぎっくり腰になり、当日ドタキャンしました。その節はほんとうにすみませんでした。

2023/3/2(木)

うっわめっちゃ間が空いてしもた。もう書きたくなくなっている。

最後の荷造りをするために立命館へ行った。研究室が空っぽになっても、とくに何の感慨もない。コロナとサバティカルで3年ぐらいここ使わなかったし、そもそも去年、もう衣笠の研究室が遠すぎて、自宅の近所に仕事部屋を借りて、大事な資料はすでにぜんぶそこに運んであったから、荷造りも簡単だった。

年収がめちゃめちゃ下がること以外は、京大で働くのが楽しみでしかたない。

めっちゃ下がるけど。年収。

おはぎ、先週からついに完全に寝たきりになってしまったのだ。トイレも垂れ流し、水はスポイトやシリンジで、ごはんもスプーンで一口ずつあげている。もうまったく動けなくなってしまった。座布団と布団のうえに介護シートを敷いて、その上で、ただすやすやと寝てるか、目を開けてぼんやりとしている。しばらくソファベッドの上で寝かせてたけど、あまりに静かだし心配だし、しょっちゅう水とか飲まさないといけないので、テーブルの上に座布団ごと持ってきた。おれとおさい先生が仕事をしている真ん中で、座布団の上でおはぎがぺったんこになって寝ている。自分の書斎に行くのも怖くて、おはぎをひとりにしておけなくて、おれもおさいも自分の仕事を2階のリビングに持ってきて、そこで静かに仕事をしている。おはぎを前に置き、手を伸ばしてときどきさすったり撫でたりして、スポイトやシリンジで水をやり、スプーンでごはんをあげる。ごはんのときはグラスを磨いたり皿を拭いたりする用の細長いサラシの綿の布巾をおはぎの首に巻く。ちょっとしたディナーのときのナプキンみたいである。一口ずつ上品にスプーンで口に運ぶ。上流階級の猫みたいだがただの寝たきりだ。

これまで書いてきたおはぎ日記、読み返すのが辛いので読み返してない。だから何を書いたかを覚えてない。だからたぶん、同じことを何度も書いてると思う。

何度も書く。

一口ずつスプーンでおはぎにごはんをあげる。こっちの手もべたべたになる。おはぎの顔もべたべたになる。これのために買った、大判の分厚い紙おしぼりでおはぎの顔を拭く。

ひさしぶりにちゃんと一袋、1回ぶんの食事を食べると、うれしくて空になった取り皿の写真を撮って、おさいに送る。

2月の末からうんこをしていない。たくさんスポイトで水を飲ませたり、おはぎランドでぐるぐる歩かせたりしている。

もう自分で座ったり横になったりしなくなっていて、限界までぐるぐると回り続けている。疲れ切るとその場でただうずくまりじっとしている。抱き上げて布団の上に寝かせると、ちゃんと横になって、ぺったんこになって寝る。

床で粗相するようになり、トイレでできなくなって、シートの上でさせるようになり、壁でこったおはぎコーナーを作り、その改良版で本格的なペットフェンスを使って広大なおはぎランドを作り、そしてソファで一緒に寝てるその布団のなかで寝ながらおしっこをするようになり、人間用の巨大な介護用シートを布団の上に敷いてその上で一緒に寝るようになった。もう自分がいつおしっこをするのか自分でもわかってないみたいで、ほぼ毎晩、布団のなかのシートに寝ながらおしっこをするようになっている。膝の上で抱っこして仕事をしているのだが、膝の上にもシートを敷く。膝の上でも何度かおしっこをされた。おしっこをしたばかりのシートの温度。温かい。熱いぐらいのときもある。ベランダに置いた猫用のごみ箱に捨てる。もともとは猫砂を捨てるためのものだった。いまではおはぎのシートでぱんぱんになっている。

25日ごろ、もうまともに立てなくなってきて、それでうんこをきばることもできなくなっていたので、おはぎランドのなかでおはぎを立たせてその後ろにしゃがみこんで、後ろからおはぎの後ろ足を両手で支えて、リハビリするみたいにしばらくぐるぐる歩きを補助していたら(こっちがしにそうにしんどい体勢だったが)、ひさしぶりに立派なうんこをしてくれた。

あまりにうれしかったのでおさいに写真を送る。「あああああああ/おつかれおつかれ、みんな、おつかれ」という返事がすぐ返ってきた。しばらくうんこをしていなかったので心配だったのだ。

その夜、おさいはさっそく、後ろにしゃがみ込んでおはぎのうんこを介助するどんくまのイラストを描いていた。

おれもスプーンで食べさせるコツをイラストに描いた。

おさいから「犬っぽい」と言われた。

2月末に動物病院で、血圧が上がっててそれでしんどいんちゃうかということで、弱い降圧剤をそのまた半分の半分とかにしたものをもらって、家で飲ませた。おはぎの薬の飲ませ方もすっかりコツがわかってスムーズになっている。そしたら急におはぎの具合がよけい悪くなって、ぐったりしてしまった。あわてて投薬を中止したらすぐに回復したけど、あれからどうも急激に調子が悪くなったような気がする。

秋ごろから噛み癖がついてて、ソファのなかで一緒に寝てるといきなり二の腕をガブリ！とやられる。我が家では「ガブリ」と言われている。

噛まれるとうれしい。痛いけどうれしい。

そういえばこの頃、ガブリと同時に、なぜか「にぎにぎ反応」が強くなっていて、肉球を触るとかならず爪をたててにぎにぎしてくるようになった。もともとそういうことはしてたけど、さらに強く、必ず反応するようになった。それだけではなくて、にぎにぎしたものを両手で強く胸元に抱え込むようになった。ウチでは「ラッコさん」と言われていた。いちど仰向けに寝かせてそこに筋膜ローラーをそっと入れてみたら、ずっと両手で胸元に抱きしめていた。あまりにかわいくてげらげら笑った。ラッコさんが仰向けになって子どもを胸元に抱っこしているみたい

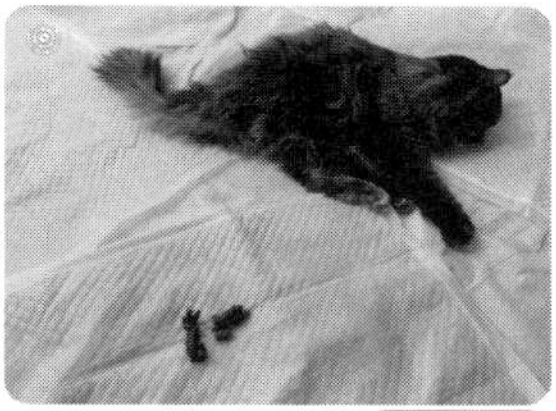

頑張った

ああああああああ

おつかれおつかれ、みんな、おつかれ

後ろ足介助

もじょもじょし出したので後ろから後ろ足持ってうんこの姿勢にしたらすぐ出た

おつかれおつかれ！！！！！！！！！

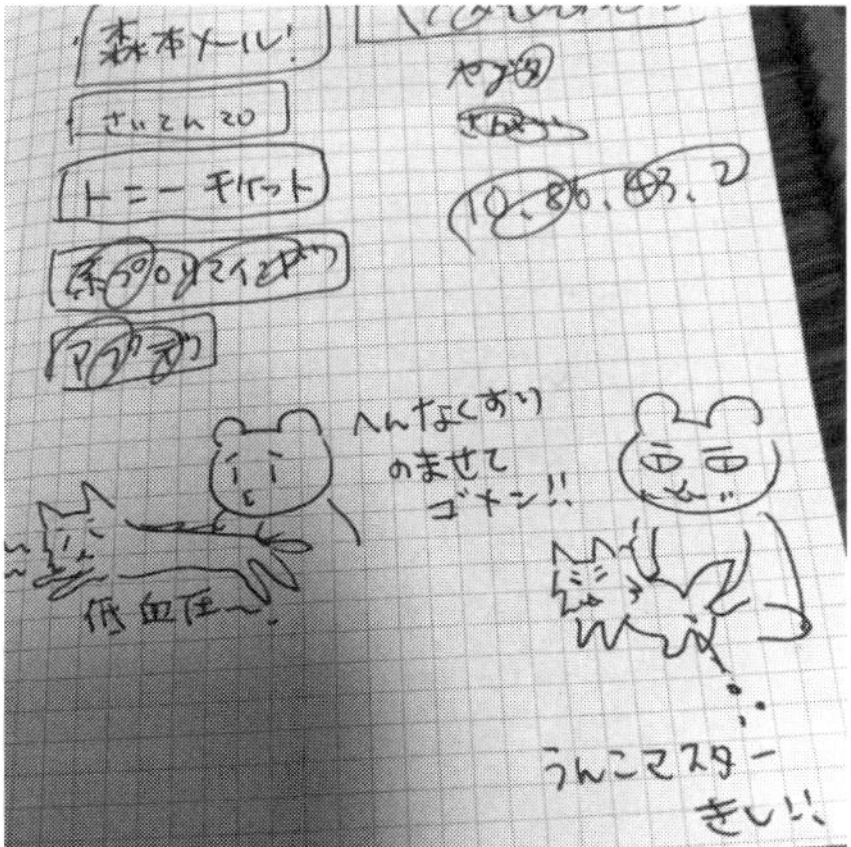

だ。

こないだ病院に連れて行って帰ってきて、キャリーバッグから出すとき、敷いてあったブランケットにガブリと噛みついて離れなくて、噛みついたままブランケットと一緒にバッグから出てきたの、かわいかったな。

おさい先生がAmazonで猫の介護食、流動食を注文してくれた。いろんな種類を買って試してみて、食べてくれるものを見つけよう。

流動食をあげるための太いシリンジも買う。

おさいに介護を任せて仕事部屋にこもったりしてみたけどぜんぜん何も書けない。原稿の校正とか、そういうのはできるけど、小説とかを新しく書く、みたいなことが一切できない。

2023／3／3（金）

もう今日が何曜日かわからんな。

「おは曜日」っていう言葉があって、それは「何も仕事せずに休む日」のことだ。実際はほんとに一日一切仕事しないっていうことは難しいんだけど、それでも「今日は何もしないぞ！　のんびり過ごすぞ！」という宣言をするときに「本日、おは曜日！」と叫ぶ。ということをしていた。20年ぐらいしている。

穏やかで優しくて、人懐こくて、朗らかでよく喋るおはぎは、「休日」の象徴だ。

当のおはぎはいまはもう寝たきりである。

大学は春休みだがおたがい何やかや忙しい。交代制のシフトを綿密に組んでいて、片方が出かけるときはかならずもう片方は家にいるようにしている。年末、それがどうしてもかなわず、それも8時間ぐらいおはぎひとりになってしまうということがあって、それでペット用フェンスを注文して巨大なおはぎランドを作ったのだった。

膝の上で水やごはんをあげてたんだけど、おおいかぶさる姿勢で腰が痛くなって、テーブルの上に座布団ごと乗せて、その上であげてる。とても楽になった。最初からこうすればよかった。

おはぎ、もうぜんぜん、うんこしてない。十日間ぐらいしてない。

今日は起きてすぐ、朝イチで病院に連れていった。水はしょっちゅうシリンジやスポイトで無理やり飲ませてるけど、やはり脱水になってるらしく、先週点滴してもらったらその日はかなり元気を取り戻していたのだ。調べたら自分の家で自分で猫に皮下注射で点滴することも可能で、おはぎに針を刺すのは怖いけど、それで元気になるなら、と思って、点滴ついでに、自宅点滴のことも聞こうと思って、それで病院に行った。

いきつけの動物病院は家の近所で、この家で暮らすようになってから16年、ずっとおはきなを診てもらっている。とても穏やかで優しい先生で、ちゃんとリスクも説明してくれるし、無駄に高い処置もしない。とても信頼している。

長年飼ってるとキャリーバッグもいくつか買って持ってて、先週もそれに入れて点滴を打ってもらいに行ったんだけど、もうそのバッグに入らなくなってる。手足の関節がほとんど曲がらないのだ。ぺったりと寝た状態のままそっと運ばないといけない。

朝イチで行きたかったので、がーっと家中探して、無印の旅行かばんがちょうど良い大きさだったんだけど、こんどは当たり前だけど普通のかばんだから底がふにゃふにゃで、これに入れて自転車に乗せたらおはぎがつぶされる。

いろいろ探して、おさいがリビングのテーブルで集中して仕事するときに使っていて、こないだまでおはぎコーナーで使っていた卓上パーティションを板状に折りたたんだものが、大きさもちょうど良くて頑丈、ということがわかったので、それをかばんの底に敷いて、毛布を敷いて、ペットシーツを敷いて、そこにおはぎを入れる。おはぎはもうされるがままで何の抵抗もしない。手足をまげてかばんに入れてるのがなんとなく不吉な感じで、そういう想像を頭から振り払って、自転車を出して病院に向かう。

いつもの頑丈なペット用キャリーバッグだと、自転車の後ろの荷台にワイヤーでくくりつけるんだけど、折りたたんだパーティションの板を敷いた底面以外は側面も蓋も柔らかいかばんを後部荷台にくくりつけるわけにもいかず、前ハンドルのところの買い物かごの上に乗せて、落ちないように肩掛けのベルトをハンドルにぐるぐる巻く。前輪の上は曲がるときに大きく動くから、おはぎが酔わないように最低限の動きで気をつけてゆっくり病院に向かう。

いつもの病院、いつもの先生。このところ週イチぐらいで通っている。

しかしまあ、何がどうなってても、けっきょく俺も先生も「もう22歳ですからねえ」という結論になるんだけどね。

かばんから出したらさっそく診察台の上で盛大にジョボる。先生もスタッフも慣れたものである。

点滴を打ちながら、いちおう自宅での点滴のやり方を教えてもらう。他にもちょっと検査したいことがあるとのことで、明日の土曜日の午前中にもういちど連れていくことになる。

猫を自転車で動物病院につれていく、というのが、人生でいちばん緊張し、いちばん疲れる仕事である。

そーっと自転車を漕いで帰る。5分もかからんけど、ほんとに緊張する。

おさいは今日は一日中出かける日で、夜も大阪の同和地区での講演会があり、遅くまで帰ってこれない。めちゃめちゃ後ろ髪引かれながら、朝イチで、私が病院に出かける前に、もう出ていかはった。

帰ってきておはぎをリビングのテーブルの上の座布団の上に乗せてブランケットをかける。しばらく休ませる。

仕事が手に付かない。息をふかく吸うと足の先の血管がぴりぴりと痺れて、血のなかに酸の泡が行き渡っていく感じ。力が抜ける。

いま夕方。今日の分のおはぎ日記を書き出してから8時間ぐらい経ってる。今日はほんとに、何の仕事もしなかった。ただテーブルの上の座布団の上で目を開けたまま寝てるおはぎの前で座ってるだけの一日だった。

おさいも出かけてて、おはぎと二人で、リビングでずっと坂本龍一の「hibari」を静かにかけている。

光の粒が無音で降り注ぐ。

坂本龍一ももうあかん感じだね。ファンもメディアも、まわりの視線もそんな感じ。

粗相をするようになったのは去年の4月だった。

ずっと、日中は好きな場所で寝て、夜寝るときは3階の寝室まで自分でやってきて布団のなかで一緒に寝て、夜中にトイレに自分で起きて、2階のトイレまで自分で行って、自分で3階の寝室まで戻って来て、私たちが寝ているベッドまで自分で登って来ていたのだ。病気ひとつせず、ほんとうに手のかからない子だった。

4月に粗相をするようになった。トイレの手前で、床でおしっこするようになった。

でも体は元気で、ああ認知症が始まったんだなと思って、でもしばらくは好きなようにさせてた。粗相するたびにいちいちアルコールで床を拭き掃除していた。そのうち粗相の回数が増えて、トイレのまわりや、しそうなところにペットシーツを敷くようになった。そしてそのうちそれも間に合わなくなり、3階の寝室や廊下に新しく、猫トイレをたくさん設置した。Amazon で広くて浅めの猫トイレを買って、そこに砂を入れた。そしてそのまわりをペットシーツで囲んだ。

夏頃になって階段の上り下りがおぼつかなくなって、2階のリビングでずっと過ごすようになり、やがてトイレの低い段差すら登れなくなって、だから、新しく設置した臨時トイレだけでなく、ずっと使ってたメインのトイレも撤去して、トイレの場として慣れ親しんだその場にシーツを敷き詰めて、もうそこでしていいよ、ということになった。

認知症が進行し、自分でトイレの場所まで行かずに、ところかまわず粗相するようになると、最初はすでに書いたように、自由に好きな場所でさせて、いちいち俺たちが床の掃除をしてたけど、さすがに何かそれも哀れで、そしてそのうち俺たちも学習した。おはぎが同じところを小さな円周でぐるぐる回り出したらおしっこかうんこのサインなのだ。このサインが現れると、ペットシーツを敷いたトイレコーナーに連れていく。でも、そんなにすぐにはしてくれない。

だから、おさいが卓上で使っていた小さなパーティションの板とか、ほかにも何とか、なんか壁みたいなものでトイレコーナーを囲んで、しばらくそこに入れて、おはぎが好きなタイミングでトイレできるようにした。それまではぐるぐる回り出したらトイレコーナーにおはぎを連れていって、そこから出ようとすると手で止めて、おはぎがトイレをすますまで10分でも20分でも30分でも1時間でも見守っていたのだ。もちろん夜中もやっていた。自分で3階まで来れないおはぎをひとりで2階に置いて寝るわけにもいかないので、1日交代でどちらかひとりは2階のソファでおはぎと一緒に寝るようにしていた。夜中におはぎがもぞもぞと起き出すとおしっこの時間である。そっとおはぎを抱っこしておはぎのトイレコーナー、「おはぎコーナー」まで連れていって、そこでおはぎがおしっこをするまで10分でも20分でも30分でも1時間でも起きて見守っていた。

同じこと何回も書いてるよね。

そのうち規則性に気が付くようになる。ほぼ6時間プラマイ2時間ぐらいの幅でおしっこをしているのだ。うんこは1日1回、時間はわからない。でも固形のうんこはむしろ片付けるのが楽だった。問題はおしっこだ。ローコスト住宅のこの家の床はすべて杉の無垢板で、とにかく水気をよく吸って、染みだらけなのだ。でも、おはぎがおしっこをしたところは、ペーパータオルとアルコールスプレーで徹底的に拭き掃除するので、逆にそこだけ真っ白になっている。

2階のリビングの床に、おはぎがおしっこをしてそのあと掃除されてた、フットボールぐらいの大きさの真っ白な跡が無数に残っている。

おさいとおはぎの粗相の時間をショートメールで共有するようになった。「16:00 床ジョボー」

「21:15シート」「10:30コーナー」「12:00うんこ」「3:00布団」

そしてついに、大型のペットフェンスを注文し、60㎝×120㎝の大型の「おはぎランド」を設置することになる。下に半分に折った毛布を敷いて、そのうえから人間の介護用の大型シートを敷いて、またそのうえから小さなペットシートを敷き詰めて、おはぎがくるくる回り出すとそこに放り込む。これで夜中もずっと側にいて見守らなくてすむようになったけど、それでも朝までそこにひとりだとかわいそうなので、結局はおしっこするまでずっと見てたけど。

あの足音、毛布とシートを何重にも敷いてやわらかく暖かくしたおはぎランドを、ぐるぐるとただ回り続けるおはぎの、さくりさくりという足音が耳に残っている。

おなじこと何度も書いてるよね。

覚えてることはぜんぶ書き残したいと思うから、どうしても記憶にあることを何度も書いてしまう。

おはぎ、今日はごはんもほとんど食べなかった。

2023/3/4(土)

いつもの動物病院、土曜日でも午前中は診察してくれるので、いよいよ自宅用の点滴の準備をするためにおはぎを連れていこうとして、昨日用意した無印のカバンに入れようとしたらとつぜん、聞いたことのない大きな声で叫び声をあげて、カバンのなかで大量の粗相をした。

カバンから出して抱き上げてみると顔をのけぞらせて目を剝いて、口で息をしている。

自転車は1台しかなくて、だからその朝は、おはぎを俺が自転車で連れていくことになっていて、おさいは10分ぐらい前に歩いて家を出て、その動物病院に向かっていた。おたがい仕事で出かけることも多いので、点滴のやり方はふたりとも覚えておく必要があったけど、自転車が1台しかなくて、それでおさいが先に病院に向かっていたのだ。

連れていったほうがおはぎのためにはいいんだけど、どうしてももうそれが無理になって、もうダメなのかなと思って、おさいにメッセージして、連れていけない状態なので、はやく帰ってきてと言ったけど、でもあんまりパニックみたいなメッセージして怖がらせて焦らせてもいけないので、なるべく冷静に、平静に、できれば早く戻ってきてね、とメッセージした。つもりだった。後から見返すと「もうだめかも」とか書いてた。

おはぎをもういちど2階に連れていって、高級飲食店で使われる感じの、分厚くて大判のおしぼりナプキンをまとめ買いしていたので、それでおはぎの顔と体を拭いた。ごめんなごめんなと謝りながら。

記憶が曖昧だけどたしかこのときひとりでおはぎと一緒に自撮りしている。これで最後かなあと思って自撮りした。

おさいがしにそうに青い顔をして帰ってきた。とりあえず大丈夫、ちょっとカバンのなかで粗相したけど大丈夫やでと言ったけど、おはぎはもう、荒い息をして、ときどき頭をのけぞらせて、痙攣するみたいになってる。ああ、ああと、ただ俺もおさいもおろおろする。

病院に連れていくのをやめよう、ということになった。いちおう、予約じゃないけど、今日の朝もっかい連れてって点滴のことを教えてもらうということになっていたので、先生に電話して、ちょっともう連れていけない感じなので、今日はやめときます、と言う。それまで点滴を打ったらすこし元気になったりしてたんだけど。

もううんこもずっとしてないし、水もあんまり飲まなくなった。ごはんは、流動食をなんとかシリンジで歯の間に流し込んでるけど、ちょっとぺろぺろするぐらいで、食欲もない。

もうほとんど頭も起こさずに、ずっと横向きに、ぺったんこになって寝ている。お腹がしずかに上下して、呼吸を続けている。

手をにぎると爪をたててにぎり返そうとする。「にぎにぎ反応」である。

ずっと手をにぎって、にぎり返してもらう。にぎにぎ反応をiPhoneの動画で録る。

そのままリビングのテーブルの上に座布団ごと乗せて、ずっとそのまま、俺もおさいもおはぎを見守っていた。

完全に立てなくなったので、おはぎランドのシートの上でもおしっこをすることはできない。寝たまま、垂れ流しだ。おしっこをするたびに苦しそうに、痛そうに叫ぶ。

夜になり、もうええやろ、もうこれ使わんやろ、と思って、おはぎランドを撤去する。掃除機もかけたっけな。小さいペットシートを20枚ぐらい、その下に人間用の大きな介護シートが2枚、その下に半分折りにした毛布と、足りない部分を埋めるために小さく折り曲げたタオルケットが2枚。

フェンスもバラして、もとのおはぎコーナーのところに放り込む。そこはいつのまにか、おはぎの介護用品コーナーになっていて、大量に買いだめしたペットシート、人間用シート、ペーパータオル、アルコールスプレーなどが積んである。

この家を建ててから16年、ずっと同じ場所に置いてあった水のお皿も撤去する。もうここで水を飲むこともないだろう。自分で立てないからね。水もごはんももう、スポイトやシリンジであげつづけるしかない。だからもうこれは要らない。

おはきなを拾ったばかりのとき、ふたりもいるから大きな水のお皿で、と思って、大きな耐熱ガラスの器を猫の水専用にしてたけど、水を換えるたびに重くて、だからあれはいつだろう。10年ぐらい前かな。たしかＩＫＥＡで、白いプラスチック製の、大きなサラダボウルみたいなやつを買って、それをおはきなの水入れにしていた。

猫の水はね、ご飯の場所と離して置いといたほうがいいですよ。

ということをネットで聞いてからそのとおりやってみたら、とにかく水をよく飲むようになった。これを読んでいるひと、もし猫のごはんと水を並べて置いてたら、何メートルか離したほうがいいよ。

長生きするよ。

実はおはぎ、8年ぐらい前に、腎臓が悪くてもう余命3ヶ月ぐらいしかないって言われた。たぶん、水をよく飲むようになってから、かなり腎臓も良くなったんだろうと思う。良くなるのかどうかわからんけど。

あと、口内炎が広がって一切ごはんを食べられなくなったときもあった。猫の口内炎って、口中に広がって水も飲めなくなって、死ぬこともあるんだって。

そのとき医者で聞いたのは、どうして治るのかもよくわかってないんですが、上下の奥歯を全部抜くと、8割ぐらいの確率で治ります。どうしますか？

どうするもこうするも、その手術やってください。でもすでに高齢ですからね。いいから手術してください。おはぎめちゃめちゃ元気なので。毎日一緒に暮らしてるからわかります。

ただ、その手術、10万円かかります。

ぜんぜん払いますのですぐその手術してください。

一泊手術で帰ってきて、抜糸するまで痛そうでかわいそうだったけど、それからずっと元気だ。途中できなこが急に亡くなったときに、きなこも同じ手術をすればもっと長生きしてたんだろうかと思った。きなこの口内炎はそれほどひどくなかったのだ。

あれから何年も経つけど、いまだに思う。ここで10万円出せないひとも少なくないだろう、と。私も大学に就職するまえは、専業非常勤講師で、年収100万円台だった。当時ならとても無理だっただろう。いまこの10万円を出せばこの子が助かるかもしれない、というときに、その10万円が出せないことも、人生にはある。

不妊治療をしているときもずっと思ってた。次の排卵日にもういちどやれば子どもができるかもしれない、でもその、あと1回の費用がない。というひとは多いだろうと思う。

けっきょく子ども、できなかった。いろんな理由があるけど、お金の問題ももちろん大きい。

もうおはぎは自分でベッドから出られなくなってるし、交代で2階で一緒に寝る意味もない。おはぎランドも撤去して、ひさしぶりに広い床が現れた。半年ほど、ひとりは3階の寝室でひとりで寝て、ひとりは2階のソファでおはぎと一緒に寝る、という生活を続けてきた。ひとりで上で寝るのはとても寂しくて、でもぐっすり寝れた。おはぎと一緒に寝るのは楽しいしかわいいけど、ソファは狭くて固くて、夜中におはぎに起こされてトイレ介助もせなあかんくて、ぐっすりは眠れない。一晩ずつこの繰り返しだった。でももう一緒に寝てもええんちゃうか。去年の夏ごろまでずっと22年間そうしてきたように、みんなで一緒に寝ようか。きなこはもう何年も前にいなくなったから、４人全員で寝ることはできないけど、それでも半年ぶりぐらいに３人で、３階の寝室で一緒に寝ようか。

座布団にシートを敷いて、それごとおはぎを3階に運んだ。半年ぶりに来る寝室を見てどう思っただろう。ほとんど働かなくなっている脳のなかで、この場所知ってるなあ、ここは居心地のいい場所だって知ってるなあと思っただろうか。ここできなちゃんと一緒に寝てたなあ。

３階の寝室がいちばん日当たりがよくて、静かなので、暑くなる真夏以外は、昼間はこの部屋で寝ることが多かった。掛け布団の上で、まるで穴を掘ったように、自分の作った大きな窪みのなかですやすや寝ていた。ウチでは「ぽっすんこ」と呼ばれていた。朝、ベランダを開けると、ふたりは飛び出していって、朝日を浴びて、なぜかぱたんぱたんと横になって寝返りを繰り返していた。まるでぱたんぱたんしているのを俺たちに見せようとしてるみたいで、ウチでは「ぱたんぱたんショー」と呼ばれていた。

ベッドの上で、あるいは寒いときは押入れのなかに自分でジャンプして布団のあいだに潜り込んで、よくおはぎときなこはこの部屋で寝ていた。

なぜ3月4日の夜、おはぎランドを撤去して、水も片付けて、それまで半年間交代で寝ていたソファではなく、寝室で3人で久しぶりに寝ようと思ったのかわからない。とりあえず夜中にジョボられるだろうから、寝室のベッドに大きな人間用シートを敷いて、くっつけてある二つのシングルベッドの真ん中に、隙間に落ちないように座布団を敷いて、ペットシートを敷いて、その上におはぎを乗せて、おれの布団をかぶせて、その夜は寝た。

夜中に俺のいびきがうるさいとおさいから怒られて、寝ぼけたままわかったよわかったよと、俺の布団のなかに寝かせていたおはぎを、座布団ごとぐいとおさいのほうに押しやって、反対側を向いて寝た。おさいはそのまま、自分の布団のなかに座布団ごとおはぎを入れて、朝までぐっすりと寝た。

きなこはもう6年前にいなくなったから、４人家族の完全な姿ではなかったけど、それでもその夜は半年ぶりの、３人家族の寝室になった。

２０２３／３／５（日）

朝起きてまず聞くのは、「おはおる?」だ。もう何ヶ月も、「おはおる?」って聞くのが続いている。ふたりで家に帰ってきたら、まず俺が風呂を入れる。そのあいだにおさいは、自分が着替えるまえにすぐに2階に駆け上がっていって、おはぎの姿を確認する。俺が「おはおるー?」と大声で聞くと、おさいはいつも元気に「おるよー」と2階から返事をする。

朝。ひさしぶりに3人で寝て、思ったより良く寝て、おはおる?って聞くと、布団のなかからおさいが「おるよ!」と、朝に弱いくせに元気に答える。

よかった。うん、元気そうやで、とおさいは言う。

そのまま起き出してコーヒーを淹れる。その日によって違うけど、だいたいいつも俺が先に起きるから、コーヒーを淹れるのは俺のほうが多い。お湯を沸かしているあいだに、洗い物が溜まってたら洗うこともある。ほんとうは紅茶のほうが好きだけど、おさいが朝は絶対コーヒーで、だから結婚して24年か25年か、朝はずっとコーヒーだ。昔は豆を挽いたりしてたけど、さすがにめんどくさくなって、粉にお湯をぶっかけるだけのやつになっている。

おさいが座布団に乗せたままのおはぎを抱えて2階まで降りてくる。テーブルの上に乗せるとすぐに水をあげる。シリンジで水を、口の横の歯の隙間からちょっとずつ注ぐと、寝てるのか起きてるのかわからんようなぼんやりとした顔のおはぎが、それでもなんとかぺろぺろと舐めて、ごくんと飲み込んでいる。水は飲むねんな。水は飲めるみたいやな。

流動食もあげようとしたが、ほとんど食べない。それまでわりと、ぐいぐいと口を開けてその中に流動食を流し込んだりもしてたけど、ぜんぜん食べたがらないので、まあ今はまだええんちゃう、好きにさせたったら、ということになる。昼ごろになったらお腹も空くやろ。

水だけ、またちょっと飲ませる。几帳面なおさい先生は、シリンジの目盛りをいつも読み取って、何時に何ccと、いつも記録している。

いい天気だった。素晴らしい、春の陽気だった。眩しいくらいの朝日がリビングにいっぱい入ってくる。

この家は猫のために建てたのだった。わざわざ車の入ってこない路地裏を選んで、でも日当たりや風通しも大事だったから、南側に大きく空間をあけて、隣の家から離して建てたのだった。駅から2分の、建物が建て込んだ密集地で、それでも日当たりを確保するためにそうしたのだった。

1階と3階にわざわざ特注の猫ドアを付けてもらって、おはぎもきなこも、若くて元気なときはそのドアから1日に1回は飛び出していって、近所を冒険していた。おはぎはときどき、なんだかよくわかんない葉っぱや花びらを背中にいっぱい付けて帰ってきた。小さな小さな猫ドアからしゅるんと帰ってきた。俺とおさいが散歩に出かけようとするといつも付いてきた。わー困るーとか言いながら俺たちもかわいくて、4人で一緒にほんの少しだけ近所を散歩することもあった。でもおはきなはぜんぜん帰ろうとしなくて、俺たちも散歩に行きたくて、だからほったらかしてそのまま散歩に行くこともあった。1時間ぐらい歩いて帰ってくると、ちゃんと必ず、猫ドアからふたりとも帰ってきてて、好きなところでのんびりと寝ていた。おはぎもきなこも、帰ってきた俺たちを見て、あ、とうちゃんかあちゃん、おかえりーと言った。

結婚してすぐにおはきなを拾って、住吉区の小さなアパートで5年ほど家族4人で暮らし、ようやく俺の就職が決まって高槻に4人で引っ越してそこで1年半、そのあといまの場所に引っ越して、ここで16年。

細かいところまでプランを自分で決めたら、あとは大学の後輩の建築家に図面を引いてもらって、とことん自分で納得のいくように建てた。猫のための小さなドアも付けた。おはきなが快適に暮らせるように、床にはなにも塗らずに無垢板のままにした。屋上へあがる小さな階段も付けたが、これはきなこは怖がって登らず、おはぎだけが俺に付いてきて、一緒に屋上から大阪の街を眺めた。

ほんとうに日当たりの良い家で、午前中のリビングには朝日がいっぱいに入る。おはぎはテーブルの上の座布団の上のシートの上で静かに呼吸をしている。でもときどき、やっぱり、苦しそうにむせたり咳き込んだりすることもある。

そのうち、シートの上で寝たままおしっこをした。大きく叫ぶ。

あれは痛かったんだろうか。関節炎とか膀胱炎とか、いろんなところがひどく痛んでいたんだろうか。

俺専用の安楽椅子に座って、足をもうひとつの椅子に預けて橋桁みたいにして、その膝の上に毛布を敷いて、おはぎを乗せる。

乗せたまま自分で写真を撮る。おさいも、膝におはぎを乗せた俺を、後ろから撮っていた。

どんどん呼吸が小さく、乱れがちになってくる。

ときおり痙攣する。

もういちどテーブルの上に戻すと、おさいは向かいの席から俺の真横に椅子を持ってきた。ふたりで並んで、おはぎの前に座った。

テーブルの上におはぎが寝ている。その前で、俺とおさいが見守っている。

あのときどうしておさいが俺の横に来たのかわからない。ずっと向かい合わせに座っていたのに。

それを言うなら、どうして前の晩に半年ぶりに3人で寝ようということになったのかもわからない。

俺の膝の上に乗せてるとき、おはぎの呼吸が一度、止まった。あれ？あれ？と思って、耳もまったく聞こえなくなっているのにおはぎおはぎと大きな声で呼んで体をゆすったら、あえぐように強く大きく息を吸って、また呼吸が始まった。

そのあとテーブルの上に乗せてふたりで並んで、俺はおはぎの背中を撫でて、おさいはずっとおはぎの手を握っている。

おはぎはもうずっと目を閉じている。ただ呼吸をしている。

きらきらと陽の光がおはぎに当たっている。部屋中に朝日が反射している。とても静かだ。小さなおはぎの、息を吸ったり吐いたりする音も聞こえる。

呼吸が止まった。

あ、死んだ。そう思った。おさいも、自分の息を止めていた。

いまここで、おはぎにまた呼びかけたら、また呼吸が再開するかもしれない。でももう、おはぎを行かせてあげたかった。もう無理せんでええんやで。

だから手を離して、ただ呼吸を止めたおはぎをじっと見た。

急に、はあああっとおはぎが大きく息を吸った。おれもおさいもびっくりした。

ずっと水のなかで溺れていたひとがやっと水面に出たときに吸うみたいな吸い方だった。苦しいんだろうか。苦しいという感覚だけはかろうじて感じていたのだろうか。

静かになる。また呼吸が止まった。

もういちど大きく、はああああっと息を吸った。

そして静かになった。

もう引き止めることはしなかった。死んだ。

頭と体を持って抱き上げると、ぐにゃりと、ただの毛皮と肉のかたまりになっていた。硬直するまえにおさいに抱っこしてほしくて手渡すと、おさいはそれまでずっと、何度も何度もそうしてきたように、スプーンでごはんをあげるみたいに、膝の上に抱えこんで、覆い被さった。そして大きな声でおはぎの名を呼んで、泣き出した。

この世界に置いてきぼりにされた俺たちふたりは、いつまでも大きな声で泣いた。

そっとおはぎを座布団の上に戻す。もう何の反応もなくて、死んだんだなと思う。

子どものころに飼ってた犬も猫も、そしてきなこも、それまで死ぬ瞬間を見たことはなかった。うまれて初めてこのとき、私もおさいも、家族が呼吸を止める瞬間を見た。

しばらくの間、きらきらと金色の日があたるリビングで、真ん中のテーブルの真ん中におはぎを置いて、泣いたり歩き回ったり、おはぎが宇宙から消えたことについてどう思うかをお互いに話し合ったりした。きなこのときは突然だったけど、おはぎはもう、何ヶ月も前からわかってたことだからね。そうはいっても何の慰めにもならんね。

不思議だった。いまから考えてもほんとうに不思議だけど、テーブルの上で横たわっているおはぎのお腹が、ゆっくり上下しているようにしか見えないのだ。おさいもまったく同じで、息してるようにしか見えない、と何度も言った。「まるで息をしてるかのように見える」のではなく、目の錯覚で自然に動いて見える渦巻き模様のように、ほんとうに上下して息をしているようにしか見えないのだ。

何度も何度も、あれ、動いてへん？　息してるんちゃう？　と言って、そのたびにおはぎに触って、でもそのたびにそのなかにおはぎはいなくなってるということがはっきりした。

11時か、12時ぐらいだったかな。午前中からずっと二人で見守って、一瞬だったような気もするけど、でもテーブルのおはぎを前にして何時間か経ってたんだろうな。

昼過ぎに、きなこと同じ火葬場で焼いてあげようと、生駒の動物霊園に電話した。日曜日だったけど、焼いてくれるとのことで、そうですか、それではすぐに持っていきます。はいどうぞ、このたびはまことにご愁傷さまです。ただいま少々立て込んでおりまして、17時ぐらいになります。わかりました、17時ぐらいに連れていきます。

Amazonで買ったウィルキンソンの炭酸のペットボトルの箱が丈夫で、ちょうど良い大きさだった。考えたらこの箱、ずっと1階の廊下に置きっぱなしになっていて、それはきなこのときに動物霊園に持っていくやり方を覚えていて、だからおはぎのときもちょうどよい段ボール箱が必要になるなと、頭のどこかの片隅で思っていて、だから捨てずに置いてあったのかもしれない。

おさいがぼろぼろに泣きながら、近所のスーパー行ってくるわと言う。近くに大きなスーパーが何軒もあるけど、そのうちのひとつに、入り口の花屋さんのコーナーでいつもかわいらしい切り花を売ってるところがあって、そこに行くという。

両手にたくさん花束を抱えてすぐに帰ってきた。買い占めたったわと笑う。

おさいは手芸とか花とか洋裁とか料理とか冠婚葬祭のマナーとか、そういうことに詳しい。自分の地元が嫌で、自分の親族が嫌で、自分のジェンダーが嫌で、自分の身体が嫌で、それで地元を離れて大阪に出てきて社会学と出会って社会学者になって、選んだ研究テーマが部落差別で、そして部落差別というのはようするに、封建的な家制度と深く強く結びついた差別だ。心の底から日本の家父長制や家制度や身分制度を憎んでいて、でも、それでも本人はお嬢様育ちで根はお嬢様で、手芸とか花とか料理とかに詳しい。

明るくて静かなリビングで、おはぎを目の前にして座って、黙ってたくさんの花束から花を一本ずつ抜き出して、テーブルの上で茎から切り落とした花を琺瑯バットの上に積み重ねていった。お花でいっぱいにしてあげるねん。おはぎはガーベラみたいやから、ガーベラたくさん買ってきてん。黄色やピンクの、明るい、かわいらしい、素朴なガーベラの花は、たしかに明るくて優しくて穏やかなおはぎによく似ていた。

スーパーで売ってる花束だから、ガーベラ以外にもたくさんの花が入っていた。どれもみな、おはぎに似ていた。

だんだんおはぎの体は冷たく、固くなっていった。

ウィルキンソンの箱のなかにおさいの膝掛けのブランケットを敷いて、そのうえにおはぎを乗せた。もう手足も硬直して曲がらなくなっていたけど、なんとか入った。

おさいがたくさん、小さく切った花を敷き詰めた。

時間よりだいぶ早かったけど、おはぎと一緒に3人で家を出た。

二人ともなにも食べてない。

地下鉄のなかでこっそり段ボール箱を小さく開けて、おはぎの姿をのぞいた。まわりにお客さんがいたけど、触ってみた。冷たくて硬かった。

地下鉄中央線の新石切でおりて駅前でおはぎの箱を抱えて待っていると、きなこのときと同じ軽ワゴン車が迎えに来た。よっこらしょと乗り込む。こういう仕事も大変だろうな、冗談も言えないし。客がずっと泣いてる。大変なお仕事だよね。

生駒の山のなかをうねうねと登っていくと、大きな大きな、ひろい霊園に出る。きなこのときと同じ場所だ。きなこを焼いたとき、いつかおはぎもここに来るんだなと思った。今日がそのいつかになった。

待合室に祭壇があって、そこにおはぎを箱から出して、置く。

1時間ほど待つ。ずっとおはぎを見る。ほんとうにお腹が上下して、息をしてるみたいに見える。何度も何度もおさいと、不思議だな、不思議だなと言う。

霊園の駐車場から大阪の街の全体を見渡せる。ものすごい絶景。だんだん日が暮れていって、夜景になる。きらきらと光って、星空みたいだな、と凡庸なことを思う。オプションで千円払うと待合室に般若心経のCDをかけますがと言われ、笑いながらお断りする。きなこのときも遠慮した。猫に宗教は関係ないからね。

自分の葬式はどうしようかな。

おはぎの順番が来て、別の専用の白い箱に入れられて、ワゴンに乗せられて、焼き場まで行く。小さなガスチャンバーに入れられて、頑丈な扉が閉められる。係のひとがスイッチを入れると、ボワッと大きな音がして、ガスに火が付けられる。

おはぎが燃やされている。灰になる。

大阪の夜景が一望できる駐車場まで戻って、そこで号泣した。自分の体の中から壊れた機械のような声が出た。

また1時間ほど待つと、おはぎは灰になった。係の方に呼ばれて焼き場まで行く。ガラガラと引き出しが出てくると、そこに小さな、猫の形をした白い骨があった。おさいとふたりで、長い箸で、骨のかけらをひとつずつ拾って骨壺に入れる。おはぎのしっぽは、いちばん先っぽが鉤のように小さく曲がっていた。しっぽだった骨のいちばん先っぽの小さいかけらも、ちゃんと曲がっていた。ほんとにこれおはぎなんだな、と思った。

きなこの骨壺は金色の箱に入れてもらったので銀色のほうをくださいというと、ああすみません、モデルチェンジしたんですよ、と言われる。ぜんぶ白いのになっちゃったんです。見本をみると銀色っぽかったので、ああそれでいいですよと言ってそれにしてもらう。

よく見ると、おはぎの箱には小さなハートマークが印刷されていた。

きなこに「おはちゃん、それ何よ。ダサいわね」って言われてるやろうな、と言って少し笑う。

駅までまた軽ワゴンで送ってもらう。すっかり夜になっていて、山道は真っ暗だった。おさいはおはぎが入った小さな箱を膝に抱えて、黙っていた。

家に帰ってくると、そこは真っ暗で、誰もいなくて、寒かった。街全体の灯りが消えたみたいだった。家に帰ってきて、扉を開けて、そこに誰もいなかったから、またふたりで泣いた。

２０２３／３／６（月）

22年ぶりにふたりっきりで寝る。寝る前にデパスを飲んだ。めずらしくおさいも飲んだ。意外によく寝て、早朝に目を覚ましてしまう。よく寝てないのかもしれんけど。

これまで半年、ずっと生活の中心がおはぎの介護だった。それはとても忙しくて、集中して考えなければならないことも多くて、何ていうか「戦闘中」の状態が続いていたけど、それがなくなって、朝起きてもやることがない。家のなかがほんとうに静かで、がらんとしていて、埃っぽい。

とりあえずコーヒーを飲んで、やることがないなあ、ヒマだなあと言う。近所のファミレスで朝ごはん食べようか。そうしようそうしよう。

近所のファミレスの朝ごはんがいつも美味しそうで、でもなかなか行く機会がなかったけど、別にもういつどこに行ってもええんやな、いつでも好きなときに家を空けていいんやなと言って、じゃあせっかくやしあのファミレス行こう、ということになって、行く。

開店直後で、店内は誰もいなくて、俺たちがはじめての客で、貸切状態だった。俺は和食、おさいは洋食。美味しかった。美味しいな美味しいなと言いながら食べる。店内はがらんとしていて静かだ。

そのあとなぜか近所のスーパーに行く。朝11時開店だが、10時50分ぐらいに着いて、まだ準備中だったので、しかたなく前の駐車場のところでふたりで黙ってぼんやりと待つ。ちらほら他にも待ってる客がいて、みんな高齢者だ。なんか俺たちも高齢者みたいやなといって笑う。

そういえばコロナでロックダウンのときも、朝スーパー行って、昼飯つくって食べて、おたがいの小さな書斎で仕事して、夕方散歩して、晩飯つくって食べて、風呂入って寝る、という生活が何ヶ月も続いて、まるで定年退職したあとの老後やな、と言っていた。

開店したスーパーで適当なおかずを買い、家に帰ってご飯を炊いて、各自で適当に納豆とかキムチとかで、ほんの少し食べる。ほんとうに高齢者みたいだ。

もう老後なんだろうなと思う。

一日経ったけど（まだ一日しか経ってない（笑））、まだ慣れない。なにかの日常的な、無意識の「動作」をするたびに、まるで「まだいる」かのように思う。

そろそろごはんかなとか、水換えたっけとか、あした衣笠（立命館）行くけどそんな時間にひとりにして大丈夫かなとか、ちょっとした動作をするたびに反射的におはぎのことを考える癖がしみついている。

洗濯物をたたむとき、皿をふく布巾が大量にあって、それで泣く。スプーンでやわらかいごはんをひとくちずつ食べさせるときに、首に巻いていた。高級レストランのナプキンみたいだなといって笑った。

この数ヶ月、よく笑ってたけど、必死で介護してたんだなと思う。ほんとうは必死になってた。余裕がなかった。まるでひとつの軍隊のようになっていた。

いまは平和だ。

元気なときは、家中の引き戸のドアをすべて半開きにしていた。おはきなが通れるようにしていたのだ。いまはその必要もなくなった。もう数ヶ月も前から、家のなかを好き勝手にうろうろ歩くどうぶつはいなくなっていた。

おさいが意地でもソファに座ろうとしない。ここで半年間、一緒に寝ていたからだ。

今日も、寝る前に、反射的に無意識に、きょうはどっちがどっちで寝るんだっけと思って、それですぐに、ああもういないんだ、もうこれからは毎日三階の寝室で寝るんだと思う。つまらんな。

ここ数日、ずっと頭と胸が痛くてデパスを飲んでいる。めずらしくおさいも欲しがったので、一錠あげる。ほんとはあげちゃいけないんだけどね。

昼過ぎにいったん寝てしまい、また起きてまた散歩行って、でもすぐに帰って、すぐに寝た。

散歩や買い物に出て、帰ってきて、家のなかに誰もいないことに気づくときにいちばん泣く。

2023／3／7（火）

6時半に目が覚めてそのままベッドのなかで、どっちの布団のなかにもおはぎがいないんだなと思う。布団のなかでiPhoneでおはぎの写真を見て、おさいを起こさないようにすすり泣く。寝ていられなくなったので起きて2階のリビングにいると、ただ朝日がまぶしくて、おはぎがいないことにガッカリする。

よくソファの上の日の当たるところで寝てた。眩しそうにしてて、レースのカーテンを引いてあげたりした。

リビングをぐるぐる回る。なにもやることがない。

とりあえずコーヒーを淹れる。

しばらくして起きてきたおさいも、家の中におはぎがいないことに気づいてわんわん泣いてた。

二日経って、むしろだんだん辛くなってくる感じ。今朝も天気がよくて、リビングの大きな窓から見える空が青い。

こんなにいい天気なのにおはぎがいない。でも、無意識に、おはぎの世話のことを考えてしまう。ごはんあげたかなとか、いまどこで寝てるかなとか。

ちゃんと息してるかなとか。

「ああ、いないんだ」「ああ、おらへん」何回も言っちゃうし、おさいも何回も言ってる。

ソファでよう寝やん。

とにかくやることがない。こんなに暇だったのか。

京都の衣笠へ。立命館の研究室を空っぽにする作業。京大ではなく、自宅の近所に借りた仕事部屋にぜんぶ運ぶ予定。京大のあたらしい研究室はたぶんほとんど使わないと思う。やっぱり遠いからね。

阪急電車で西院へ。電車のなかで「にぎにぎ反応」を思い出す。途中の茨木の駅で客がたくさん降りていくのを見て、おはぎみたいやなと思う。おはぎも俺たちの人生から途中下車していった。いま降りていく客も、おはぎも、二度と会うことはない。

タクシーで立命館の先端研の研究室がある建物へ。もうここに来ることもないんだなと思う。立命館の同僚や職員さんからみたら、途中下車していったのは俺だ。

火葬されるまえのおはぎに何度も顔を押し付けて、おさいはそのにおいを嗅いでいた。まだにおい残っとるよ、まだ残っとるよと言っていた。忘れないように、何度も匂いを嗅いだんだろう。

平野神社のところにフルーツパーラーがあって、そこでフルーツパフェを食べようとしたけど満席で、仕方がないのでフルーツサンドを買って立命館に持っていく。業者さんの集荷まで時間があったので、キャンパスの芝生のところの、野外のテーブルで食べてたら、院生に見つかった。

研究室で業者を待つ。荷物はすでにほとんど段ボール箱に詰めている。おはぎの介護の合間をぬってなんとか箱詰めしていたのだ。ばたばたっと業者さんが来て、ばたばたっと段ボールを詰め込んで、ばたばたっと去っていった。小さなソファを運ぶとき、ひとりのひとが「こうしたら運びやすいですよ」って言って、クッションと背もたれをうまいこと畳んでまとめた。私たちが

「おお」と言って感心すると、笑いながら、僕こないだまで家具屋やってましてん、と言った。

いろんな人生がある。みんな生活史。

平野神社のところのインド料理屋で軽く食べる。店員はインドのひとで、もう一組の客は中国人留学生で、店内で日本語喋ってるのは俺たちだけだった。

夜の京都を東に向かって歩く。久しぶりにかなり歩いた。いつのまにか百万遍まで歩く。

京都の夜は暗いよね。大阪にくらべて街灯がとても少ないと思う。

暗い街をとぼとぼと歩く。鴨川を渡る。橋のむこうに出町柳の駅の明かりがぼんやりと見える。

おはぎが亡くなったことをそろそろSNSで書かないとなあとおさいと話してて、でもTwitterとかで、おはちゃんは虹の橋を渡ってお二人を待ってますよとか、いつも近くで見守っていますよとか書かれたらほんまに嫌やな、と、笑いながら喋ってたらおさいが上を見上げて、もうおはぎはこの宇宙から消えたもん、あのときはっきりわかったもん、と言った。虹の橋の向こう側なんかおらへんし、おはぎは近くで私らを見守ったりせえへん。おはぎは消えたんやで。息が止まったとき、この世界から消えたんだなってわかったもん。

2023/3/8(水)

朝起きてすぐ泣く。目が覚めて、布団のなかにおはぎがいないことで泣き、リビングにおりてきて、がらんとしててそこに誰もいないことでまた泣く。

きのうずっと、しきりに、おさいが、好き好きって言ったらむこうもごろごろ言いながら好き好きって言ってくれる、そんな相手がもうおらん、って言ってた。同感だ。好きな相手が世界から消えてしまっただけでなく、自分のことを好きだと言ってくれる、態度で示してくれる相手が世界から消えてしまった。

人間がほんとうに愛しあえるのは犬か猫なんじゃないかとずっと思ってる。遺伝子のバグに淘汰圧が加わり、こういう奇妙なことになってるんだろう。おたがいがおたがいを親子だと勘違いしている。生物学的な勘違い。

おさいは何度も何度も、おはぎを抱っこしながら「かわいい子」と歌っていた。あのメロディーやイントネーションが耳から離れない。独特の、民謡みたいなメロディーで歌っていた。大好きよ。かわいい子。ソソソミソ。

「すきよ」とも言っていた。何度も何度もおはぎに向かって、かわいいこ、すきよ、大好きよと呼びかけていた。「んーーかわいい顔して」。

俺はまったくそういうことをしない。声をかけたり呼びかけたりはしない。言葉が通じないからだ。むしろ、動物としてのおはぎがいまどういう状態で、なにを要求していて、どうすれば快適か、どうすれば幸せかをいつも考えて実践していたと思う。

おさいは逆で、いつも擬人化して、おはぎにも言葉で語りかけるし、あるいは逆に、おはぎが喋ってる（という設定の）セリフを、おはぎっぽい喋り方でアテレコしていた。

そのうちこのおはぎっぽい喋り方が進化していって、おはぎがおはぎっぽい喋り方でだれかの物真似をしているところとか、そういう、ちょっとメタレベルのアテレコになっていった。

とにかく22年ぶりにふたりっきりになった。こんなに長い時間が経ってふたりきりになって、何を喋っていいかわからない。とにかくふたりしかいない。結婚して1年半で拾って、そのまま22年間一緒にいたから、いまさらふたりっきりになって何をすればいいかわからない。きなことおはぎの世話が人生の最大のテーマであり課題であり喜びだった。それは「最優先でしなければならない何か」だった。

家から「かわいいもの」が完全に消えた。インテリアもけっこうかわいくしてるつもりだったけど、おはきなのかわいさにはぜんぜんかなわなかった。当たり前だけどね。

おさいと何度も何度もおはぎについて語り合う。記憶を共有できるひとがいてまだよかったとは思うけど、でもそのうちどっちかも死ぬ。そうすると完全におはぎときなこの記憶を共有できるひとがいなくなるんだなと思う。

自宅近くに借りている事務所で待っていたら、きのう立命館の研究室から運び出された荷物が、別のスタッフさんたちによって運ばれてきた。集荷と配達はそれぞれのエリアごとで違うスタッフが担当するんだね。エレベーターのない4階だったので申し訳なかった。意外に早く来たので、早かったですねと言ったら、みんなで相談して、昼飯前に来たんですわ。エレベーターない4階だと、昼飯食った直後やと、吐くからね、と言って大笑いしていた。

めっちゃ申し訳ない……。

業者さんが引き上げてからのろのろしたペースで段ボール箱を開ける。立命館の研究室の荷物は、すでにあらかたここに運んであって、今回運んだのは、前回のときに容量オーバーで積み残した分だから、段ボール箱そのものは少ないんだけど、ぜんぜん力が出なくて、一箱開けるたびに休憩している。

仕事場というか事務所はいびつな形をしていて、謎の凹みがあったんだけど、その部分に小さなソファが、まるで最初から測って計算していたかのようにぴったり収まって、とても愉快な気分になった。

そして無意識に、反射的に、早く帰ったらな、と思って、ああそうか、もういないんだった、と思う。

それにしても前の晩、3人で寝れて良かった。結局あれが最後になった。なんで半年ぶりに、もう3人で寝ようか、っていうことになったのか思い出せない。あの夜、急に、おはぎランドとか水とかごはんとかをばたばたっと片付けて、がらんとしたリビングになって、そして座布団ごとおはぎを運んで、みんなで3階の寝室に行った。

なんで急にあんなことしたんだろう。

でも、それで3人で寝れたので、良かったんだけど。

ひとつずつを受け入れていくプロセスだったな、と思う。この半年から1年ほど、粗相するようになり、徘徊するようになり、目も合わせてくれないようになり、認知症の症状がいろんなところに出てきて、そして歩行困難になり、排便もしなくなり、寝たきりになり……。そして最後は食事もできなくなり、水も飲めなくなった。

そうなってから早かったなあ。

おはぎの介護が生活のなかでも最重要課題だったから、なんかもう、何ていうか、いきなり急に定年退職になって職場から追い出されたみたいだ。

2023／3／9（木）

とにかく朝起きたときがいちばん辛いな。

ひとつの動作をするたびにおはぎのことをまず思うのが癖になっている。ドアの開け閉めとか。カーテン、掃除、洗い物、外出の戸締まり、エアコンやガスストーブ。

夜になってようやくSNSにおはぎのことを書く。たくさんお悔やみの言葉をいただく。「虹の橋」とか「見守ってますよ」とかはほとんどいなかった（笑）。告知のために使う写真を選んでて、また泣く。

いっそのこと、おはぎが死んでないフリしようかと言って少し笑う。定期的にTwitterに写真をあげていこか。昔撮った写真を、いまのおはぎです、って。

なんとか飯を食っている……。ファストフードとかチェーン店とかスーパーの惣菜とかを食べてはいる。王将のラーメンとか。

食事を作る気にならんなと話していた。とくに鍋とか。

ここんとこずっと、ダイエットのために鍋を食べていた。キッチンで作ってからぐらぐら煮え立つ鍋をテーブルまで運ぶのに緊張した。おはぎにぶちまけたらあかんから、手が空いてるほうがおはぎを抱っこして避難させたりしてた。

ほとんど息吸って吐いてるだけの日々。生活のなかから、かわいいとかうれしいとか楽しいがぜんぶ消えた。

おさいは俺がおはぎを抱っこしてるところが好きみたいで写真をたくさん撮って送ってきてい

た。俺はおはぎがおさいのベッドで一緒にすやすや寝てるところが好きで、起こさないようにそっと写真撮っては送っていた。

いちばん泣くのは家に帰ってきたときだ。とくに、ふたりで買い物とかに行って、無人の家に帰ってきたとき。

昼間散歩しようと思っても気が晴れない。家のなかが完全に無人になってると思うと、家がかわいそうで、それ自体がさみしくて、結局すぐに帰っちゃう。

「家がかわいそう」ってめっちゃ変な言い方だけど。でも、おはきなのために設計して建てた家なので、誰もいなくなって、ほんとうにかわいそうだ。家も寂しいだろうなと思う。

家が完全に無人になるのは、22年間で数回しかなかったんじゃないかな。ふたりで出かけているときもおはきなは家にいたし。最近は俺かおさいのどちらかが必ず家にいておはぎの介護してたし。きなこが亡くなったあとで、ふたりでおはぎを病院に何度か連れていくことがあって、そのときぐらいだな、家が完全に無人になったのは。

まあしかしほんと、動物好きな配偶者でよかった。チャラい感じの好きではなく、最後まで責任を取ってくれるひとでよかった。

こんなに可愛がらせてくれてありがとうという気持ち。完全に呼吸が止まった瞬間に思ったのは、悲しいとかそういうことよりもむしろ、ありがとう、ありがとう、ありがとうだった。ありがとうな、いままで22年間もありがとうな。

さっき3階のトイレから大声で泣く声が聞こえてきた（笑）。

あと、いまさらながら、デパスは良く効く。こんなときでも書かなければならない書類が大量にあって、とくに立命館に対して退職する手続きをして、京都大学に対して着任する手続きをしないといけなくて、保険やら年金やら何やら、いろいろと大変なんだけど、デパスを飲んでたら落ち着いて書類仕事ができる。そういう飲み方は良くないんだろうけど、まあこういうときぐらいええがな。

息が止まる直前に、シートのうえにおしっこを漏らしていて、そのシートをまだ捨ててない。これどうしようかなとぼんやり考える。そのうち臭くなってくるかな。ずっととっときたいんだけど。

これからゴミが激減するなあ……。ゴミの日になるととなり近所の家の3倍ぐらいのゴミを出していた。となりの家には小さな男の子が2人いて、4人家族なんだけど、そこよりも倍ぐらいウチのほうがゴミが多い。ほとんどおはぎのペットシートやら何やらだ。

いい天気で空が青くて辛かった。Amazon のページを開くとおすすめが猫関係ばかり。それも、高齢猫とか、ペットの介護用品とか、そんなん。おさいはやたらとお腹が痛いお腹が痛いといっていろんな薬を飲んでいる。あと、災害のときの心配事が完全になくなったな、と言っていた。地震や台風や戦争のニュースを見て、いざというときこいつらどうしよう、といって悩んでいたのだ。基本的にほかのひとを怖がるので、避難所で飼うわけにもいかんし、ほんと原発事故で犬猫を置いて避難させられたひとたちは、心が痛かっただろう。

もうリビングにいる必要ないのに、おたがいの書斎で仕事すればいいのに、さみしくてずっとリビングにいる。どうせ仕事も手につかないしね。でもリビングにいてもやることがなくて、結局だらだらとスマホ見たりしている。

いろんな音を思い出す。毛布やシートを何枚も重ねたやわらかいおはぎランドで、おしっこやうんこをする前にぐるぐると同じところを回っていたときの、さっさっさというやわらかい足音。

数年前に、思えばあれが認知症の始まりだったのかもしれないけど、なぜか水を飲むまえに大声で泣くようになった。いろいろ調べたり医者に連れてったりもしたけど結局なぜかわからず、そのうちおさまった。そのかわりに夜泣きをするようになった。ある夜、真夜中に大声で騒ぎまくっていて、あんまりうるさいので2階のリビングにほうりこんでドアを閉めて閉じ込めたことがある。水もごはんもトイレもあるからね。朝起きると、おはぎはふつうにソファでゆったりと寝ていた。そして粗相するようになり、徘徊するようになり。

体が元気なうちは徘徊も元気で、すごいスピードでリビング中を何度も何度もぐるぐると回っていた。もう何年も耳が聞こえなかったんだけど、そのうち目も見えなくなって、徘徊してるうちに家中のいろんな隙間にはまりこんでいた。我が家ではそれは「スタック」と呼ばれていた。いちど、ソファからゴミ箱に頭から突っ込んで、完全に出られなくなっていたことがあった。少し目を離しているあいだのことだ。俺がリビングに戻ってみると、ソファの横のゴミ箱から、おはぎの後ろ足だけがにゅっと飛び出していた。八つ墓村とよく間違えるやつだ。正しくは犬神家な。あわてて救出したので、写真も撮ってない。

あれからスタックが怖くなって、リビング中の、おはぎがはいりこみそうなあらゆる隙間をタオルやクッションで埋めた。

そのクッションをひとつずつ片付けている。

２０２３／３／23（木）

また間が空いた。おはぎのために、たくさんいろんなひとからお花をいただいた。みんなありがとう。ぜんぶ飾って、写真に撮っている。

お花を持ってくるのはAmazonじゃなくて地域の花屋さんで、そういうネットワークがあるんだね。そこに注文すると、その地域の花屋さんがお花を持っていってくれる。

そのうちのひとつの業者さんが、家族が亡くなったと勘違いして、「いえいえ、亡くなったの猫なんで大丈夫です」っていうおもしろい会話があったんだけど、どういう会話だったのかぜんぜん思い出せない。

すき家の七味は出過ぎだと思う。いつもかけ過ぎる。

紅生姜は要らない派です。

生卵は絶対に要る派。

集中力が続かない、原稿が書けない。書類も書けない。でも「おはぎが」というと、みんな待ってくれる。

便利だ。最強の言い訳だ。

自分の文章が嫌いだ。なんかもう、本を書くことに飽きたな。

書きたい！　っていう意欲がわかない。次はこんな本を出すぞ！　っていうアイディアが湧かない。

普通に鬱やんそれ。

まあ、学者なんだから普通に論文書けよって話だな。

この先俺はどうやって生きていけばいいんだろう。正直、『沖縄の生活史』と『大阪の生活史』を出したら、その次にやりたいことがない。これで人生の目標をすべて達成したような感じさえある。これ以上の本は書けないだろうなあ。

2023／3／25（土）

ロング散歩した。とにかく体を動かさないとね。

おさいがしみじみと、愛情が尽きひんなあ、と言った。おはぎに対する愛情が、ずっと変わらず常に脳のなかにある。でもその対象がいない。

2023／3／26（日）

伊丹空港へ。おはぎ前後にもいろんなトークやら講演会やら対談やらイベントの仕事があったのだが全部断った。なんとか動けるようになってきたので、とりあえず飛行機で羽田へ向かう。東京へ行くときはいつも新幹線だけど、今回は文化放送のラジオ番組出演なんだけど、新幹線代もホテル代も出ないということなので（笑）、ＪＡＬのマイレージで羽田に行って、いつもの安宿で溜めたポイントで泊まる。

伊丹に向かうモノレールからぼんやりと豊中の街を眺めてて、ふと思い出したけど、千里山あたりの住宅地をふたりで散歩してたら、地元のしらんおっさん（といっても40ぐらい）がいきなり声かけてきて、どこ行かれるんですか、迷ってるんですか、案内しましょかと言ってきた。鬱陶しかったので適当に返事していたら、どこまでも付いてくる。

ふっと思い出して、いまようやくわかったんだけど、そうかあれは泥棒と間違われていたのだろう。夫婦泥棒。

するかちゅうねん。

伊丹空港で頼んだハンバーガーが時間ぎりぎりまで出てこなくてめちゃめちゃ焦った。2分で食った。爪楊枝ほしかったけど時間なかったのでそのまま搭乗口に向かった。ふとジャケットのポケットのなかに手を突っ込んだら、ポケットから爪楊枝出てきてびびった。めちゃめちゃびびった。

ありがたく使った。

なんでこんなところに爪楊枝が入っていたのかいまだにわからない。

東京久しぶり。みんなけっこう電車の中でもマスク外してるね。

東京。作家のともだちと編集者のともだちと、新宿の老舗のロシア料理で4時間ぐらい雑談する。雑談超楽しい。

あれやこれや。

解散して、まだ時間が早かったので、ゴールデン街でひとりで一瞬飲み直す。ゴールデン街を歩いてるの、9割が欧米系の外国人観光客で、飲んでるあいだにも10組ぐらい入ってきて、ソーリーメンバーズオンリーと言って断られていた。もちろん日本人でもいちげんの客は入れない店です。しかしコロナも終わったんだなと実感する。あとは中国本土からの観光客が復活したら、かんぜんに元の姿に戻るよね。沖縄も、国内の観光客だけでいえば、すでにほぼコロナ前の水準に戻ってきている。

浜松町まで終電で戻って、もうすこし飲みたかったけど、次の日がラジオの収録だし、おとなしく宿に戻って、死んだように眠る。

2023／3／27（月）

朝から竹芝桟橋を散歩。ブルーボトルでコーヒー。文化放送で「大竹まことゴールデンラジオ！」2度めの出演。何やかや呼んでくれてうれしい。しかも阿佐ヶ谷姉妹の大ファンですと何度も伝えてあるので、ちゃんと阿佐ヶ谷姉妹の月曜日にしてくれている。前回は持っていけなかったけど、今回はちゃんと姉妹の本のハードカバーを買って持っていって、サインしてもらった。前回も文庫本を送ってもらってて、ほんといろいろうれしい。いつか一緒に仕事できたらいいなと思う。阿佐ヶ谷姉妹めっちゃ好き。

ラジオは先日出版した『生活史論集』と、あとはいろいろ生活史の話。大竹さんの猫も22歳なんだって。でも自分でベッドまで登ってくるらしい。おはぎも去年の3月までは元気だったんだけどね。ラジオでまた、「猫の水はごはんと離して置いてください。おどろくほど水を飲むようになります」と力説。

帰阪。ＪＡＬはいつもクラスＪに乗るんだけど、今回はマイレージなのでひさしぶりにエコノミーで疲れた。機内でバズライトイヤーを途中まで観る。帰ったらちゃんと観よう。

２０２３／３／31（金）

昼、所用でヨドバシに行ってから梅田蔦屋書店のカフェで仕事。『所有とは何か』のあとがきをようやく書き上げてその場で送信。ルクアイーレでぼんやりとエスカレーターを降りてると、おしゃれなペット用品屋があって、今使ってるやつよりもっとかわいい猫のキャリーバッグがほしいな、寄ってこかな、と思って、ほんとうにその店のほうに行きかけて、いやいやもういないんだと我に返った。

２０２３／４／２（日）

とにかく気晴らしをしよう、我々の気晴らしといえばロング散歩である、これまで神戸に行って楽しくなかったことが一度もないので、いい天気だし須磨海岸でも行こうではないか、と言って、阪神電車に乗って須磨へ行く。

海はきれいだな。

海はほんとうにきれいだ。

たくさん写真を撮る。

そこら中に甲羅干しをするおっさんが寝ていた。

ソフトクリームを食べた。ソフトクリームはうまいのだ。

5時間ぐらい歩こうと思ってたけど、なんか疲れてすぐ帰った。

半年ぐらいほんとにまともに散歩してなくて、体弱ってるなあと思った。

2023／4／3（月）

京都大学の辞令交付式だった。朝イチで文学部棟の地下の大会議室へ。辞令書をひとりずつ手渡しである。俺だけジーパンだった。でもジャケットは着ていたので社会人合格である。

ほんとは朝イチでそんな儀式出たくなかったから、家族の都合でとか何とか言ってサボろうとしたんだけど、そうすると別の日にわざわざ俺ひとりのために研究科長やら副研究科長やらが駆り出されることになると聞いて、そりゃ申し訳なさすぎるのでわかりましたその日に私も行きます、ということになったのだ。

そのまま、がらんとした自分の新しい研究室で休憩。先月まで落合恵美子先生が使っておられた部屋で、ほんとうに俺なんかがここに来てええんか……と思う。いうてるあいだに知り合いの院生さんたちがどやどやと遊びに来て、お茶飲んでから百万遍のサイゼに行って、またどやどやと飯を食っているうちに当然酒が入ってしまい、コンビニで角瓶やらビールやら買って研究室に戻ってかなり飲んでまう。

帰宅して全学システムにログインするのにめちゃめちゃ苦労した。

おさいは今日も4回ぐらい泣いたらしい。

2023／4／8（土）

3月末に若い友人が亡くなった。その葬式だった。この春はよく人や猫が死んだ。別の友人とこの猫も亡くなった。坂本龍一が亡くなったのも、地味にものすごくつらい。

坂本龍一も、もうみるからに明らかに、もう長くないなあという感じで、だからこの冬からずっと、あらためて坂本龍一を聴いていた。

テーブルの上で寝たきりになったおはぎを寝かせているときに、リビングのステレオでよく、「hibari」をかけていた。

こないだ電車のなかでふとhibariを聴いたら、あのときのきらきらと朝日が差し込む、静かで明るいリビングが思い出されて、電車のなかでぼろぼろに泣いた。このときだけはマスクがあって良かったと思った。

お葬式のあとは沖縄から雄太ときのちゃんが大阪に遊びにきてくれたので、こちらの友人たち5名ぐらいで迎え撃った。ちなみにこの5名は昼間のお葬式のときとまったく同じメンバーだった。みんないったん帰宅して着替えてまた集まったのだ。大阪でいちばん好きな焼肉屋に連れていく。さんざん食って飲む。そのあと俺の事務所に移動して、またそこで飲む。事務所にどんどん酒やらアイスペールやらおつまみやらおしぼりやらグラスやらマドラーやら炭酸水やら氷やらが充実してきて、間接照明だし、すっかりバーみたいになっている。

めちゃめちゃ飲んだ。ひさしぶりだった。おはぎ以来だな、こんなにちゃんと飲んだのは。

おはぎから3週間ぐらい酒が飲めなくて、心はぼろぼろだったんだけど、体は絶好調で、ほんとに体調が良かった。このまま酒をやめようかとすら思った。思っただけ。

2023／4／10（月）

京大の最初の授業だった。すばらしく良い天気。

お好み焼き食って帰る。

おさいが自分のiPhoneの画面におはぎの顔写真をうつして拡大し、だいたいこのくらいの大きさかな、と言っていた。実物大にしている。

2023／4／11（火）

家事デー。掃除機かけただけで疲れて寝てたけどよく眠れず。

夜はハンバーグを作ってもらった。zoomで『大阪の生活史』相談会。いよいよ大詰めだ。

昼間、掃除中におはぎの爪が出てきた。猫の爪はまるで脱皮するように根本からすぽっと抜けることがある。それがまるごと落ちていたのだ。

拾い上げて、久しぶりに泣いた。

おさいはそれをマスキングテープで土偶の置物に貼り付けていた。

2023/4/16(日)

きのうはひさしぶりにミルキー研究会。私が自主的にやってる研究会で、どこの大学でもよいがメンバーは院生と学部生限定で、要するにオープンな個人ゼミだ。なんでミルキー研究会っていう名前かっていうと、まえに先端研の教授会で立岩真也がミルキー5個一気食いしたから。たぶん奥歯の詰め物3つぐらい取れてると思う。それがおもしろくて、研究会の名前を考えてるときにその話を思い出して、じゃあミルキーっていう名前にしようってなった。

雨。雨。雨。建物の入口がよくわからず、zoom の設定にも手間取って、開始が30分ほど遅れた。ふたりの院生さんが報告してくれた。どちらもめちゃめちゃおもしろかった。対面15名、zoom 10名が参加。たくさん来たなあ。議論も白熱しました。

飲み会も盛り上がった。百万遍の、中庭のある大きな座敷の焼き鳥屋。そこでたいがい飲んでから、2次会で路地裏の屋台みたいなベトナム料理屋。京大周辺はおもしろい店多いな。京阪特急で熟睡。

きのう見た夢。生きたまま拷問された猫が天井から大量にぶら下がっている。犯人をライフルで撃ち殺すが、そいつは燃え盛る炎のなかで蘇ると、その髪の毛がぜんぶ針金になっている。自分がバクみたいな小さな動物になって糞尿まみれで空のプールみたいなところに何年も閉じ込められていて、とても悲しい。そこに巨大なラクダみたいなすごい筋肉の動物が入ってきて、犯される。

なんでそんな夢見るんだろう。

2023／4／19（水）

きのうと今日とほんとうに久しぶりに休み。きのうはマッサージ行って東梅田のレトロ純喫茶「サンシャイン」（大好き）行って帰宅してから廃人みたいになってた。きょうはおはぎ日記の足らんところ書き足してた。つらすぎる。

京大の事務にメールいろいろ。土日に研究会を開催したくていろいろ手続き、なんとか会場確保できそう。

しかし京都大学はおもしろいところだな。私学よりよっぽどユルいんじゃないかと思う。ていうか、ユルさとキツさのレイヤーが私学とぜんぜん違う感じ。

とりあえず年収はめちゃめちゃ下がった。

ほんとうに下がった。

辛い。

前の原稿を読み返してみて、やはりあらためてはっきりと、「ランボー怒りのランボー」めっちゃおもろいやんと思った。

岸 政彦《きし・まさひこ》

1967年生まれ。社会学者。著書に『同化と他者化――戦後沖縄の本土就職者たち』『街の人生』『断片的なものの社会学』(紀伊國屋じんぶん大賞2016受賞)『ビニール傘』『マンゴーと手榴弾―― 生活史の理論』『図書室』『地元を生きる―― 沖縄的共同性の社会学』(共著)『リリアン』(織田作之助賞受賞)『東京の生活史』(編書、毎日出版文化賞、紀伊國屋じんぶん大賞2022受賞)『生活史論集』(共著)『沖縄の生活史』(共編)など。

齋藤直子《さいとう・なおこ》 イラスト

1973年生まれ。社会学者。著書に『結婚差別の社会学』『入門家族社会学』(共著)『生活史論集』(共著)など。論文に「結婚差別の経験を聞くことをめぐる『困難』」「交差性をときほぐす―部落差別と女性差別の交差とその変容過程―」など。

初出

にがにが日記

0章「新潮」二〇一八年三月号「100年保存大特集　創る人52人の「激動2017」日記リレー」より
1章―6章　ウェブマガジン「考える人」
7章「新潮」二〇二三年九月号「永久保存版　テロと戦時下の2022-2023日記リレー」より

おはぎ日記　書き下ろし

日本音楽著作権協会(出)許諾第2306344-301号

にがにが日《にっ》記《き》

発行
2023年10月30日

著者
岸《きし》政彦《まさひこ》
イラスト
齋藤《さいとう》直子《なおこ》
発行者
佐藤隆信
発行所
株式会社新潮社
〒162-8711 東京都新宿区矢来町71
電話 編集部 03-3266-5411
読者係 03-3266-5111
https://www.shinchosha.co.jp
装幀
新潮社装幀室
組版
新潮社デジタル編集支援室
印刷所
株式会社光邦
製本
加藤製本株式会社
乱丁・落丁本は、ご面倒ですが小社読者係宛お送り下さい。
送料小社負担にてお取替えいたします。価格はカバーに表示してあります。

ISBN 978-4-10-350724-6 C0095

岸政彦の本

ビニール傘

共鳴する街の声――。
気鋭の社会学者による、初の小説集！
第156回芥川賞候補作。

図書室

四十年前の冬の日、同い年の少年と二人で、
私は世界の終わりに立ち会った。
ひとりの女性の追憶を描いた中篇と
自伝エッセイを収録。

リリアン

もっかいリリアンの話して――。
星座のような会話が照らす、
大阪の二人、その人生。哀感あふれる都市小説集。
織田作之助賞受賞。